断罪された伯爵令嬢の、華麗なる処刑ルート回避術

十帖

Jyujo Presents

fairy kiss

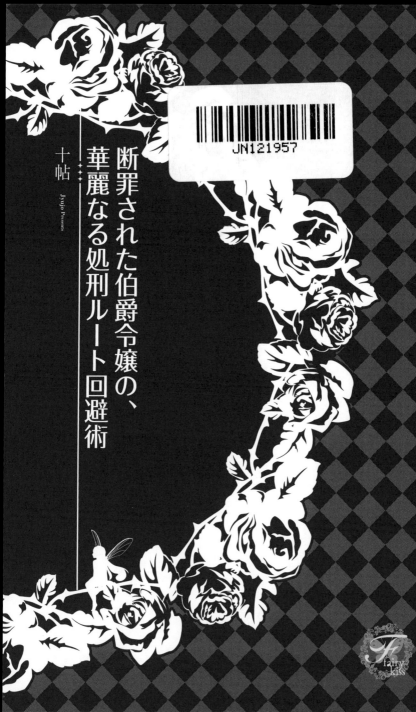

この作品はフィクションです。
実際の人物・団体・事件などに一切関係ありません。

断罪された伯爵令嬢の、
華麗なる処刑ルート回避術

第一章　願いが届かないと知った朝

世界が死を祝福しているかのように晴れた青空の下、震える足で断頭台に上がらされる。

場所は王都の広場。断頭台は階段の踊り場に設置され、下には処刑される二十歳の娘、ミラの最期を見届けようと国民が詰めかけていた。

「国王殺しのミラ・フェルゴールを許すな！」

「何が世紀の発見をした才女だ！　フレイシス殿下！　人殺しに正義の鉄槌《てっつい》を！」

国民から怒りと好奇の視線にさらされたミラは、後ろ手に縛られたまま振り返り、階段の先を見上げる。その場所に立つ男の凍った瞳が、ミラの碧眼《へきがん》を震わせた。

ミラのか細い声が、喉の奥で絡まる。

「フレイシス、殿下……」

「ミラ・フェルゴール。貴様を我が父、アルフィルク・ティタニア陛下暗殺の罪で死刑とする」

心臓が凍《い》てつくほど冷たい声で言い放ったのは、ティタニア王国の王太子フレイシスだ。

陽《ひ》の光を受けて黄金のようにも見える蜂蜜色の桃花眼《とうかがん》は、底冷えするほどに冷たい。病を患って死相が出ている彼は、それでもぞっとするほど美しく、冷眼で見下ろされたミラは鋭利な刃物を首筋に当たられたような心地がした。そのせいで反論が遅れてしまう。

「……っ私じゃない！　殿下、国王陛下を殺したのは私ではありません！　私はただ、魔力を無効化する元素エリーテを発見しただけで……っ」

「その元素を用いて父上の魔力をすべて奪い殺したんだろう。エリーテは魔力を打ち消す際に青い光を発するな？　父上の亡骸《なきがら》は青く光り、そばにはグラスが転がっていた。貴様と謁見の約束があった日に、だ。父上のグラスにエリーテを盛って殺したのだろう。貴様が最高責任者を務める研究施設の保管庫から、エリーテが減っていたのが動かぬ証拠だ」

「違う‼　殿下、どうか……っ」

ミラは処刑のために肩の上まで切られた金髪を振り乱して叫んだ。

「お聞きください……！　私を陥れた者がいるのです！　どうか詳しく調査を……っ」

「……目撃者がいるとしても、悪あがきを続けるのか？　ミラ・フェルゴール」

「――――……は……？」

目撃者など、いるはずがない。

だってミラは、大陸一の強国ティタニアの王を殺してはいないのだから。

鉱物や動植物に魔力が宿るこの世界でエリーテを発見し、才女と謳《うた》われたミラは、それを用いて王を暗殺した濡《ぬ》れ衣《ぎぬ》を着せられた。そして無実の罪で今にも処刑されようとしているからこそ、ここまで必死に抗議しているのだ。

「目撃者は私よ」

野次で沸く広場が、鈴のような音を受けて静まり返る。背の高いフレイシスの後ろからひょっこりと姿を現した十七歳の小柄な少女は、場違いなほど愛くるしかった。

次の瞬間、唸《うな》るような歓声が広場を包む。あちこちから「聖女リリカ様！」と声が上がり、呼ばれた少女――――リリカはえくぼがはっきりと分かるほどニッコリ微笑《ほほえ》んだ。

「私、ミラ様が王様を殺害するところを見たの」

キャラメルのように甘い声は、まるで秘めた恋心を打ち明けるかのごとく告げる。

そして――――。

「皆聞いて！　伯爵令嬢であり、科学者でもあるミラ様が、まさか王様を手にかけるなんて信じられなかった……。でも私……リリカは異世界から召喚された聖女。リリカはきっと、ミラ・フェルゴールの罪を明らかにするためにこの世界へ呼ばれたんだと思う！」

両手の指を組んで高らかに告げたリリカに、群衆は歓声で応じる。ティタニアでは珍しい黒髪黒目の少女を、ミラは信じられない面持ちで見上げた。

「な、にを言って……。私は殺してないのに……」

愕然《がくぜん》とするミラの元へ、リリカは階段を一段ずつ、踏みしめるように下りてきた。ミラが逃げないよう両脇を固める兵士を手で制し、天使のような笑顔で「大丈夫だから」と人払いさせる。

二人きりになった踊り場、固まることしかできないミラの耳元でリリカはそっと囁《ささや》いた。

「無実なのに殺されちゃう気分はどーお？」

「……っ!?」

全身を雷で撃たれたような衝撃が走り、ミラはリリカを凝視する。薔薇《ばら》のような唇を引き伸ばして笑うリリカに、ミラは確信した。

「貴女《あなた》、貴女は私が陛下を殺していないと知ってるんですね……!?」

「もちろんだよ？　だって」

わななくミラの唇に指を当て、リリカは可愛《かわい》らしく小首を傾《かし》げてみせた。

「王様を殺したのはリリカだもん」
ミラにしか聞きとれない声で告げられた真実に、ただただ言葉を失う。
リリカは続けた。

「だって聞いてよぉ。リリカは異世界に転移したら、乙女ゲームみたいにチヤホヤされて贅沢三昧《ぜいたくざんまい》な暮らしができるって思ってたのに、王様ってばリリカにひどいこと言ったんだよぉ？　『聖女として功績を早く上げろ。できないなら、長年国を悩ませている魔物の魔力を打ち消す元素を発見したミラの方がよっぽど聖女だ』って。許せない。リリカより目立つミラ様も、ひどいことを言う王様も……だからウザくて殺しちゃった」

「何を……馬鹿な……」

「お馬鹿さんなのはそっちでしょぉ？　研究にしか興味がなくて、部下の裏切りにも気付かない残念なミラ様。貴女が研究施設でエリーテの管理を任せていた部下のエドワード、可愛いリリカがおねだりしたらエリーテを盗みだしてくれたよ？」

「……私の部下を籠絡し、盗みだした元素で国王陛下を殺害したと……？」
おぞましい事実を明かされ、ミラは怒りで拳を握りしめた。手のひらに爪が食いこみ、血が滲《にじ》む。

「このことをフレイシス殿下に訴えます……！」

「えぇー？　無駄だよ？　だってフレイシス様は重い病で先がないから、パパを殺した犯人を一秒でも早く断罪したいんだもん。リリカの言いなりだよ？　きゃあっ」

怒りに駆られたミラがリリカに迫ろうとしたところで、リリカは不自然な悲鳴を上げる。リリカの告白が聞こえていなかった観衆は、ミラに怒号を飛ばした。

「聖女様に触れるな！　殿下、罪人を早く殺してください！」

「反逆者を殺せ！　殺せ！」

見物客の声が大きくなり、兵士が再びミラを押さえつけて断頭台にうつ伏せに寝かせた。

ミラは必死に振り返り、冷たい表情のフレイシスを見上げる。しかし、処刑執行人によって細い首を板にはめられ固定されてしまう。さらに口に布を噛《か》まされ、言葉が紡げなくなった。

「んーっ‼　ううっううー！」

ミラは絶望と怒りで目の前が黒く染まるのを感じた。

届かない。違うのに。ただ研究がしたかっただけの自分の命は、異世界から来た聖女によって陥れられ、理不尽に消されるのだ。

（――――死にたくない。ふざけるな。こんな、こんな終わりなんて）

処刑執行人が刃を落とすレバーに手をかけ、フレイシスの合図を待つ。ミラの頭上で四十キロもある白刃が煌《きら》めいた。

（――――死にたくない。信じて、無実を信じてよ……‼）

「……殺せ」

フレイシスの静かな声が落ちる。無情な声に、ミラの頬を涙が伝い落ちた。

「リリカに聖女としての手柄をくれてありがとう、ミラ様」

リリカの甘ったるい声が耳にこびりつく。頭上から風を切って刃の迫る音がした。

（――――死ねない……っ‼）


次に目を開けた瞬間、目の前に広がった景色にミラは詰めていた息を吐きだした。溺れたように肺から咳《せ》きこむ。身体《からだ》は震えではなく、馬車によって揺られていた。

「……っ、え……？　どこ、ここ……」

急いで首に手を当てるが、どうやらしっかり胴と繋《つな》がっている。痛みもない。早鐘を打っている心臓を見下ろせば、左側の低い位置で束ねたブロンドが目に入った。

（なん……何で、だって首を落としやすいようにと処刑前に短く切られたのに……）

「おいおい。急に首に手を当てたり髪を触ったり、落ちつかねぇな。研究命の変わり者と名高い科学者ミラ・フェルゴール様でも、やっぱり国王陛下との謁見は緊張するのか？」

軽口を叩《たた》かれて初めて、ミラは馬車の中に自分以外の人物がいると気付いた。

ミラの向かいには、胸板の厚い精悍《せいかん》な男が足を組んで腰かけている。整っているが番犬のように荒々しい風貌の男を認めるなり、ミラはポカンと口を開いた。

確か、赤毛の彼は……。

「……同僚Aくん？」

「Aくんじゃなくてジョットだっつってんだろう！　いい加減に物質名や魔法化学式だけじゃなく人の名前も覚えろ！　これだから無機物にしか興味のない変人令嬢は……アンタ残念美人って一部

の人に言われてるの知ってるか？」

「何でAくんがここに、いや、何で私が馬車の中に……？　私の処刑はどうなったの？」

ジョットはミラがエリーテの研究を進める上での助手であり、研究施設の同僚だ。キョロキョロと周囲を見回すミラへ、ジョットは不審そうに言った。

「おいおい、マジで大丈夫か？　アンタが仮説を立てた『鉱物から未知の魔法物質を抽出する実験』への研究支援を王へ嘆願に向かう道中なんだぞ？　シャキッとしろよ」

「――――は……？　それってエリーテを鉱物から抽出する実験だよね。その研究支援の嘆願は三年も前に一緒に行ったでしょ。エリーテはもう発見済みだし、特性も後の研究で判明済みで……」

「お前こそ何言ってんだ？」

おかしい。ミラは眉をひそめた。

どうにも会話が噛み合わない。何より――――ジョットの口ぶりでは、リリカに殺されたはずの国王陛下が、まだ生きていると言わんばかりではないか。

「……今は何年？」

「研究のしすぎでとうとう年の感覚までおかしくなったか？　レガーロ暦四百九十八年だろ」

ジョットは座席の横に置いていた新聞を投げて寄越す。新聞の日付に目を走らせたミラは息を呑んだ。

――――処刑からちょうど三年前の日だった。

「まさかタイムスリップ……した……？」

アーモンド形の目を揺らし、ミラは呟《つぶや》く。にわかには信じがたいが、それ以外に自分が今、生きて馬車に揺られている理由を説明できるだろうか。

ほんの十分前まで、聖女に陥れられ、王太子に死刑を言い渡されギロチンにかけられていたこの身が、無事な理由が。

思い当たる節があるとすれば一つだ。ミラは自身の魔法で、無意識に時間を逆行したということ。

この国――王家の血を引くティタニアの王侯貴族は、それぞれ特有の魔法が使える。そして曾祖母が王家出身である伯爵令嬢のミラにも、魔力は宿っているはずだった。

が、今の今まで、使えないと思っていた。生まれてこの方、壊滅的に魔法の才能がなかったのだ。

それをまさかこんな形で、魔法を生まれて初めて使うとは。

(使えないと思っていた私の固有魔法が……『時間逆行』だったってこと……？　そんな大技が使えた人なんて、過去の文献でも見たことないけど……)

「お、おい!?　何してんだ!?」

ジョットの焦る声を無視して自身の袖をめくり、襟を開いて覗《のぞ》きこむ。

魔法を一度でも発動させると、以降術者の身体には魔法陣が浮かぶ。ミラの身体にはこれまで魔法陣がなかったが、見慣れない黒い魔法陣が胸元に浮いていた。しかも、暗い色ほど使える魔力は弱く、残数も少ない。

「魔法陣ってことはやっぱり……。こんな形で一度きり……自分の魔法で助かるなんてなぁ……」

両手を見下ろしてみるものの、二度と使える気がしない。どうやって使えたのかも分からない。

弱々しい笑いが零《こぼ》れる。

魔法の才がないからこそ、処刑前の自分は科学的アプローチから魔法や魔力の根源について迫ろうとしていたし、未知の魔法元素を発見する研究にも励んでいた。

それなのに、諦めていた自身の魔力に救われ、希望を見出《みいだ》していた魔法科学の研究で陥れられるとは。何の皮肉だ。

「おい、しっかりしろよ」

ジョットは逞《たくま》しい腕を組み、貧乏ゆすりをしながらイライラと言った。

「ここ数年、国王陛下はレガーロ暦五百年に現れると予言されてる聖女の存在を待ちわびて、すげぇ浮足立っている。上手《うま》くプレゼンしなきゃ、心ここにあらずな陛下の研究支援は得られねぇぞ」

「いっそ研究施設は、百年に一度聖女が召喚される神殿を壊して、その跡地に建ててほしい……」

物騒な発言に片眉を上げたジョットを無視し、ミラは痛むこめかみを揉《も》んだ。

（落ちついて私、状況を整理しよう。タイムスリップして今は処刑から三年前。つまり私は十七歳か。同僚Aくんと共に未発見のエリーテ研究支援のため、存命の王へ謁見に行く最中であり、私を陥れた聖女リリカは、二年半後にこの世界にやってくる……）

とりあえずは助かった。助かったけれどこのままでは……。

「再び処刑ルートを繰り返すんじゃない……？」

ひとりごちて、首筋がうすら寒くなる。首にはめられた板の感覚も、斜めに設計されたギロチンの刃の煌めきも、それが風を伴って落ちてくる感覚も、ほんの数十分前の現実なのだ。

そして……。

聖女に陥れられた屈辱と恐怖、それからフレイシス王太子に言い渡された死の宣告も。

（……せっかく助かった命だ。ルートを変えなきゃ。この処刑ルートを！）

「着きましたよ」

外から御者の声がかかり、馬車の揺れが止まる。馬車から降りると、端から端まで視界に収めることができないほど広大な王宮が広がっていた。

針のような尖塔《せんとう》が目立つ煌びやかな王宮の前には、茫洋《ぼうよう》とした庭園が広がっている。王宮の敷地への入口にはいくつもの巨大な門があり、中央の一際華美な装飾が施された金剛門は、王との謁見を許された者のみが通過できるようになっていた。

天使の彫刻が彫られた金剛門をくぐり抜けたところで、ジョットは赤毛の短髪を掻《か》いた。

「あー……おい、顔色悪いぞ。体調が悪くても王との謁見まではもってくれよ？」

「分かってる」

ミラはすっきりしたシルエットのワンピースの裾を握りしめ、硬い声で言った。

「けど――ごめん、少しベンチかどこかで休んでから行くね。Aくんは先に向かってくれる？」

悔しいが、異世界からリリカが召喚されるのを止める術《すべ》はミラにはない。ならば処刑ルートを回避する手っ取り早い方法は、リリカに利用されたエリーテの研究を止《や》めることだ。

バックレるしかない。

（いやもう、冷静に考えてバックレるしかない。謁見をすっぽかしたら、陛下も怒って研究の援助をしてくれないだろうし。そしたらエリーテの研究は立ち消えるでしょ）

不敬を罰せられるかもしれないが、首が物理的に飛ぶことはあるまい。まあ数十分前に飛ぼうとしていた身だが。

「う……思い出すと震えが……」

膝が笑い、上手く歩けない。いつの間にか王宮の外れにある庭園が臨める大理石の廊下を歩いていたミラは、薔薇の絡まった柱へヨロヨロと手をついた。

「改めて、助かったのは奇跡だ……。今度は目立たずに、エリーテ以外の研究に没頭して暮らしていこ……」

そう誓いかけたところで、美しく区画された庭園の低木からガサッと葉の擦れる音がした。思わず背筋を伸ばし、ミラは音の出所を見つめる。芳しい薔薇が咲き乱れる庭園の低木の間から、陽光を受けて淡い光を弾くシルバーブロンドが覗いていた。

(――え……？　誰か倒れて……)

「だ、大丈夫ですか……!?」

淡い水色のワンピースを翻し、ミラはとっさに駆け寄る。しかし――うつ伏せに倒れていた男性の肩を揺らし、仰向かせたところで心臓が止まりそうになった。

月を溶かしたような銀髪と、青白い頬に陰る睫毛《まつげ》。彫刻のように繊細で整った輪郭と鼻筋。

(――ああ、私はきっと神様に嫌われている)

王宮の庭園に倒れていたのは、ティタニア王国の王太子、フレイシス・ティタニアだった。

第二章　黄昏《たそがれ》に変わりたいと願う

「……っ」

フラフラと歩いている間に、彼の居住区まで迷いこんでしまったのか。

落ちつきを取り戻しつつあった心臓が、再び暴れまわる。胃が一段下がったような気持ち悪さに襲われ、ミラは息を浅くした。

見間違えるものか。最後に見た姿から三歳若返っていようと、天の使いよりも美しく儚《はかな》げで、奇跡のように整った容貌の男を。ミラに断罪を下した男を。

長い睫毛に縁どられたフレイシスの瞳が、うっすらと開く。処刑場でミラを睥睨《へいげい》した金色の瞳だ。ミラを絶望へ叩き落とした、あの――――……。

「う……げほっ、かはっ」

目を覚ましたフレイシスが突然咳きこんだため、ミラは恐怖の呪縛から解き放たれた。彼の口元から零れた血が芝生を赤く濡らす。

（そうだった。殿下は病弱なんだった……）

そして『今』の彼は、まだミラを断罪する理由を持っていない。殺そうとはしないはずだ。

そう己を奮い立たせ、ミラは震える足を叱咤《しった》した。それでも怯《おび》えから声は縮こまる。

「あ、の……だいじょう……」

瞬間、伸ばした手が弾かれる。手を叩かれたのだと一拍遅れて気付いた時には、前髪の隙間から蜂蜜色の眼光に睨《にら》まれた。ミラはドッと心臓が鳴り、金縛りに遭ったような感覚に襲われる。

「離れろ」

海のように深く澄んだ声だ。そしてミラを断罪した声だ。ミラの全身から汗が噴きだす。

逃げるなら今がチャンスでは？　と頭の中で声がした。

離れろと命令されたのだ。従えばいい。彼のそばには一秒だっていたくない。吐血しているから何だ。死にはしないだろう。仮に彼が死んだら、自分は未来で死刑を言い渡されずに済む――――……。

そこまで考えて、ミラはぞっとした。たとえ彼に死を言い渡された恨みがあっても、彼の死を願うのは、自身のためなら他者の死を何とも思わないリリカと同じようで嫌だ。

(どうしよう、どんな選択が正しい……？)

「……医師を、呼びますか」

迷った末、ミラは怖々尋ねた。

フレイシスと接するのは恐ろしいが、吐血する彼を見捨てたと他の者にバレても後が怖い。決死の覚悟でミラが尋ねたものの、フレイシスは整った顔を歪《ゆが》めて唸った。

「必要ない」

「では、部屋までお支えします」

「構うな……っ。病がうつりたくないなら去ってくれ！」

「病……？　ああ」

そういえば、一時期フレイシスの病状が死に至る流行り病《はや》と似ていたため、王宮の医師がそう誤診したと新聞に載っていたか。特に興味のなかった当時のミラは、タイトルだけ見て読み飛ばしたが。

今の彼は、まだ自身を流行り病と勘違いしているのだ。

「殿下、殿下の病は人にはうつりませんよ。流行り病の特徴の一つは、目の充血と発疹《はっしん》です。殿下にその症状がおありですか？」

タイムスリップしたからこそ知っている知識でミラが問うと、フレイシスは首を振った。

「いや……」

「では、王宮の医師にもう一度診《み》てもらってください。うつりませんよ。私、殿下に触れてもきっと三年後だってケロッと生きていますから」

貴方《あなた》が私を殺さなければ、という最大の皮肉は胸の中に留める。

「絶対、大丈夫です。だから、ええと……失礼しますねっ」

フレイシスを部屋まで運んで一刻も早く解放されたいミラは、彼の腕を強引に摑《つか》んだ。

「おいっ!?」

とにかく無事に送り届けて、ここを去りたい。ミラはフレイシスを支えるのに集中した。そのため彼が驚いた様子でミラを見つめていることには、ちっとも気付かなかった。

どうやら本当に、彼の居住スペースに迷いこんでいたらしい。部屋は割と近くにあった。

瀟洒《しょうしゃ》で、王太子の部屋にしては簡素だ。

樫《かし》の扉を開けるなり、遠くとはいえ寝台が見える位置に置かれていて驚いた。寝台やソファ、足置き台は濃紺で統一されている。センスのよさや配置に機能性を感じるものの、派手さに欠けるとも思った。

もちろん天井には豊穣《ほうじょう》の神や天使が贅沢に金で描かれており、華やかさを感じさせはするのだが、嫌みはない。そしてあちこちに本が置かれていた。

ミラにとって寝台が近いのは僥倖《ぎょうこう》だった。

研究一筋のもやしっ子なミラは体力がないため、背の高いフレイシスを運ぶだけで虫の息だ。支えて歩く途中、誰かとすれ違うことを期待したが、誰にも出会わなかった。王太子の居住区なら普通は多くの兵士が守っていそうなものだが、護衛はもちろん、メイドの一人すら見かけない。

ミラの疑問が顔に表れていたのだろう。フレイシスは紙のように白い顔で言った。

「病をうつしては困るから、人を払っているんだ。……そもそも、うつるのを怖がって世話を焼きたがる者もいない。流行り病と診断されてから、医師以外で僕に触れたのは君が初めてだ」

「そ、うですか」

「変わった人だね、君は」

寝台に腰かけたフレイシスが、興味深そうな視線を寄越してくる。処刑場で自身を虫けらのように見下ろしていた目とまるで違うことに、ミラは戸惑った。

『貴様』ではなく『君』と呼ばれることにも、違和感が拭えない。そして口調もまるで違う。本来のフレイシスは穏やかな話し方なのだろうか。

ただ、ミステリアスな桃花眼や筋の通った鼻、薄く形のよい唇は紛れもなくミラに死刑を言い渡した彼だ。

そう思うと奥歯が噛み合わないほど震えが湧いて、ミラは一刻も早くこの場を去りたくなる。

「……横になっていてください。やはり医師を呼んで参りま……」

「君の名前は?」

踵《きびす》を返したミラの細腕を掴み、フレイシスが尋ねた。彼は黒い手袋をはめているため、直接触れたわけではない。が、心臓が飛びだしそうになる。ミラは怯えを殺して答えた。

「……ミラ・フェルゴールです」

「魔法科学者の? 弱冠十三歳で最難関の王立アメリア学院を卒業した秀才?」

じゃあ父上に謁見の用事があって王宮へ来たのかな、と当てられ、ミラは頷《うなず》いた。

「私は社交界には顔を出さないので、殿下に経歴を知られているとは驚きました」

「同い年の才女は気になるだろう。その年で科学者であることも珍しいから、新聞で目にした。それに……社交界に顔を出さないのは僕も同じだ。いや、出せない、が正しいか。この身体ではね」

フレイシスはシトリンのような目を伏せ、自嘲気味に唇を歪めた。

フレイシスの体調不良は原因不明だ。ただ、ミラの処刑時の彼は死相が出ていて、もう長くないことだけは分かった。

「ミラ、本当に僕に平気で触れられるのか? 病がうつるのではと怖くはない?」

「……いえ」

病はうつらないから怖くはない。私が恐ろしいのは、貴方が口にする死刑宣告だけだ。

そう言いたくても言えなくて、ミラは下唇を噛んだ。

フレイシスに掴まれた腕をはがせず、結局その場に留まることになる。拒絶しないミラの様子に、フレイシスは目尻を和らげた。ミラに死を言い渡した時の、凍てつく冬のような表情とは違い、花が綻《ほころ》ぶような柔らかい表情だった。

「その割には、さっきから震えているようだけど？」

まだ少し疑いの残る声でフレイシスが言う。ミラは苦しまぎれに返した。

「そ、れは……えっと、殿下と……」

（貴方のことが怖いから、とは言えないよね……）

「初めて殿下とお話しできたので、緊張しているんです……」

言ったあとで、ミラは猛烈な後悔に襲われる。恐る恐るフレイシスを見つめると、彼は大きく瞬きしてから声を出して笑った。

「病がうつるのは怖くないのに、僕と話すのは緊張するのか。本当に変わった子だな、ミラ。助けてくれてありがとう」

ミラはぎょっとしてのけ反る。フレイシスの綺麗《きれい》な微笑みは、まるで星屑《ほしくず》のようにキラキラと輝いていて、ただただ戸惑いだけがミラの胸を埋め尽くした。


フレイシスの介抱をした結果、はからずも謁見をすっぽかす形になった。

ミラにとっては不幸中の幸いだ。これで王は研究の援助を却下するだろう。髪色と同じくらい赤くなったジョットに散々怒られたが、説教ぐらい我慢できる。

だから、三日後に再び王宮へ呼ばれたミラは期待を裏切られた。またしてもミラは、金剛門をくぐる羽目になったのだ。

そして――――謁見の間で巨大な玉座にかけた王に、こう言われてしまった。

「研究の資金援助を約束しよう。必要な機材を揃《そろ》え、王宮の敷地内にある白い塔『真珠塔』を研究施設として使うがいい」

「…………デジャヴだ」

陛下、その台詞《せりふ》は三年前に援助を頼んだ際にもお聞きしました。違う回答を所望します。

そう言えたらどんなによかったか。

ミラは崩れ落ちそうになるのをグッと堪《こら》え、獅子《しし》のように勇ましい風貌の王へ向き直る。

白銀の髪とシトリンをはめこんだような瞳の色以外は、王はフレイシスとまったく似ていない。

浮世離れしたフレイシスの美しさはきっと、早くに亡くなった王妃譲りなのだろうとミラは思った。

そして――――軍人と見まがうほど筋骨隆々で猛々《たけだけ》しい王が、ミラのタイムスリップ前、十七歳の小柄な聖女に殺されたことが、いまだに信じがたかった。

謁見の間の玉座は一際煌びやかで背後に五人は隠れられるほど大きいが、そこにかけていても、王は埋もれることなく威厳を放っている。

（ちゃんとここに存在して、生きてるん、だよね……）

王に会うのも実は複雑だ。黄金の玉座にかける王を見上げ、ミラは何とも言えない顔をした。

「何だ、援助を約束してやったというのに、あまり嬉《うれ》しそうではないな？」

「とんでもございません、陛下。ありがとうございます。ただ――あの、謁見の約束を破ったにもかかわらず、どうしてご厚情をいただけたのでしょうか？」

内心を鋭く言い当てられたミラは、モゴモゴと言った。王はニヤリと膝を打つ。

「フレイシスから報告を受けたのだ。息子が世話になったな」

フレイシスの名前が王の口から出て、ミラはギクリと固まる。その名を聞くだけで冷や汗が止まらないミラの心情などいざ知らず、王は続けた。

「フレイシスが流行り病でないと見抜いたそうだな？　お主に医学の知識まであるとは思わなんだが……王宮の筆頭医師にもう一度調べ直させたところ、昨晩、そこの床に額を擦《こす》りつけて誤診を謝罪しよったわ」

ミラが立っている場所を指さし、王は言った。

顔面蒼白《そうはく》で謝罪する医師の姿を思い浮かべたミラは、眉間を揉んで言った。

「では、研究支援はその褒美でしょうか」

もしそうなら、余計なことをした自分を殴り飛ばしたい。これで一つ、処刑ルートを辿《たど》る羽目になってしまった。

「それだけではないぞ。お主にもう一つ報告がある。実はフレイシスに、誤診が判明したので護衛やメイドを戻すと言ったのだが、必要ないと断られた。お主以外はそばに置きたくないそうだ」

「はあ……は？」

再び立った死亡フラグをどうやってへし折るかばかり考えていたミラは、鳩《はと》が豆鉄砲を食ったような顔をした。

「何故《なぜ》私を……!?」

「お主を気に入ったそうだ。フレイシスが他人に興味を示すなど初めてのことだぞ。父親として、息子の初めての我儘《わがまま》を叶えてやらぬわけにもいくまい」

顎杖《あごづえ》をついて面白そうに言った王へ、ミラは魚のように口をパクパクさせた。

気に入って、なんてほしくない。興味なんてもっと持ってほしくない！　そう叫びだしたいミラの気持ちを、王はひとさじも汲《く》まずに告げた。

「研究の援助を許可する代わりに、王太子の看病と話し相手を兼任せよ。王命だ」

吹き抜けの謁見の間に、ミラの悲鳴が轟《とどろ》いた。


謁見の間からどうやって退室したのか、ミラは思い出せなかった。ただ、末期《まつご》のような声で、

「陛下、あの、飲み物にはくれぐれも気をつけてくださいね……」

と言ったような気がする。

処刑フラグは立ったままの上、フレイシスの話し相手まで任され状況が悪くなる一方のミラによる、せめてものあがきだった。

そして謁見から一週間後、ミラは再びフレイシスの私室にいた。

ちなみに研究施設から直接フレイシスの私室へ向かったため、ミラは白衣を羽織ったままだ。太

陽の色をした豊かな髪は実験の邪魔になるため左側に寄せて、飾りのない紐《ひも》で結んでいる。化粧っ気もなく、薬品のシミや焦げ跡のついた白衣姿で王太子の元へ向かうミラを、ジョットが
「残念美人すぎる……」

と、零しながら見送っていたなんて、ミラは知る由もなかった。

そして、そんな伯爵令嬢らしからぬ格好のミラは、現在ピンク髪の男に両手を握られていた。王室直属騎士団の制服を纏《まと》った、見知らぬ若い男にだ。

ミラの格好に、ピンク髪の若い男はどんぐりのような目をパチクリとさせる。

しかし、すぐに人懐っこい笑みを浮かべ、ミラの手を握ったまま元気いっぱいに言った。

「ありがとうございます、ミラ様！」

声が大きい男だ。耳が劈《つんざ》かれると思ったミラは、ウェーブのかかったピンク髪の彼に口元を引きつらせた。

「あの……？」

「ミラ様が『流行り病でない』と進言してくださったお陰で、こうして国王陛下よりフレイシス殿下の護衛を任せていただくことになりました！　本当に感謝しています」

いや、誰だ。というミラの困惑などお構いなしらしい。

（陛下が獅子でAくんが番犬なら、この騎士は血統書付きの大型犬だ……しかも空気が読めない）

ミラがそう思っていると、大きなガラス窓のそばに置かれたテーブルから、低い声がかかった。

「ガウェイン、ミラが困っているだろう」

どうやらピンク髪の男は、ガウェインという名前らしい。部屋の主であるフレイシスの不機嫌な

声がかかり、ミラは緊張で肩を揺らした。

「ミラから離れて十万歩ほど下がれ」

「殿下、ヤキモチですか？」

「訂正しよう、一億歩下がれ」

「この星を二周ほどできてしまうんですが……」

「一兆でもいいぞ」

「ちょっと！　何十年かけて後退し続ければいいんですか……って、そんなに離れたら殿下をお守りできないじゃありませんか！　ミラ様しかおそばに置きたくない殿下のお気持ちは分かりますが、ミラ様は科学者。殿下の護衛はできないんですよ⁉」

「君の手は必要ない。僕は魔法が使える。自分の身は自分で守れるさ」

フレイシスはガウェインを冷たくあしらい、彼の手をミラから引きはがした。

王の血を引くフレイシスは、病弱だがもちろん魔法を使える。噂《うわさ》では、先祖返りと言われるほどの膨大な魔力を秘めているらしい。

「何なら、目障りな君を吸収してもいい」

「げっ。殿下の固有魔法能力は『吸収』ですよね。記憶や物体、あらゆるものを選別して吸収でき、自身の魔力に置き換え可能っていうチート能力……」

「小うるさい君をこの手に吸収することも可能だ」

フレイシスは黒い手袋をはめた手をプラプラさせて言った。

ガウェインは「王命で護衛に選ばれたのに……」と唇を尖らせてから、ミラへ向き直る。

「あ、ミラ様。私はガウェイン・リグルハートです。ガロとお呼びください」

「リグルハートと呼ぶといいよ。ミラ」

有無を言わさぬ口調でフレイシスが言う。ガウェインは嚙みついた。

「だから男の嫉妬はみっともないですよ。殿下！」

「黙ってくれないか、吸収するよ」

「いや、あの……」

（何なんだ、この二人は……。嫉妬って何の話だろ……）

二人のやりとりに吞まれていたミラは、ガウェインを検分するように見た。

王室騎士団の烏《からす》のような黒衣とピンク髪は目立つ、が……タイムスリップ前、特に彼との接点はなかった。もしかすると処刑場にいたかもしれないが、ミラは彼に捕らえられたわけではない。

（つまり、あまり支障はない相手か。なら……）

「護衛騎士B様」

「えっ？　愛称どころか名字も呼んでくれない感じですか？」

ミラからの呼び名に、ガウェインはがっくりと肩を落とす。対して、フレイシスは声を上げて笑った。

「あ、はは……っ。ミラ、君、本当に面白いね。最高だ」

フレイシスが意外にも屈託なく笑う様子に、ミラは目を丸めた。

笑うフレイシスと驚くミラを睨みながら、ガウェインは恨みがましそうに言った。

「殿下もミラ様も、私の扱いが雑すぎます……」

「すみません。人の名前に興味がない……じゃなくて、中々覚えられなくて。リグルハート様の名前も多分次回には忘れてしまうかと」

「その年で科学者になるほど聡明《そうめい》なのに⁉」

「公式や物質名は覚えられるんですけどね……」

「いいじゃないか、護衛騎士Ｂ」

フレイシスはニヤッとして言った。

正統派美男子のフレイシスが意地悪そうな顔をするのが意外で、ミラはまたしても面食らった。

「どうかしたかな？　ミラ」

「っ、いえ」

どうしてフレイシスは、ミラに向けて柔らかい物腰で接してくるのか。クルクルと表情の変わる彼を見ていると、ミラに冷酷な死を言い渡したのと同一人物とは思えない。

「あ、の……殿下、どうして私を話し相手に選んだのでしょうか」

「僕のことはフレンと呼んでくれないかな」

「殿下、質問の答えになっていません」

「私のことはガロでお願いしますね。ミラ様！」

（いや、呼び名なんてどうでもいいんだけど！　そしてめげないな、護衛Ｂ！）

そう叫びたくなるのを堪えていると、フレイシスがクスリと笑って言った。

「君を気に入ったからだよ、話し相手に選んだのは」

「何故ですか……？」

「そうだな……流行り病と誤診された時、僕は自主的に隔離を選んで人を遠ざけた。が……僕のそばを離れることを、迷った者はいなかった。突き放そうとする僕に手を伸ばして、引きあげてくれたのはミラ、君だけだ。これじゃ理由にならない？」

フレイシスの手袋に包まれた大きな手が、ミラの繊手《せんしゅ》を取る。肩を跳ねさせたミラへ、フレイシスは一瞬瞠目《どうもく》したが、節の高い指を絡めて微笑んだ。が、ミラは固まって動けなかった。

ただ一つはっきりしたことは、因縁の相手に懐かれてしまったということだ。

どうして遠ざけたいと思っている相手を、引き寄せてしまったんだろう。

盛大な溜息《ためいき》を吐《つ》きたくなる。だが、フレイシスに気に入られておいて損はないのかもしれない。多少なりとも自分に情を抱いてくれたら、処刑ルートを免れるかもしれない。そのための布石と思って、ミラは話し相手になることを泣く泣く受け入れた。

ガウェインに部屋の前で待機するよう言い渡したフレイシスは、ミラを窓際のテーブルへ誘《いざな》った。そして猫脚の椅子へかける前に、ミラの手をナプキンで丹念に拭く。

「あ、あの……？」

「ガウェインに触れられていただろう」

「え、護衛騎士B様の手ってそんなに汚れていたんですか」

清潔感のある風貌だったけどな、とミラが思っていると、フレイシスは綺麗な顔で微笑んだ。

「うん。だからもう僕以外に触らせたらダメだよ」

「はい……はい？」

フレイシスの発言に引っかかりを覚えたミラだったが、席についた途端、テーブルの上の華やかさに歓声を上げた。

宝石のようなカヌレやケーキ、カラフルなマカロンが行儀よく鎮座し、つやつやした苺《いちご》や金のティースプーン、王室御用達《ごようたし》の華美な茶器が所狭しと並んでいる。

波のような模様が美しいティーカップからは、芳醇な茶葉の香りがふわりと鼻腔《びこう》をくすぐった。

「甘い物は好きかな」

「はい、とても」

何なら、味は二の次で糖分が多ければ多いほど好きだ。研究で徹夜明けの時は脳を休めるためにしょっちゅう角砂糖をそのまま食べていた。

「……でもあの……」

「うん？」

向かいにかけたフレイシスが、指を組んで小首を傾げる。その際にサラリと揺れた銀髪の美しささえ、溜息が出るほど芸術的だ。日差しに照らされた顔は相変わらず青白いが、大きな二重瞼《まぶた》の桃花眼といい、高い鼻梁《びりょう》といい、薄い唇といい――すべてのパーツが整っている。

国で一番の職人が仕立てた上質な青のタイやフロントのシャープなベストさえ、彼の美しさの前では目にすら入らないのだ。

常人なら心ゆくまで彼の美青年ぶりを堪能したに違いない。しかし、ミラは違う。彼の整った唇が、いつまたミラに『死』を告げるのかと怖くてたまらない。

そう、だから――ケーキって味がしなかったっけ？　とミラは思った。

緊張で喉が渇いているため、ケーキのスポンジが詰まりそうだ。ひたすら口を動かすものの、極度の緊張で味が分からない。

研究中、没頭しすぎるせいか、頭がキューッと萎《しぼ》むような感覚に襲われる度に糖分摂取のためホールケーキを丸々平らげていた身としては、味がしないなど本当に信じられない。

今なら紅茶に砂糖を瓶ごと入れても、味がしないのではないかとミラは危ぶんだ。

「殿下。話し相手にはなりますが私には研究もありますので、お茶の用だけなら今日はもう……」

「お茶をしながら話そう」

「私と話したいことがありますか……？」

自慢じゃないが、ミラは会話が下手だ。

魔法科学や勉学、研究に心血を注いできたミラが、人生において無駄だと真っ先に除外したものが人付き合いだった。ジョットには「壁と話している方がマシだ」と言われるレベル、つまりお喋《しゃべ》りスキルは無機物以下なのである。

だがしかし、会話が下手くそなせいでフレイシスの機嫌を損ねることは避けたい。

会話に窮したミラは、視線を逃がすようにフレイシスの部屋を見回した。初めて入室した時にも見るには見たが……。

「本が、多いですね」

ベッド脇の小机やソファ、マホガニーのローテーブルなど、あちこちに分厚い本が積みあげられている。しかもどれもが、小説ではなく専門書だ。

「読書……いいえ、勉学がお好きなんですか？」

フレイシスは紅茶をすすりながら言った。

「好きだし……僕は身体が弱いから、国のために、そして民のために知識だけは豊かにしておかないと、と思ってね。部屋にある本はすべて個人図書館から持ってきたものだから、ごく一部だよ」

「個人の図書館をお持ちなんですか？」

「ああ」

「王宮内にですか？　羨ましいです……国立図書館も興味深い本が揃ってますよね。ベルモンド・リーチの『創成科学理論』やビックス・ニーコフの『自然魔法元素大典』なんか、繰り返し借りて読みました。自然界の動植物に宿る魔力と、王侯貴族の魔法の違いと解釈が面白くて……」

ミラの声に熱がこもる。前のめりになったところで、ミラは饒舌《じょうぜつ》になっている自分に気付き、恥ずかしくなって閉口した。

しかし、フレイシスは優しい目でミラを見つめていた。ミラは目を泳がせ、スプーンで紅茶をやたらかきまぜた。味がしないため砂糖を入れすぎて、カップの底でザラザラと鳴っている。

「申し訳ありません。引きましたよね、同僚にもよく怒られるんです。話がマニアックすぎてついていけない、と」

「そんなことないよ。とても興味深い話ばかりだ」

「殿下、ご無理をなさらなくても」

「本当さ。そうだな……」

フレイシスは唇に人差し指を当て、ちょっと上を向いてから言った。

「ビックス・ニーコフの大典は面白かったけど、僕はネグリテの『魔力植物の回帰分析』も興味深かったな。植物の魔力はどんなに高かろうと必ずしも遺伝せず平均値に戻っていく、後退する傾向『魔力平均への回帰』を線形回帰で説明していて……あれを下敷きにした新回帰統計はいいよね」

「高度魔法関数を用いるあの難解な統計学を正しく理解できたのですか⁉　その年で⁉」

思わずミラは立ちあがって言った。

フレイシスはまだ十七歳だ。タイムスリップ前のミラだって十九歳で理解した魔法統計学を難なく理解している彼に、ミラは目を丸くした。

（この人、まさか……めちゃくちゃハイスペックなのでは……？）

ミラはローテーブルの上にうずたかく積まれた本の山を一瞥《いちべつ》した。魔法科学からティタニア王国の古典、社会学理論など、種類は多岐に亘《わた》っている。

ミラの中で、好奇心の尻尾が大きく振られた。

「殿下、五百年前のティタニアの古語は使えますか？　古語で建国神話を話していただいても？」

「何だい？　急に」

「お願いします！」

「じゃあ……『ティタニア建国時、一人の女神が神殿へ祝福に現れ、初代王に魔法を授けた。これにより、王の血を引く王侯貴族は魔法を得てゆくのだ。また、女神の化身である聖女が百年に一度神殿に現れ、ティタニアに繁栄をもたらすであろう』……これでいい？」

「おお……。建国神話、聖女降臨の予言のくだりですね」

「ああ。二章三十七節でよかった？」

「まさか暗記されています？　私以外にも建国神話を諳《そら》んじることができる方がいるなんて……」

ミラは興奮した面持ちで言った。

「で、では次は……魔法量子学について語りませんか……⁉」

「じゃあ未解決問題『魔法重力相互作用量子化理論』についてはどう？」

「っぜひ！　高名な学者ピルバーグでも解明できなかった理論の解釈をお聞かせください！」

（た、楽しい……！　古典も魔法科学も、初めてここまで対等に語れる人に出会えた……！）

魔法科学が専門のミラだが、それ以外の学問ももちろん好きだ。ローテーブルから本を持ってきて、気になった一節やお互いの解釈を交えながら会話する。ミラは終始目を輝かせてフレイシスと議論を交わした。

「ミラ、一息入れない？」

「へ……？　あ……」

すっかり冷めきった紅茶を指さし、フレイシスはクスクスと心地よく笑う。気付けば太陽の位置も傾いている。現実を忘れて子供のように語っていたミラは、彼の一言でようやく我に返った。

「す、すみません……！」

「何で謝るの？」

「私ばかり夢中になって、好きな話ばかりしてしまったので」

よりによってフレイシスと時間を忘れるほど語り合い、彼を振り回してしまうなんて大失態だ。

ミラは青くなって頭を下げた。が、顎にフレイシスの指がかかり、顔を上げさせられる。

「僕は嬉しかったよ。君が楽しそうに話しているのを見るのは」

「……退屈では、ありませんでしたか。迷惑では……」

きっと、人に興味を持たないミラとの会話は、面白くなかったに違いない。人とのコミュニケーションを怠ってきたからこそ、自分は聖女によって部下が籠絡されたことにも気付けず、裏切りに遭った。しかし――――……。

「まさか。すごく楽しかった」

暗い表情を浮かべたミラの頬を撫《な》で、フレイシスは力強く言った。

「……嘘《うそ》です」

「本当だよ。次はユニコーンの魔法生物学理論について語ろうか？」

「……っふ。どこまであらゆることに詳しいんですか？」

つい小さく噴きだしたミラは、口元に手をやり笑う。アクアマリンの瞳を細めて綺麗に微笑んだミラに目をむいたフレイシスは、穏やかに言った。

「やっと笑った」

「……へ？」

「初めてだ、ミラが僕の前で笑うのは」

「そ、うですか……？」

「うん。流行り病と疑われていた僕の身体には平気で触れてきたのに、僕と話す時や僕から触れた時、君はどこか怯えているように見えたから。嫌われているのかと思った」

言葉に詰まるミラの髪を耳にかけ直し、フレイシスは思わず見惚《みと》れるほど甘く微笑んだ。

「ようやく笑顔が見られて嬉しい」

ギュッと心臓を摑まれるような笑みだ。ミラは胸の震えをごまかすように、束ねた髪を指で梳《す》いた。

「ふ、不快な思いをさせてしまいすみません」

「まさか。ただ、僕といると元気がなくなるんじゃないかって、君のことが心配だったんだ」

「何で私の心配を……きゃっ？」

髪を梳いていた手を引き寄せられる。条件反射でつい振りほどこうとしたが、びくともしない。切なげな双眼を伏せ、フレイシスはミラの手の甲に唇を落とした。

「……っ!?」

「怖がらないで。僕は君を傷つけない。誓うよ」

（そんなの嘘）

瞬時に黒い感情が、羊皮紙に滲んだインクのように広がる。

貴方は私に死を言い渡した。言葉が届かないと絶望させて、私を傷つけたでしょ。そんな思いが呪いのように浮かんでは過《よぎ》っていく。

ただ、生まれて初めて、誰かと対等に話せたのも事実だった。誰かと話してここまで気分が高揚し、充実したのも。

研究施設の仲間と研究内容については意見を交わすものの、助手であるジョットさえ、ミラの仮説や理論を理解しきれていない時があった。専門でない話となればなおさら、仲間はミラとの話に興味を示さなかったし、ミラも他人に興味などなく、誰かと議論を交わしたいとは思わなかった。

（知りたくなかったなぁ……）

フレイシスの優しさも、彼との議論が楽しいことも。

彼が努力家なことも知りたくなかった。膨大な知識量は、天才の一言で済ませられるものじゃない。病弱な彼が、国や民のために活《い》かせるよう、沢山勉学に励んだ結果だろう。

王宮の庭園で会った時も、彼は真っ先に、他人のミラに病がうつる心配をしていた。護衛やメイドを遠ざけたのだって、きっと彼の優しさだ。

(冷酷な鬼というわけじゃない。行動の一つ一つが、人のことを思っている。私に処刑を言い渡したのも、病で明日の命も分からぬ身だから、父の仇《かたき》を一刻も早くとりたかったってところか……)

でも、だから？

(気を許さないでよ、私……)

もう二度と、断頭台に上がるのはごめんだ。

緩みそうになる警戒心を戒めるように、ミラは爪を立てて自身の腕を掻き抱いた。

タイムスリップして三カ月経っても、相変わらずミラはフレイシスの話し相手を任されていた。

しかし本業は科学者、基本的には研究が優先だ。とはいえ、エリーテの研究を進めることは処刑ルートに進むのと同義のため、ミラは消極的だった。

「あーっ。九回目の実験も失敗か。本当にこの理論合ってんのかよ」

王に用意された白い石造りの研究施設『真珠塔』の一室で、ジョットは唸る。

一見、研究者っぽく見えない野性味溢《あふ》れた偉丈夫の彼は、椅子に斜めに腰かけて、ミラの書きあげた論文を読み返していた。机の周りには研究書や天秤《てんびん》、精巧な計器やラベルの貼られた薬品がずらりと並べられている。

「理論としては正しいはずなんだよね」

隣の席にかけたミラは、伯爵令嬢らしからぬ口調で言った。

研究施設では圧倒的に男性が多いため、女性であり年若いミラは侮られないよう中性的な言葉遣いを使用している。いつの間にかそれが染みつき、敬語で話す相手以外の前ではこの口調が素になっていた。

「あとは……組み立てた理論が正しいと証明しなくちゃいけない」

ミラは罪悪感に駆られながら言った。

タイムスリップ前に一度エリーテを発見した身であるため、抽出方法はもちろん知っている。ジヨットに渡した論文の理論は正しいが、抽出を成功させるには記載されていないひと手間をかける必要があった。

だがそれを実践してしまうと、自身の死亡フラグが立ってしまうためできない。ミラは同僚たちが昼夜問わず研究に明け暮れるのを見ても力を貸せず、心苦しい思いをしていた。

「そんでアンタは？　また王太子殿下と逢引《あいび》きか？」

「午後からね。そして逢引きじゃないってば。話し相手」

「どっちでも一緒だろ。俺たちが研究してる間に、優雅なことで」

研究が思い通りに進まないせいか、ジョットが当てこする。嫌みを言われるのは今日が初めてではないため、ミラは聞き流そうとした。

しかし、背後の黒い扉が開いて、幼さの残る声が口を挟んだ。

「王命だから仕方ないと聞いていますよ。ジョットさん自身が研究施設のメンバーにそう言ってたじゃないですか。上手くいかないからって八つ当たりはダメですよ」

コーヒーの香ばしい香りを漂わせて入室したのは、そばかすの目立つ青年だった。タイムスリップ前に施設内で何度か見かけた気がするものの、名前が分からない。何しろ人の多い研究施設だ。一瞬お手伝いかと思ったが、しっかり白衣を着ていた。

お盆にマグカップを載せた青年は、その一つをミラに手渡す。短い礼を言って受け取ったミラは、熱いコーヒーに息を吹きかけて冷ました。

次に青年は、ジョットにマグカップを渡す。受け取ったジョットは、兄のように言った。

「おう、ありがとうな。エドワード」と。

その瞬間、ミラの手からマグカップが滑り落ちる。ガチャンッと耳障りな音を立てて、コーヒーが石の床にぶちまけられた。

「おい、何してんだよ！　火傷《やけど》してねぇだろうな⁉　計器は？　無事か？」

ミラと石畳を縫うコーヒーを見比べながら、ジョットが唸った。

「お、俺、拭くもの持ってきますね……ミラさん？」

部屋を後にしようとしたエドワードの白衣を掴み、ミラは幽霊でも見るような目で言った。

「エドワード……？　貴方がエドワード？」

もしそうなら、タイムスリップ前に保管庫からエリーテを盗んで聖女に渡した裏切り者だ。

目の前の人畜無害そうな冴《さ》えない青年を見つめ、ミラは呆然《ぼうぜん》として言った。

「はい。もしかして俺の名をご存じなんですか？　嬉しいなぁ。俺がエドワード・マリクルです」

「んなわけねぇだろ。エドワード。ミラは人の名前を覚えられねぇんだぜ」

ジョットが茶々を入れたが、ミラは憑《つ》かれたように言った。

「エドワード……忘れるわけない……」

一気に胸の辺りが重苦しくなる。気持ちの悪さがこみあげて足元がふらついた。

「ミラさん、どうしました？」

エドワードが顔を覗きこんでくる。人のよさそうな顔が近付くと、ミラは得体の知れない恐怖を味わった。

フレイシスに王宮で遭遇した時とはまた別の恐怖だった。見るからに善人の面をした人が、自分を裏切るという二面性が怖い。

「な、んでもないよ……。もう行って……」

「……？　はい、布巾を取ってきますね」

エドワードが退室したあと、ジョットはたまげたように言った。

「人に無関心なアンタでも、名前を覚えてる奴《やつ》がいるとはな。あいつ、一週間前に入ったんだぜ」

「そう……三年も前から一緒に働いてる部下だったんだ……」

「いやいや、エドワードは一週間前に入ったところだっつってんだろ。頭大丈夫か？」

呆《あき》れ半分、心配半分な様子で言ったジョットへ、ミラは断言した。

「……彼は研究のメンバーから外すから」

「は⁉　何でだよ」

「何でも！　それから、今後は新人が入る度に報告すること！　じゃあ私、殿下のところに行くから」

「っおい⁉　いつも変だが、今日は輪をかけて変だぞ、アンタ……」

出ていくミラの背中に、ジョットの声がかかる。しかしミラは振り返らなかった。頭の中を埋め尽くすのはエドワードのことだ。

（三年も一緒に研究してきたのに、顔と名前が一致しなかった……。いかに自分が人に無関心だったか思い知らされちゃうな……）

三年も共に研究してきたメンバーに裏切られていた。

フレイシスに断罪された時とはまた違うショックだ。部下に裏切られたことは聖女の口から聞かされていたが、実際に裏切った相手の顔を見てしまうと、改めて思い知らされる。同じ志を持って働いていた相手から裏切られたという絶望、そしてみじめさが、ミラの両肩に重くのしかかった。


真珠塔からフレイシスの宮までは二十分近くかかる。ようやく辿りつくと、彼の部屋の方向からメイドが三人歩いてきた。

「やっぱいいよね、フレイシス殿下！　病弱なのが玉にキズだけどお優しいし」

「分かってないわね。あの身体が弱くて薄幸の美青年って感じがいいんじゃない！」

「メイド一人一人の名前を覚えてくださってるなんて、感激よね」

年若いメイドたちは、キャーッと黄色い声を上げて盛りあがっている。メイドは必要ないと訴えていたフレイシスだが、結局王は彼にメイドをあてがっていた。ミラは研究があるため、話し相手くらいなら務まっても、世話を焼くことはできないからだ。

それにしてもすごい人気だ。しかも彼がメイド一人一人の名前を覚えているとは驚きである。三年も一緒の部下の顔と名前すら一致しない自分とは大違いだと、ミラは落ちこみに追い打ちをかけられた。

フレイシスの部屋の前まで着くと、ガウェインが仁王立ちで警護していた。黙っていると絵になる男だが、ミラの姿を認めるなり見えない尻尾をブンブンと振る。

「ミラ様！　……あれ？　ひどい顔ですねぇ。美人が台無しですよ？」

「護衛騎士B様は今日もイケメンですね、お疲れさまです」

「ガウェインですって。そして私をイケメンと言ったことがバレたら、私が殿下に魔法で吸収されてしまいますのでおやめください」

「え、どうして？」

「その鈍さは私の命の危機に直結するので直してほしいですね……」

ガウェインはやれやれと肩を竦《すく》めて言った。

「さあさあ、殿下がお待ちですよ。体調がようやく落ちついたので、今日はお元気そうです」

「症状はまた発熱と吐血、ですか？　意識が混濁するほどひどかったとお聞きしていますが」

「ええ、発熱しているのに、顔色は紙のように白くて怖かったですよ」

フレイシスは五日前に市街地で、魔物が現れる原因の魔障を排除した帰りから体調を崩していた。

病弱なフレイシスにそんな仕事をさせるなと突っこみたいミラだが、魔障はフレイシスの吸収魔法で排除するのが手っ取り早いのだろう。民の脅威を除くのは王族の義務でもある。

フレイシスの体調には波があるが、症状がひどくなると寝こむ日数も徐々に増えてしまう。結果、ミラが彼に会うのは一週間ぶりだ。

（体調不良の原因が分からなくても、法則くらいありそうだけどね）

しかしそれは医師の領分だ。フレイシスの体調がどうなっても関係ない、とミラは思った。緊張からケーキの味が分からなくなる現象は収まったが、やはり彼への怯えは残っている。ただ……。

「ミラ、待っていたよ」

扉を開けると、凪《な》いだ海のように穏やかな笑顔のフレイシスに出迎えられる。

厄介なことに、怯えが残っていても、フレイシスと意見を交わすことは研究に没頭している時と同じくらい楽しかった。

「お加減はいかがですか」

珍しく顔色のいいフレイシスに尋ねる。ソファから身を起こしたフレイシスは答えた。

「いいよ。今日は君にプレゼントがあるんだ。ミラ、こっちへ来て」

「プレゼント、ですか」

誘われるままフレイシスのソファの隣に座らされる。彼の手にはサテンの青いリボンがあった。

「ああ。ミラは実験の邪魔になるからと、いつも髪を束ねているだろう。だからリボンを……」

そう言いかけて、ミラの顔を見たフレイシスはピタリと言葉を切った。

「殿下？」

「……リボンを贈ろうと思ったけど、どうやら今日は、別のプレゼントの方がいいみたいだね」

「え……殿下、あの」

「おいで」

ソファに置かれたお茶の用意もそのままに、ミラはフレイシスに手を引かれ部屋を後にする。何事だと訝《いぶか》るミラの手を繋いだまま、彼は宮の中を移動した。ガウェインも驚いた様子で追ってくる。

柱廊を通り抜けた先にある扉の前で、ようやくフレイシスは足を止めた。

「殿下、ここは？」

「僕の個人図書館だよ」

「え……っ。ここがですか⁉」

フレイシスが扉を開けると、そこは天井近くに取りつけられたステンドグラスから木漏れ日の差しこむ、個人図書館だった。

修道院のように天井画が描かれ、床にはチェス盤を彷彿《ほうふつ》とさせる白と黒の大理石が敷かれている。円形の部屋は本棚が輪を囲むように整列しており、首が痛くなるほど高い本棚には、貴重な文献や論文が収まっていた。

「わ、わ……っ⁉」

ミラは、まるで宝物庫に足を踏みいれたような歓声を上げる。口元を覆っても、感嘆の息が漏れ出た。

「嘘……！　アガイズ・ベラの写本がある。あ、あのガラスケースに収まってるのは？　何の論文ですか？」

グルリと部屋を見回し、ミラは子供のように目を輝かせる。見たことのない専門書や古文書に胸を躍らせていると、フレイシスがミラの手を取り、黄金でできた精巧な鍵を握らせた。

「……これは？」

「この図書館の鍵だよ。好きに使うといい」

「……っいいんですか⁉」

手のひらに収まった鍵を握りしめ、ミラはフレイシスを仰ぎ見る。フレイシスは快く頷いた。

「うん、プレゼント」

「……初めて『魔法元素全集』を手にした時と同じくらい感動しています……」

「ミラらしい例えだね。喜んでくれたと思っていい？」

「はいっ。すごく！　ありがとうございます……！」

満面の笑みで答える。と、フレイシスは宝石のような目を見開き、それからミラの頭を撫でた。

「可愛い、ミラ」

「へ……」

「すごく可愛い」

「あ、あの……」

「元気出た？」

不意に尋ねられ、ミラは目を見開いた。長身のフレイシスは小首を傾げ、覗きこむようにミラの表情を窺《うかが》う。元気がなかったことを言い当てられたミラは、「何で……」と漏らした。

ミラの頭を撫でていた手が、白い頬へと滑り降りてくる。

「僕の部屋へ入ってきた時に、眉が下がっていたから」

「……まさか……だから、ですか？」

だから、ミラを喜ばせるために連れてきてくれたのか。理由も聞かずに？

（私の表情だけで察して、元気がない理由を詮索もしないで……）

胸の奥から泉が湧くように、ジワリとした温かさが溢れる。同時にキュウッと切なく胸が締めつけられるような感覚もあって、ミラは甘くて苦い気持ちを味わった。

「ミラ、魔法科学の文献はこっちに揃ってるよ」

本棚を指さして前を歩くフレイシスの、広い背中を見つめる。

（何だろう、何か……）

彼に送る視線に、恐怖以外の色が交ざりつつある気がする。油断したくないのに。ほだされたくないのに。

ミラは白衣をギュッと握ってから、フレイシスの後を追った。


窓の外が茜《あかね》色に染まる頃、ミラはようやく本から顔を上げた。棚から取ってきた本の最後の一冊を読み終え、ほう、と法悦の息を吐く。

余韻に浸っていたミラは、ふと顔を上げた。すると向かいの机で頬杖をつき、こちらを見つめる甘い琥珀《こはく》色の双眸《そうぼう》と目が合った。

「す、みません……。私、本に夢中になってましたね……」

ようやく現実を思い出して、ミラはダラダラと嫌な汗を噴きだした。

夢中になると周りが見えなくなるのは悪い癖だ。フレイシスの話し相手として呼ばれたのに、彼を放って読書にふけるなど言語道断である。

何なら本で読んだ魔法化学式を書きなぐった羊皮紙まで何枚も散らばっている有様で、どれだけ没頭していたのかとミラは頭を抱えた。

（こういうところが奇人変人扱いされるんだよ……）

今までならそう思われても気にしなかったが、エドワードの件を思い出すと、自身のこれまでの人付き合いを反省せざるを得ない。

（怒って手打ちにされたりは……しないよね。ここに連れてきてくれたのは殿下だし）

しかし、苦言の一つは頂戴するかもしれない。ミラは覚悟したが、フレイシスの反応は思っていたものと違った。

「読書しているミラを眺めるのは楽しかったから問題ないよ」

俯《うつむ》いてテーブルと額がくっつきそうになっているミラへ、フレイシスは言った。

「気になる一節があるとキラキラ目を輝かせたり、難解な公式に眉を寄せたり、見ていて飽きなかった。前にも言ったけど、ミラは本当に面白いね」

（話し相手の役目を忘れていたのに、怒らないんだ……）

肩透かしを食らうミラ。同時に、フレイシスの寛大さに驚いた。

「……私を面白いと言うのは、殿下だけですよ」

「そう？　なら君の周りは見る目がないんだね」

手元の本のページをめくりながら、フレイシスは気楽そうに言う。夕日の色に染まったフレイシスの髪はキラキラと輝いていて美しかった。思わず見惚れそうになる。

「どうかした？　ミラ」

「あ、いえ……。あの、今更ですが、何かお話、しますか？」

「もう読書は満足したの？」

「ジュウブンです」

「あはは。じゃあ、そうだな……気になっていた質問をしてもいいかな」

「どうぞ」

ミラが促すと、フレイシスは机の上で腕を組んで尋ねた。

「ミラはあらゆる分野に精通しているけど、どうして魔法科学を専攻したの？」

「――――それは」

ミラは膝の上で、指を弄《もてあそ》んだ。

「王族の血を引いているのに、魔法の才能がなかったからです」

魔法でタイムスリップし処刑を免れるまで、自身の魔力は枯れているとさえ思っていた。

「ろくに魔法が使えないから、憧れていたのかもしれません。だから、科学面から魔法について深く知りたくて」

ミラの両親は、娘が魔法を使えないことをひどく嘆いた。幼い頃には父が、ミラに魔法の才能がないのは母のせいだと責めていたこともある。責められた母が、ミラを罵ったこともある。

『貴女が魔法を使えない無能だから、私の肩身が狭くなるんじゃない！』と。

その頃からだ。ミラが他人に興味をなくしたのは。人付き合いが無駄だと切り捨てたのは。

勉学は裏切らない。研究は喚《わめ》かない。理論は嘆かない。

他者の発言に振り回されず、心静かに。そしたら結果はついてきた。

エリーテを発見した時、人生で一番心が躍った。人に興味はなくとも、人の役に立てるのは嬉しかったし、エリーテのもたらす効果に多くの人が喜んでくれたことも感動した。

動植物の魔力を打ち消せるエリーテを活用すれば、魔物の討伐にも非常に有効だ。それだけでなく、人体に有害な魔法植物を無害に変えることだってできる。

そんな可能性の塊を発見したミラは、一躍時の人となった。多くの人の羨望を得て、必要とされた。それは無駄を切り捨てて好きなことを突きつめたお陰とも言える。

けれど、それだけではダメだった。人との関わりを蔑ろにしてきた結果、ミラは部下の裏切りに遭っても気付けず、まんまと聖女に陥れられた。

そして――……処刑場でのフレイシスにも、自分の声は届かなかった。

「ミラ、顔を上げて」

ふと労《いたわ》るような声がかかり、過去の記憶を彷徨《さまよ》っていたミラはハッと顔を上げた。

心配そうなフレイシスと目が合う。いつの間にか力が入っていたのだろう、指を組んだ手の甲に爪が食いこんでいた。

「嫌なことを話させたみたいだ。ごめん」

「いえ、嫌なことだってわけでは」

「そっか。じゃあ、頑張ったんだね」

「頑張った……？」

「うん。科学者になるまでに、沢山頑張ってきたんだね」

（……どうして……私に処刑を言い渡した貴方が、私のこれまでの努力を認めてくれるの……）

そしてどうしてフレイシスは、ミラの感情の機微にとても敏感なのだろう。まるで、何でも受け入れてくれそうで、分かってくれそうで、心地よいと思ってしまう。

処刑される前に彼ともっと関わっていたら、断頭台に乗らずに済んだのでは、と希望を抱いてしまう。

「殿下は、いつも私を否定せず話を聞いてくれますよね」

「そう？」

「私の感情の変化に敏感だし……私ももっと」

自分が変われば、未来も変わるだろうか。無駄だと切り捨てず、人と関われば見つけられるものもあるだろうか。少なくとも、自分はフレイシスと関わったことで、人と接する楽しさを知った。

無駄だと思っていたことは、無意味ではなかったのだ。

もっと人と関わっていれば、きっとエドワードの裏切りにだって気付けたし、そもそもエドワードだって裏切ろうと思わなかったかもしれない。フレイシスだって、処刑場でミラの話に耳を傾けてくれたかもしれない。

（私はフレイシス殿下の口から、私の死を望む言葉を紡がせずに済む未来を得たい。変わりたい、私が、人に興味を持たなかった私を変えたい）

「ミラ？　大丈夫？」

「……っ大丈夫です」

力みすぎて無表情になっていたのだろう、ミラは我に返って頷いた。

フレイシスを仰ぎ見る。彼への警戒心がなくなったわけじゃない。恐れは残っているし、処刑ルートのことを考えると、エリーテの研究にも前向きにはなれない。けれど……。

(私は、私自身を変えよう。人との接し方を変えるんだ)

そう決意し、ミラは背筋を伸ばした。

「殿下、今日はありがとうございました。すごく、すごく嬉しかったです」

「……ミラ」

「殿下、そろそろお戻りになってください」

図書館の外で待っていたガウェインが、扉を開けて声をかけてきた。フレイシスは何か言いかけたのをやめ、ガウェインへ声を張った。

「ああ。ガウェイン、今行く。さあ、ミラ」

「はい殿下。あと……呼びに来てくれてありがとうございます。……ガロ様」

ミラが言う。ガウェインはどんぐりのような目を零れ落ちそうなほど見開いた。

「ミラ様⁉　今、私のことをあだ名で呼んでくれましたか⁉」

「でも次回はやっぱり覚えてないかもしれません。それは勘弁してください」

面倒くさがらずに人と関わるには、まず人の名前を覚える努力をすべきだ。手始めにミラはガウェインの名前を、彼の希望通りあだ名で呼ぶことにした。

ガウェインが感動にむせぶ。しかしミラが頬を掻いていると、隣からどす黒いオーラが漂ってきたため驚倒してオーラの先を見やった。フレイシスが、絶対零度の冷たい目をたたえて唸る。

「は……？　どうしていきなりガウェインのことをあだ名で呼んだんだい？」

「え、あの、それは」

「ガウェイン、永遠の暇《いとま》を与えるよ。お役目ご苦労だった」

「えっ⁉　私いきなりクビですか⁉」

浮かれていたガウェインは一転、泣きそうな顔で叫んだ。

「ミラ、何で僕の名前は呼んでくれないのにガウェインごときをあだ名で呼んだの」

『ごとき』の部分をやたら強調してフレイシスは言う。

ミラは禍々《まがまが》しいオーラを放つフレイシスをおっかなく思いながら頬を引きつらせた。

「いや、さすがに殿下のお名前は畏《おそ》れ多くて呼べないというか……」

「何それ。じゃあもう王太子をやめようかな」

「ええっ⁉　何言ってるんですか」

慌てるミラへ、フレイシスは真顔で言った。

「本気だよ。そうだガウェイン、騎士をやめたら王太子の座を譲る」

「滅多なことを言わないでください、殿下！」

ガウェインは青い顔でミラに同意を求めた。

「ねえ、ミラ様⁉」

「〰〰っそうですよ、もう！　フレン様！」

子供のように拗《す》ねてぶっ飛んだ発言をしたフレイシスへ、ミラは急いで言った。

愛称で呼んだ瞬間、フレイシスは絵画のように整った顔のまま固まる。隣で「わお」とガウェインが声を上げたが、ミラはフレイシスの異変に気付かず俯きながら言った。

「あの、私……殿下と関わるようになって、変わろうと思ったんです。これからは、他人にも興味を持とうって。殿下が私を変えてくれたんですよ。ありがとうございます。だから……わっ⁉」

力強い腕に引き寄せられて、ミラはたたらを踏む。次の瞬間に柔らかい香りが鼻をくすぐり、そのまま硬い胸板に鼻を打ちつけた。

「う……っ⁉」

ぶつけた鼻を手で押さえようにも、がっちりと拘束されているため叶わない。一拍遅れてから、背中に回った力強い腕に気付いた。フレイシスに抱きしめられている。

「……なにゆえ？」

タイムスリップ前の自身が見たら、発狂するに違いない。信じられない光景にミラは目を回す。フレイシスの顔が首元に埋まり、彼のサラサラした髪が頬に当たっている。くすぐったくて視線をやれば、彼の赤くなった耳殻が目に入った。

「……本当に、君は僕を驚かせる……」

「え、あの……殿下……」

「飽きさせない子だね、ミラ」

呆然とするミラの耳元でチュッと甘い音を立てて、フレイシスがそっと離れていく。

「またね」と残し、フレイシスはガウェインを連れてその場を去った。主人とミラを交互に見たガウェインは、抜け殻のようなミラに謎の小さなガッツポーズを残してフレイシスを追う。

そして図書館の前の廊下で一人取り残されたミラは、二人が見えなくなってからその場にへたりこんだ。

「……何？　何で……？　殿下って、謎だ……」

頭の中で鳴っているかのように心臓がうるさい。フレイシスと会っている時は大体緊張している
が、どうやらこのドキドキは、それ以外の意味も含んでいそうで。

その正体を突き止めるのは恐ろしくて、ミラは心臓が落ちつくまで素数を数えた。


タイムスリップしてからいくつも季節を跨《また》ぎ、一年が過ぎた。新緑が美しく、瑞々《みずみず》しい空気の季節が巡ってくる。

この一年、フレイシスと関わるようになってからミラは少しずつ感化されていた。変わりたい自分がいる。その結果、未来を変えられたらいいと思うようになったのだ。

なので、これまでなら考えられないことだが――――個人図書館での一件のあとに、ミラが真っ先にしたことは、自身を裏切ったエドワードと話すことだった。

他人ともっと積極的に関わることを決意した故の行動だったが、会話の中でエドワードの希望を知れたのは幸運と言わざるを得ない。どうやら彼には、静かな場所でゆっくり研究したいという夢があったようだ。

そうと知ったミラは、早速知り合いの学者がいる辺境の研究施設に紹介状を書き、エドワードをそちらへ送った。これでエドワードが聖女と出会うこともないだろう。万々歳だ。

こんな感じで、今のところ、なすべき対策は可能な限りできている。順調だ。フレイシスのスキンシップが最近輪をかけて多くなっていることが若干気になるが、気に入られている証拠だと思えば安心できる。

それに、話し相手として彼と接していながらも、今のミラが抱く思いは恐怖と警戒だけではなかった。

少しの希望と、期待がある。

フレイシスと接してみて分かったのは、懐に入れた相手には優しく、話の分からない相手ではない、ということだった。信頼関係を築いてゆけば、彼の口からミラの死を願う言葉を聞かずに済むかもしれない。今のミラは、その望みに賭けていた。

もしこの先転移してくる聖女に陥れられたとしても、前回とは違い、フレイシスがミラの言葉に耳を傾けてくれますようにと。

しかし、どれだけ感化されても、希望と期待を抱いても、ミラの中で譲れないものがあった。エリーテの研究だけは、処刑ルートに直結するので進めるわけにはいかない。

ただ、タイムスリップしてから一年。いつまでも研究をストップしておけるわけがなかった。

研究開始から一年が過ぎ、さすがにごまかせなくなってきたミラは、寝不足に陥るほど悶々《もんもん》とした日々を送っていた。

「やる気があるのか？　アンタが研究の責任者なんだぞ」

獣のように低い声で、ジョットが唸る。

学者や有識者が王宮の敷地内へ出入りする際に使用する『真珠門』の近くにそびえる真珠塔は、

王宮内では西の端に位置している。フレイシスと面会の約束があるミラは塔を後にしたが、今日はジョットが厳しい表情でついてきた。

大柄のジョットは歩幅が大きいため、すぐに追いついてミラの隣へと並ぶ。デルフィニウムの香る庭園を横切る間、ジョットからの説教が飛んだ。

「実験が一カ月やそこらで上手くいくとは俺だって思っちゃいなかったさ。だが、一年だぞ？」

「同僚A……ジョットくん、一年で成功する研究ばかりじゃないよ。むしろそれは少ない例で……」

白衣を翻し、ミラは早足で進む。それでも、ジョットからすれば普通の歩幅だ。彼を振りきることはできなかった。

「理論があそこまで整っていてか？　じゃあ、アンタは失敗したデータから改善点を探し、改良を加えたか？　アンタが改めたのは、俺を名前で呼ぶようになったことだけだろ」

「私の提示した理論で実験が成功しないことは、申し訳ないなって思ってるよ。本当に」

溜《た》め池にかかる石橋へ足をかけたミラは、鏡のような池に映るデルフィニウムに視線を逃して言った。

ジョットから舌打ちが飛ぶ。さらにジョットの太い腕が伸び、橋の欄干に手をつかれた。眼前には大柄のジョット、背後は橋の欄干に挟まれ、ミラは逃げ場がなくなる。

「アンタ全然分かっちゃいねぇな。俺は実験が成功しないことを謝ってほしいわけじゃねぇ！　王太子にかまけているばかりじゃなくて、研究にやる気を出せって言ってるんだ！」

「――――殿下のお相手をするのは王命でしょう」

「研究だって国王陛下の支援を得ているからには結果を出さなきゃいけねぇ。アンタはどちらか一方にしか注力できないほど不器用な女だったか？」

「……そうかもね」

「いい加減にしろよ、ミラ！」

ジョットの目が吊《つ》り上がり、浅黒い手がミラの薄い肩を乱暴に掴む。肩が軋《きし》み、ミラは呻《うめ》いた。

「いた……っ」

その時。

「――彼女に何をしている？」

闇の底から響くような低い声が、ミラの鼓膜を震わせた。

ブワッと一際大きな風が吹いて、木々がざわめき水面《みなも》が波打つ。分厚い雲が太陽を覆い隠した。

総毛立つ感覚には覚えがある。耳に届いたのは、死刑を言い渡された時と同じ声色だ。

これは――……。

「フレイシス、殿下……」

ミラの喉の奥で、声が縮こまった。いつの間にか、触れれば切れそうな殺気が辺りを満たしている。ジョットはミラの肩を掴んだまま、声の出所を振り返った。

「もう一度聞くよ。僕の宮で、ミラに何をしている？」

見慣れた柔和な笑顔は影も形もない。フレイシスの前髪越しに覗く瞳は琥珀色なのに、深淵《しんえん》のように暗かった。

コツリ、と音を立ててフレイシスの革靴が橋を踏む。彼が一歩近付く度に、ビリビリと肌に電流が走った。

（え……何で？　今日、機嫌悪いなんて聞いてないんだけど……ていうか、機嫌悪いってレベルで済むの、これ……!?）

　一歩間違えれば首をはねられそうな雰囲気を醸しだすフレイシスに、ミラは震えあがった。

「殿下、あの、お見苦しいところをお見せしてすみません。これは……」

　ジョットによって背中を欄干に押しつけられたまま、ミラが声を上げる。しかしフレイシスの視線はジョットと、ジョットの手が摑んでいるミラの肩に向いていた。

「……申し訳ありませんが殿下、今取りこみ中なんです。邪魔しねぇでもらえますか」

　鈍いのか剛毅《ごうき》なのか、ジョットは果敢にもそう言った。

「ずっとはぐらかされ、逃げられ続けているんでね。今日こそはちゃんと話を……」

「それはつまり、ミラが嫌がっているのに貴様が追いかけているということか？」

　ジョットの言葉を遮り、フレイシスが一段と冷えた声で言った。

「そういうことなら……」

　ミラと出会ってから一度も外したことのない手袋の指先に、フレイシスは歯を立てた。手袋を歯に挟んで引っこ抜いたことにより、彼の右手があらわになる。フレイシスの右手には、白い魔法陣が浮かんでいた。

　ミラの胸元に咲いた黒い魔法陣とは違う。魔法陣の色が明るいのは魔力の強い証拠だ。その魔法陣が発光し始めたのを見て、ミラは嫌な予感がした。

「で、殿下……待ってください、何を……」

「少し我慢してて、ミラ。大丈夫、吸いこむのはそこの男だけだから」

「いやいや、私の同僚を吸いこまないでください！」

「え、何だ⁉　何が起きてんだ⁉」

ようやくフレイシスの異様な雰囲気を察したのか、ジョットがミラの肩から手を離す。拘束が解けたミラは、慌ててフレイシスの手に飛びついた。

「殿下、落ちついてください！」

「危ないから離れて、ミラ。そこの付きまとい男を塵《ちり》一つ残さず消してあげる」

（やっぱりおっかないよこの人‼）

「ちょ……っ」

『食い尽くせ』

フレイシスが古代ティタニア語を囁いた瞬間、彼の手の甲に刻まれた模様と同じ魔法陣が大きく足元に浮かびあがる。次の瞬間、ジョットのすぐそばの欄干が、抉《えぐ》りとられるようにフレイシスの手のひらへ吸収された。

「おあああ⁉」

ジョットの叫び声と、ミラの声にならない悲鳴が重なる。

これがフレイシスの魔法だ。曇天から一筋、糸のような雨が落ちてくる。雨脚が強くなっても、フレイシスの足元に浮いた魔法陣は白く発光し続けていた。

欄干は抉られ、雨に打たれて波紋を描く池が丸見えだ。ミラはフレイシスの右手にしがみついているのが恐ろしくなり、血の気が引いた。

「次は本当に吸いこむ」

フレイシスが据わった目で宣告する。手をかざされたジョットは「いや、俺が何したって言うんですか⁉」と顔色を悪くした。

「ミラにもう二度と近寄るな」

「お、俺は同僚ですよ⁉」

「従わないなら――……」

「殿下、待ってください！　私、ジョットくんに付きまとわれていません！　殿下は何か誤解をされています！」

底を尽きそうな勇気を振り絞り、ミラは叫んだ。

「そしてジョットくんは、今日は退場して！　いいね⁉」

「お、おう……」

腰が抜けそうなのか、ぎこちない動きでジョットが橋を後にしようとする。それでも気づかわしげにチラチラこちらを窺うジョットへ視線を送っていたミラは、突然強い力で顎を摑まれた。

「ひっ⁉」

無理に首を捻《ひね》る形になりグキッと骨が鳴った。ついでに目に雨が入って瞼を閉じる。瞼を震わせて目を開けると、鼻が触れ合うほどの距離にフレイシスの秀麗な顔が広がっていた。しかも、彼の瞳孔は開いている。

すべての語彙《ごい》が吹っ飛んで固まるミラへ、フレイシスは眉間にしわを寄せて言った。

「本当にあいつに何もされてないのか？」

「な、ないです……何も」

「本当かな」

「は、い。ちょっと、研究のことで、揉めてただけです……」

蛇に睨まれた蛙《かえる》だって、もう少し酸素を取りこめているのではないか。ミラは冷たい雨に打たれながらそう思った。

「あの、殿下……こ、怖い、です……」

奥歯を震わせて、ミラは訴える。

この震えは、雨で身体が冷えたせいだけはない。ミラの怯えに触れたフレイシスは、やっと纏う空気を和らげた。どっと数年分の酸素が肺に行き渡ったような心地に、ミラは浅い息を繰り返した。

「殿下、雨に濡れては身体に毒です。早く宮に戻りましょう」

フレイシスのグレーのシャツが濡れて色が変わりつつあるのを見たミラは、遠慮がちに言った。

正直、今のフレイシスと一緒にいたくはない。しかし、放っておいてジョットを追いかけられても困る。

(完全に被害者じゃないか……。ごめんね同僚A……じゃなくてジョットくん)

心の中で哀れなジョットに合掌する。すると項《うなじ》に手をかけられ、ついで額にコツンと小さな衝撃が走った。

「え……」

屈《かが》んだフレイシスの額と、ミラの丸い額がぶつかっていた。フレイシスの長い睫毛に雨粒が引っかかっているのがぼやけて見えるほどの至近距離に、ミラは色んな意味で息が止まった。

「……よかった」

「殿下……っ？」

心底安心したような彼の呟きに、ミラは首を傾げた。

「……あの男に、傷つけられたわけじゃなくて、よかった」

フレイシスに項を引き寄せられ、彼のもう一方の腕が、ミラの背に回る。覆いかぶさるように抱きしめられ、ミラは息が詰まった。

「もしかして、心配してくれたんですか……」

魔法を行使するほどに。

タイムスリップ前にミラに死刑宣告した相手とは思えないほど、ミラを大切にしてくれている。その事実に戸惑い、ミラは何とも言えない気持ちになった。『信じられない』と『嬉しい』が、波のように交互に押し寄せてくる。

（何だろう、この感情は……。何で嬉しいんだろう……）

もちろん、処刑ルートのことを考えると、嫌われているより大切にされている方がありがたいに決まっている。そう、ありがたいという感情なら理解できるのに、何故嬉しいとまで感じるのか。

ミラは自分で自分が分からなかった。

「心配だけじゃないよ。妬《や》きもしたんだ」

「焼く？　何か燃やしたんですか？」

ミラが首を捻ると、フレイシスは桃花眼を瞬いた。そしてようやく、今日初めて笑った。

「やっぱりミラは面白いね。でもダメだよ。妬かせた罰だから、今日はこのままね」

「え？　すみません、意味が分からないんですが……腕は解かれない感じですか？」

抱きしめられたままなんて、心臓に悪い。雨は冷たいし、フレイシスと触れている場所は熱い。

「――――いや、本当に熱いんですけど……」

ミラはグッと両手に力を入れて、フレイシスの厚い胸板を押す。

意外にも簡単に腕の拘束から逃れることができてホッとする。が、改めてフレイシスの顔色を見たミラは、ぎょっとした。

「殿下、実はめちゃくちゃ具合が悪いでしょう⁉　早く宮に戻りましょう！」

冷たい雨に打たれているにもかかわらず、フレイシスの身体はギクリとするほど熱い。瞳の潤んだフレイシスは危険な色気を発していた。

が、それに見惚れる余裕は、ミラにはない。白衣を脱いで彼に着せようとするが、フレイシスはミラの細腕を掴んでもう一度抱きついてくる。

「逃げないで、ミラ」

「いや、逃げませんから……！」

「そばにいてよ」

「ああもう……っ」

（何だってこの王太子様は……！）

「そばにいますから、早く宮に戻って横になってください！」

半ば怒鳴り、ミラはフレイシスを宮へと連れ帰った。

宮へ着くと、驚いた様子のメイドたちが二人を出迎えた。

医師が来るまでの間にフレイシスを着替えさせる。ミラも別室で着替えをしていると、メイドたちの会話が聞こえてきた。声を抑えているつもりかもしれないが、彼女たちの小鳥のような声は筒抜けだった。

「フレイシス様、おかわいそう。流行り病でないなら、呪いかしら」

「きっとお美しいから呪われてしまっているのね……」

(ちょっと、ちょっと。呪いって……)

ミラは大きく嘆息し、着替えを終えて衝立《ついたて》から顔を出した。

「殿下が呪われているとする根拠はありますか?」

「え……? え?」

ミラに話を聞かれていると気付いたメイドたちは焦った声で言った。

「発言には根拠が、理論には証明が必要です。殿下が呪いを受けていないことは、王族の定期的な魔術検診で判明している。なのに、根拠のない憶測を語るのはいかがなものかと。殿下は呪われていない。それを覆す証拠があるなら、実に興味深いですね。ぜひお聞きしたい」

冷静に言ってのけたミラへ、メイドたちはポカンと口を開ける。二の句が継げぬ彼女たちを置いて退室したミラは、フレイシスの部屋のドアを開けた。

話が聞こえていたのだろう。ベッドの上で、口元にシーツを引きあげたフレイシスが笑いを噛み殺していた。

「意外と正義感が強いよね、ミラ」

「……私は根拠のない話が苦手なんです」

「科学者らしいね。ありがとう……救われたよ。自身の手に負えないものを呪いと片づけられるのは辛《つら》いから」

外野に好き勝手言われるのは気分が悪いだろう。サラッと言ったフレイシスが、これまで病魔によりどれだけ嫌な思いをしてきたのだろうかと、ミラは思いを馳《は》せた。

診察中は部屋の外で待機しようとしたものの、フレイシスは手を離してくれなかった。

(大きい子供かな……?)

フレイシスにこんな一面があったなんて。微笑ましそうな視線を向けてくる医師に、居心地の悪さを覚えるミラだった。

「相変わらず、殿下の病の原因は不明ですか」

寝台に横になったフレイシスを見下ろし、ミラが医師に尋ねた。手を握りやすいよう、ミラはチンツ張りの椅子を寝台まで引き寄せて座る。

「ええ。雨に打たれて、熱が上がったのかもしれませんなぁ」

医師は首を横に振り、診察を終えると部屋を後にした。フレイシスは様子を見に来たガウェインと少し話してから、室内にいるメイドたちへ退室を求めた。

「お休みになるなら、私も退室した方がいいかと思うんですけど」

「ミラが目の届く範囲にいた方が落ちつくんだ」

頑《かたく》なな子供のようにフレイシスは言った。

そう言われれば部屋を辞することはできない。ミラが観念して椅子に深く座り直すと、フレイシスは口火を切った。

「……さっきの男と、研究のことで何を揉めていたの？」

「些末《さまつ》なことですよ」

ミラは歯切れ悪く言う。

目の前の困難な問題を思い出してしまった。

ジョットや研究仲間の努力する姿勢を見ていると、最近は罪悪感で胃が痛くなるばかりだ。データを改ざんなどはしていないものの、答えを知っているのに黙り続けているような状態は、心苦しくて押し潰されそうになる。

それに、さすがにジョットからやる気のなさを指摘されては、これ以上エリーテの研究の停滞は許されない。しかし、研究を進めてエリーテを再び発見するということは、処刑ルートが進むということだ。死の足音が近付くことに、ミラは怯えていた。

「私の不甲斐なさから、研究が停滞していて。さっきの彼が私を責めるのは当然なんですよ。でもどうしたらいいのか、分からないんです」

進むことも立ち止まることもできない。八方塞がりだ。ミラは眉根を寄せ、俯いた。

「ミラはいつも何か悩んでいるな」

「……そうですね。いっそ、すべて忘れてしまいたいくらいです」

そしたら楽になれる。ただ、死からは逃れられないだろうが。

ヘラリと弱々しく笑うと、フレイシスは繋いだ手の親指で、ミラの手の甲を撫でた。彼の手は手袋が外れ、魔法陣の浮いた甲がむきだしのままだ。

「僕の魔法なら、ミラの記憶を吸収して消してしまうなんて簡単だけど」

グイ、と手を引かれたため、ミラは椅子から立ちあがり枕元に手をつく。枕から頭を起こしたフレイシスの顔が近付いた。そのまま、濡れた髪の貼りついた額へ口付けられる。

「え……」

「でも、僕のことを忘れてしまうのは嫌だから、今日は特別。心を軽くしてあげる」

額にキスされた瞬間、寝台の足元に白い魔法陣が花開く。目を見開いたミラから、フレイシスはすぐに唇を離した。

「……え、あれ……？」

フレイシスの唇が触れていた額を指でなぞる。身体が妙に軽い。胸の底に碇《いかり》を落としていたモヤモヤが、まるで霧が晴れたように――……。

「今……私の、心のモヤモヤを、吸収しましたか……？」

羽根のような心の軽さだ。唖然《あぜん》としてフレイシスを見下ろすと、彼は微笑を浮かべ、それから咳きこんだ。枕元に、赤い点々が散る。

「殿下！」

ミラはまた一段と具合が悪くなったフレイシスの背を撫でた。

「具合が悪い時に、私のために魔法を使わないでください……！」

咳《せき》が止まらないフレイシスへ、ミラが訴えた。

「使うよ。ミラのためなら、どんな時でも」

血のついた口元を拭いながらフレイシスが言った。

「君にはいつも、笑っていてほしいからね」

「……っ」

フレイシスの言葉に、喉の奥が詰まる。

自分が笑顔でいられないのは、フレイシスの存在のせいもあるのに。なのに。

ミラは血の滲んだ、フレイシスの薄い唇を見下ろした。

（私を慰め、慈しむ言葉を吐くその唇が……私の死を願わないと誓ってくれたら、笑顔でいられるのに）

――――なのに笑顔でいることを願ってくれた、フレイシスの言葉が嬉しいなんて。

「ミラ？　まだ心が苦しい？」

泣きそうな顔をしていたのだろう。フレイシスが心配そうに尋ねる。ミラは唇を引き結び、不器用に笑ってみせた。

「……もう大丈夫です。さあ殿下、お眠りください」

フレイシスが恐ろしいのに、タイムスリップしてから彼に心を救われてばかりいる。彼といると何より緊張するのに、誰といるより心地いい。

最近は、フレイシスの優しい視線や柔らかい物腰に触れる度、温かい気持ちが湧いてしまう。

「おやすみ、ミラ」

握ったミラの手を口元に引き寄せて、フレイシスは目を閉じる。触れ合った手の温かさに、ミラは青い瞳を伏せた。処刑場での冷酷な印象そのままに、彼の手が冷たければよかった。

「あったかいなぁ……」

微睡《まどろ》みに身をゆだねそうだ。考えなくてはいけないことが山ほどあるはずなのに、フレイシスに胸を占めていた暗いつかえを吸いとってもらったせいか、今は何も浮かばなかった。

サリ、と髪を梳かれる感覚がして、ミラは瞼を震わせた。遠くで小鳥のさえずりが聞こえる。薄い瞼に陽の光が当たって、眩《まぶ》しさから身じろぎした。

「ミラ」

「違う……硫酸を使用して……」

「ミラ」

「煮沸しなきゃダメだよ。苛性ソーダで……うん……希塩酸にするの……」

「ふ……くく……っ。ミラ……」

「最終的に分離させるまでの工程が重要で……」

「ミラ、そしたら何が完成するのかは、寝ぼけずに教えてほしいな」

「……は？」

研究施設で仮眠がてら部下の質問に答えている気でいたミラは、そこでようやく異変に気付いた。枕代わりに敷いて寝たのか、腕が痺《しび》れて痛い。また研究施設で徹夜しているうちに、机にうつ伏せて寝てしまったのだろうか。

しかしそれにしては、シーツの柔らかい感触とラベンダーの香りがするような。ミラは鼻の頭にしわを寄せた。

「寝顔も可愛いけど、起きないとキスするよ」

「なん……っ⁉」

吃驚《びっくり》して目を見開くと、彫刻のように整ったフレイシスの顔が間近にあった。

「え……あ……っ⁉」

ミラはフレイシスが手を伸ばすより先に跳ね起き、のけ反る。フレイシスが慌てて声をかけた。

「危ないよ」

転ぶかと思った身体は、椅子の背もたれに受け止められた。どうやら看病している間に眠りこけていたらしい。

しかも椅子に座ったまま上体を倒し、フレイシスの枕元にうつ伏せて寝ていたようだ。理解するなり、ミラは赤くなり次第に青くなった。

（し、信じられない……‼　よりによって殿下の部屋で、彼の枕元で眠りこけるなんて……！）

おまけに一晩経《た》っている。カーテンの隙間から朝日が燦燦《さんさん》と降り注いでいるのを視認し、ミラは熟睡していた自身の迂闊《うかつ》さを呪いたくなった。

「大変失礼いたしました……」

己の失態に眩暈《めまい》がしそうだ。

こめかみを押さえて謝罪すると、フレイシスの手が伸びてきた。ピクリと肩を跳ねさせるものの、彼の手を甘受する。黒手袋をはめ直した指が、ミラの目元を撫でた。

「よく眠れたみたいだね。最近クマがひどかったから」

「……見苦しい姿をお見せしていたようで、重ね重ね申し訳ありません……」

穴があったら入りたい。クマが消えるほどによく寝た自覚があった。

タイムスリップしてすぐの頃なら到底考えられないことだ。

自身の気の緩みに、ミラは衝撃を受ける。同時に焦った。今の自分が、フレイシスと一緒に眠れるほど彼に気を許しているという事実に。

ここひと月ほど悶々として寝不足が続いてはいたが、それにしたって、自分に死の宣告をした相手と眠れるだろうか。しかも完全に眠りこけていたなんて。

(殿下と一緒だと、調子が狂ってばかりだ……)

心のつかえを取ってもらったことにより、安眠しやすかったというのはある。それにしても、フレイシスに対する警戒心が、こんなに薄れているなんて。

むしろ、彼のそばは安心する。

その考えに行き着いた時、ミラは狼狽《うろた》えた。

(違う、違う。忘れないでよ。彼は私に……っ)

ミラは気を落ちつけるため、寝乱れて紐の緩んだ髪に手櫛《てぐし》を入れた。乱暴に梳《くしけず》っていると、フレイシスがミラの細い手首を摑む。

「殿下……?」

「ここに座って、ミラ。結び直すならやってあげる」

フレイシスに寝台の縁を叩かれ、ミラは少し迷ったあとで椅子から立ちあがった。寝台の端に腰かけると、フレイシスはベッド脇の引き出しを開ける。そこから金糸でつる草模様の編まれたリボンを取り出した。

「それ……」

「ミラにあげようと思って」

「殿下はプレゼントが多すぎます……」

恐縮するミラの髪を梳き、フレイシスは横の毛を掬《すく》いとる。いつも実験の邪魔にならないよう簡単に低い位置で一つ括《くく》りしているだけのミラより、フレイシスの手先はよっぽど器用だった。

スイスイとよどみない手つきで、フレイシスはミラの髪を編みこむ。ハーフアップにした髪で、花の形を作っているようだ。

ふいにフレイシスの手がミラの耳や項に触れる度、ミラは組んだ指をモジモジさせた。背後から、フレイシスの気配を色濃く感じる。

衣擦れの音や彼の息づかいが聞こえるだけで、ミラは気恥ずかしくなった。

「俯かないで」

「う、はい」

背後のフレイシスから注意が飛び、ミラは顎を意識して上げる。何だか耳の辺りが赤くなっていく気がしたところで、フレイシスから再び声がかかった。

「ねえミラ」

「できましたか?」

「好きだよ」

思いがけない言葉に、ミラは思考が停止する。頭が真っ白になった。

「……えっと？」

「好きだよ。君が好き」

「あ、え……え？」

「はい、できたよ」

ポン、と肩を叩かれ、後ろから伸びたフレイシスの手に手鏡を握らされる。口をポカンと開けたまま鏡を覗きこむと、サイドを三つ編みで花の形にされたハーフアップの自分が、間抜けな顔でミラを見つめ返していた。

とても繊細で可愛い髪型だ。すっきりと整った顔立ちのミラでも、幼くなりすぎず、かつ可憐《かれん》な印象を与えることに成功している。まるで、ミラに似合うものが何か知り尽くしていると言わんばかりの髪型だった。

髪型にこだわりのないミラでも、感嘆の息を吐きたいほどに上手く仕上がっている。しかし、今のミラには髪型に目をやる余裕など、髪の一筋ほどもなかった。

鏡越しに、フレイシスの琥珀色の桃花眼と目が合う。ミラは反射的に鏡を伏せた。

「気に入った？」

「気にい……っや、あの……!?」

「うん。そこまで狼狽えるミラは珍しいな」

むしろ貴方は何故そこまで冷静なんですか。

そう大声で叫びだしたくなる。ミラが勢いよく振り返って口をパクパクさせていると、フレイシスはミラの輝く金髪を一房掬いあげた。

「で、殿下、あの今、好きと仰《おっしゃ》いましたか……」

「うん。ミラの、初めて会った時に僕に躊躇《ためら》わず触れてくれたところも、没頭すると周りが見えなくなるところも、変わろうと努力する姿勢も、悩みやすい性格も……ああ、昨日、僕は『呪われていない』とメイドたちにあっさり言ってのけたところも、全部好きなんだ」

当然だが聞き間違いではなかった。

掬いあげられた髪に口付けを落とされ、ミラは動けなくなる。フレイシスは元々スキンシップが多く、手の甲や額に口付けてくることはままあったが、「好き」と言われた今はその行為が重い意味を含んでいるように感じられた。

「何で、そんな、急に」

告白するような雰囲気だっただろうか。ただの寝起きのやりとりだったはずだ。

動揺を隠せないミラへ、フレイシスは口の端を歪めて笑った。

「焦ったんだ。君が昨日、他の男に触れられているのを見て」

「あの、えっと、ジョットくんとは別にそういう関係ではなくてですね」

「そうだね。でも、ヤキモチを妬いている時間は僕にはないから」

弁解するミラに、フレイシスは自嘲を刻んで言った。

「……え……」

「いつ死ぬともしれない身だから、気持ちは伝えておきたくて」

「殿下」

「あまり長くはない気がする。この身体」

ミラは言葉を失《な》くした。

フレイシスの口から、彼の『死』について言及されるとは思っていなかった。何故かミラにとって『死』は、断頭台に上がった自分にこそ最も近い存在であり、フレイシスの肩を叩くほどすぐそばにあるとは考えてもいなかったのだ。

もちろん、このままではフレイシスが衰弱し、近い将来亡くなるだろうと理解はしていた。

それでも——ミラの処刑時に彼に死相が出ていたことを目撃していたにもかかわらず、彼が倒れて血を吐く姿を見ても、どうしてか『死』はミラの方が身近にある気がしていたのだ。

でも、『死』は確実にフレイシスにも迫っていた。

彼の口からハッキリと『死』について言及されたことで、それまでぼやけていた彼の死が、しっかりと線を描いて輪郭を浮かびあがらせる。

「……っ」

途端に、何かが胸に風穴を開けていった。避けようのない現実に、横っ面を張られた気分だ。

——フレイシスは、いずれ死ぬ。

「身体の内側が食い破られるように熱いとね、さすがにまずいなって感じるよ」

「……もって三年ってところかな」

「だから死ぬまでに、ミラに気持ちを告げておきたかったんだ」

フレイシスの口から淡々と語られる内容が、右から左へ流れていく。眼前の美しい男が、死ぬ。

死ぬのだ。

（——……そんな、そんなの……）

「……ミラ、ごめん。動揺させたね」

完全に閉口したミラへ、フレイシスが謝った。

「困らせたかったわけじゃないんだ。同情を引いて振り向かせたかったわけでもない。ただ、好きって伝えておきたくて。だから」

フレイシスはミラの頬を、壊れ物のようにそっと撫でた。

「泣きそうな顔をしないで」

自分は、泣きそうな顔をしているのだろうか。怖くて手元の鏡を覗きこむことができない。

胸の中で、沢山の感情がひしめき合い悲鳴を上げている。自分で自分が分からないなんて。

分からないのは公式や理論だけで十分なのに、自身の感情が解けないなど笑える。自嘲の笑みさえ浮かばず、ミラは途方に暮れた。

第三章　月明《つきあか》りの夜、ただ生きたいと君は泣いたね

最初にフレイシスへ抱いた思いは、恐怖だったと記憶している。目が合うと息ができないほど怖くて、彼の声色や表情を窺ってばかりいた。

次に浮かんだのは警戒と打算。タイムスリップ後のフレイシスはミラを気に入っている様子だったから、警戒心だけは解かないようにしつつも、「彼が自分に少しでも情を抱いてくれたら、処刑ルートを回避できるかもしれない」という打算が頭の隅にあった。

けれど――――深く接してみれば、どうだろうか。

フレイシスの人柄はミラが抱いていた印象と、大きく異なっていた。懐が深く穏やかで勤勉。そして、ミラを否定しない優しさを彼は持っている。何よりフレイシスは人の機微に敏感で、ミラが生きていく中で切り捨ててきた、人との関わりの大切さを気付かせてくれた。

彼が意図したことではないとしても、ミラはそれらが嬉しかった。初めて変わろうと思えたのだ、フレイシスに会って。

それでも、胸に巣くった恐怖は簡単には消えない。処刑ルートを回避するためにエリーテの研究は停滞させたままだし、フレイシスの唇から再び死を告げられることにも怯えている。

だけど、死ぬことだけが怖いのか、彼にミラの死を願われて傷つくことも恐れているのか。突き

つめて考えるのは避けていた。

その答えに辿りついたら、また別の感情を発見してしまいそうで恐ろしかった。

それなのに、フレイシスは告げたのだ。ミラに好きだと。

告白された瞬間に全身を駆け巡ったのは動揺と、そして、フレイシスがいつか死ぬという未来への恐怖だった。泣きそうになったのは、混乱したせいではない。フレイシスを失うという事実を、彼の口から直接聞いたこと。それが、胸が抉られるように痛かったからだ。


告白されてから十日、ミラはフレイシスと会っていなかった。

いつもならフレイシスの体調さえよければ、頻繁に話し相手として呼ばれていたのに、誘いが来ない。もしや体調が優れないままなのだろうか。

一度気になり、自分からフレイシスに会う約束を取りつけようか迷ったが、結局やめた。告白の返事を持たないまま会うのは気が引けたからだ。

(不思議なのは、どうしてすぐに断る選択肢が浮かばなかったのかってこと……)

驚くことに、フレイシスから好意を告白されても、嫌悪感は一ミリも湧かなかった。あるのは困惑だけ。それもまた、余計にミラを動揺させた。

(でも――本当に、いつ顔を合わせればいいんだろう)

日があくほど、気まずさは増していく。ミラは考えあぐねていた。

「おい、しけた面してどうした」

「ジョットくん」

ビーカーや試験管がずらりと並ぶ実験室は、現在はミラしかいない。フラスコ内の希塩酸の溶液に炭酸ソーダを加えて煮沸していたミラは、部屋に入ってきたジョットを振り返った。

「その位置から私の顔は見えなかったはずだけど」

「背中が丸まってりゃ、しょぼくれてることくらい想像がつくだろ。実際陰気な表情してるじゃねぇか」

眉間に寄ったしわをジョットに人差し指で押され、ミラは不満げに下唇を突きだした。彼はカラカラと喉で笑いを転がす。

フレイシスに橋の上で牽制《けんせい》されてからというもの、ジョットは気のいい兄貴分に戻った。

揉めた翌日にミラが謝罪すると、向こうからも、

「いや、俺も感じの悪いことを言ってすまなかった……」

と、ばつの悪そうな謝罪が返ってきて、それでおしまいだ。

元々ジョットは研究熱心なだけで、ミラを恨むような陰険なタイプではない。一度ミラへ不満をぶつけたことで、彼の中での苛立《いらだ》ちも沈静化したのかもしれなかった。

もしくは、この十日間フレイシスから呼び出しがないため、ミラが真珠塔に缶詰めになっているせいか。研究にさえ真剣に取り組んでいる姿勢を見せれば、文句はないのだろう。

ただミラとしては、やはりエリーテの研究をこれ以上進めることは怖く、エリーテ発見の鍵となる工程には進まないようにしていた。

「手伝うか?」

「結構ですよーっだ」

ジョットの申し出を、ミラはすげなく断る。ジョットは実験用の手袋をはめるのを止め、口の端を吊り上げた。

「むくれんなよ。無表情な奴だと思ってたけど、真珠塔で研究を始めてから変わったよなぁ」

真珠塔で研究を始めてから、ということは、フレイシスと関わるようになってから、ということだ。こんなところでも彼との関わりがもたらした自身の変化を思い知らされ、ミラは苦虫を噛み潰した。

去る気配のないジョットに、ミラは仕方なく記録係を頼む。すると、石造りの塔にはめこまれた窓の外から、ギイィと重厚な音が聞こえてきた。ジョットが窓の方へ視線を向ける。

「どっかの門が開いたな。真珠……にしてはちょっと遠いか。聞こえた方角的に、翡翠《ひすい》か?」

「翡翠門なら、魔法動物の移送かな?」

真珠塔から近い位置にある北西の翡翠門は、門の上に砲台が設置されており、普段は魔法生物の搬入、もしくは移送に使われている。

王宮内のいくつかの区域では、複数の魔法生物が飼育、管理されていて、噂では妖精のような可愛らしいものから、獰猛《どうもう》なグリムまで繋がれているらしい。

何の魔法動物が出入りするのだろう。好奇心が首をもたげ、ミラは実験中の火を止めて窓際に近寄った。

真珠塔の中でも高い階にある実験室の窓からは、翡翠門がよく見える。大柄のジョットと押し合いへし合いしながら窓の外を見下ろすと、一見しただけでは魔法動物は確認できなかった。

代わりに、ミラは遠目でもよく目立つフワフワしたピンク髪を見つける。ガウェインだ。

ミラがフレイシスに十日間会っていないということは、彼の護衛騎士であるガウェインにも同じ期間会っていない。

これはガウェインに、フレイシスの容体を聞くチャンスかもしれない、とミラは思った。

「ちょ、ちょっと、出てくるね！」

「おい？　ミラ⁉」

白衣を翻し、ミラはジョットの声を無視していそいそと塔を後にした。

運動はからっきしのミラが全力疾走で翡翠門へ向かうと、大きく観音扉の開いた門に、ガウェインはいた。その他にも、耐火素材の制服を着た兵士たちが十人ほど待機している。戦でもないのに、全員が全員、手足の隠れる格好をしていた。

皆の重装備に驚いたものの、ミラはガウェインに走り寄る。彼だけはいつもの騎士団の黒い制服姿だった。

「ミラ様！　どうしてこちらへ？　ここは危ないですよ。そして何でもそつなくこなせそうな涼しい顔をしながら、恐ろしいほど鈍足ですね」

「一言余計だ、護衛騎士B」

急いで駆けつけたために、ミラはつい口調のモードを切り替え損ねて言う。それから慌てて咳払いし、取り繕った。

「……じゃなくて、ガロ様、何やら物々しい様子ですね」

息を切らせて近寄ってみると、翡翠門の周囲に緊張感が漂っているのがよく分かる。手に持った槍《やり》を神経質に握り直している兵士も何人かいた。

「こちらへまもなく、ドラゴンが移送されてくる予定なんです」

「ドラゴンが!?」

どうりで空気が張りつめているわけだ。予想していたより大きな生物がやってくることに、ミラは驚いた。

高さが十五メートルもある翡翠門をくぐり、市街地を見渡す。

ここからは、王都のシンボルの一つである背の高い時計台や、植物や貝殻の浮彫装飾が施された建築物が連なっている様子が一望できた。綺麗に舗装された石畳には、馬車や人が行き交っている。放射状の美しい町並みは活気に満ちており、ティタニアの繁栄が窺えた。

ちなみに、ドラゴンがやってくる気配はまだない。

「というか、何で殿下の護衛騎士である貴方が、ドラゴンの搬入作業を手伝ってるんですか」

至極当然のことを尋ねると、ガウェインはどんぐりのような目を細めて誇らしげに答えた。

「それは私の魔法に関係していますね」

ガウェインは詰襟を開くと、首筋に浮かぶ淡い水色の魔法陣をミラへ見せた。

「ガロ様の魔法って、そういえば何なんです？」

「よくぞ聞いてくださいました！　私の魔法は『猛獣に言うことを聞かせられること』ですよ！」

「へぇ……」

ミラはフワフワした声で言った。

（……このピンク髪の大型犬が、猛獣使い……？　むしろ仲間と思われてるんじゃ……）

「あははー。ミラ様が今私に対して、ものすごく失礼なことを考えていることだけはハッキリと分かりました」

「わあ。ガロ様に心を読む能力までおありなんて」

「泣きますよ？　さてミラ様。危ないですから、御用がなければそろそろ真珠塔にお戻りください」

「ドラゴンはどうするおつもりですか？」

「マグドニア領を襲い三十人もの命を奪った凶暴なドラゴンと聞いていますので、ひとまず王宮の地下に鎖で繋ぎます。殺処分するかは、陛下のご判断によりますね」

マグドニアは自然豊かな領だ。王都からそこそこ距離があるが、ドラゴンを麻酔薬で眠らせて移送しているのだろうか、とミラは思った。

「あの、立ち会ってもいいですか」

ミラは目を輝かせ、白衣の胸ポケットから試験管を取り出して言った。

「ついでにドラゴンの鱗《うろこ》一枚、もしくは試験管一本分でいいので血液を分けていただけたら、実験で役立ちます。魔法科学じゃなく、趣味の範囲の錬金術の研究で、ですけど」

あわよくば、と思いミラは口にしたが、ガウェインの冷たい視線を受けて早々に諦めた。

「コホン。まあ冗談です。本題は別のところにあります」

「冗談にしては目が本気でしたけど⁉」

「うるさいな大型犬……」

「ミラ様⁉　心の声が駄々洩《も》れですよ⁉」

ギャーギャー騒ぐガウェインを歯牙にもかけず、ミラは胸ポケットへ試験管をしまい直す。それからようやっと本題を切りだした。

「あの、フレイシス殿下の体調はいかがですか」

途端にガウェインの表情が陰ったため、ミラは返事を察した。

「あまりよろしくないですね。目に見えてやつれておられますし、ここ数日はベッドでお過ごしですよ」

「そう、ですか……」

フレイシスの病状は確実に進行し、病は彼の身体を蝕《むしば》んでいる。蜘蛛《くも》の糸に搦《から》めとられるフレイシスの図が頭に浮かび、ミラは背筋にヒヤリとしたものを感じた。

「心配ですか？」

「……まあ」

「そうですか。ミラ様が、そうですかぁ」

ガウェインは感慨深そうに頷いた。何となく彼の言い方が癪《しゃく》に障り、ミラは聞いたことを後悔した。その時——……。

ドコォォッ‼

ミラの視界の先で、突如砲撃を受けたようにレンガが飛び散った。

「……え……？」

レンガだけじゃない、人の頭ほどもある大きさの瓦礫《がれき》が、流れ星のように降っていく。それは絵葉書のように美しい王都の建物にぶち当たり、外壁を抉った。

「何⁉　何、が起きて……」

瓦礫の雨を前に佇《たたず》むミラ。視界の端で、建物の隙間から黒くのたうつ何かが一瞬だけ見えた。

「逃げろ！　逃げろぉお‼」

「ドラゴンが目を覚ましたぞ！」

門から延びる道の向こうで、叫び声が上がった。ついで、地面から振動が響きミラはバランスを崩す。ドシン、ドシンと大きな揺れが起こり、それは徐々に近付いてきた。

「何の音ですか、これは……⁉　ドラゴンの足音⁉」

「そんなはずは……厳重に拘束して、台車に乗せて移送をしているはずですが……」

ミラの問いに、ガウェインがにわかに信じがたいといった様子で答える。その間にも、激しい揺れと音は続いた。

ガラガラ、バラバラ、とレンガや石畳のはがれる音が響く。ドラゴンが爪や翼を引きずっているのだろうか。ミラが動けないでいると、建物の隙間から天に向かって、緑の火柱が上がった。

「火を噴いたぞ！」

「避難しろ！　外にいる者は建物から離れろぉっ！」

門の周りにいた兵士たちが、盾を片手に槍を構える。ミラが動けないでいると、ガウェインに細腕を引っ張られた。

「ミラ様、危険です。私の後ろへお下がりください！」

ガウェインが一歩前に出て、ミラを身体で隠す。ミラがガウェインの背中越しに道へ視線を向けると、信じられない光景が広がっていた。

「……っああ、そんな……。ドラゴンの拘束が外れてる……！」

ミラは冷や汗を滲ませて言った。

麻酔も拘束も十分ではなかったのだろう。後ろ足に鉛の重しがつけられた鎖を引きずって、ドラゴンが暴れ回っている。ドラゴンを乗せていただろう台車は、踏み潰されて後ろで大破していた。

木片の瓦礫の下で、呻いている者たちの姿が見える。

逃げ惑う人々を前足で悠々と潰せそうなドラゴンは、黒いツヤツヤした鱗に沢山の傷を負っていた。おそらくマグドニア領で捕獲された際に負った傷だろう。麻酔が切れて傷が痛むのか、激しく興奮し、赤ん坊ほどもある大きな爪で石畳を掻いていた。嚙まされていただろう猿轡《さるぐつわ》は外れ、長い口の端にぶら下がっている。

獰猛な牙をむきだしたドラゴンが火を噴く度に、建物に黄緑の火が燃え移って人々から鋭い悲鳴が上がった。
七、八メートルはあるだろうか。ドラゴンが尖った両翼を広げるとなおさら大きく見えて、ミラは腰を抜かしそうになった。
それでもまだ立っていられるのは、猛獣使いのガウェインが隣にいるからだ。ミラは縋《すが》るような目でガウェインの背中を見上げた。

しかし……。

「そんな、目が潰れている……」

ガウェインはドラゴンの目を見上げ、絶望的な声で呻いた。

「ガロ様！　ガロ様！　やばいですよ、こっちに迫ってきています。早く言うことを聞かせてくださいよ！　あ、やばい、向かってきてる、来てます！」

ミラはガウェインの袖を掴んで早口に言った。ガウェインは振り返り、苦笑を浮かべて大事なことを告白する。

「それが大変なんです、ミラ様」

「何が!?　これ以上大変なことってあります!?　あ、本当にやばいですよ。射程圏内に入られちゃいますよ」

「実は私の魔法は、魔法動物と目を合わせないと効力を発揮しないんです」

「はあ。……はぁっ!?」

「つまり盲《めし》いたドラゴンには魔法が使えません」

「……ふざけんなあぁぁぁぁぁ!!」

思わず敬語を忘れてミラが叫ぶ。

何がガロ様だ。ガウェインと書いて「無能」と呼ぶ。彼の名は「無能B」で十分だ。

「ミラ様、避《よ》けて！」

「え？　わっ!?」

ガウェインがミラを抱きこみ、抱えたまま横っ飛びに退く。ミラが一瞬前までいた場所を、ドラゴンの業火が舐《な》めていった。炎のせいで熱いのに、ミラの鼻先は冷えていく。

「……っ。これって……」

絶体絶命では。

何故だ。処刑ルートを変えるべく前世と違う行動を心がけていたのに、まったく思いがけないところで危険に遭うなんて。

自分はどうしたって神様に嫌われている。ミラは自身を呪った。

「ミラ様、翡翠門をくぐって王宮までお下がりください！」

ガウェインはミラを下ろして言った。

「王宮の敷地内には結界魔法が張られているので安全です。さあ、早く！」

「ガロ様は……⁉」

「やれることはやってみます」

ガウェインは帯刀していた剣を鞘《さや》から抜いて言った。

兵士たちは大きく手を振り、町の人を誘導していた。背後に迫るドラゴンから一心不乱に逃げる人々へ向かって、兵士の一人が叫ぶ。

「早く王宮へ！　頑張れ！　王宮へ走れー‼」

「ミラ様も！　早く‼」

ガウェインにきつく言われ、ミラは反射的に頷き、門をくぐった。門の中では、兵士たちが目まぐるしく走り回っていた。

「武器になりそうなものは何でもガウェイン様へ渡せ！　砲台の準備は⁉」

「ドラゴンの動きを止められるような魔法が使える魔法士を呼べ！」

「救護班を待機させろ！　陛下への連絡は⁉　いってるのか⁉」

西へ東へと駆ける兵士の合間を縫って、ミラは門の外を眺めた。

獰猛なドラゴンは暴れ回り、あちこちに火を噴いている。黒煙と悲鳴が上がる中、ガウェインが瓦礫を利用して住宅の屋根に上り、そこからドラゴンの首の後ろへ飛び移った。

ミラは口元を押さえる。ガウェインは今にも振り落とされそうだ。彼は足元に魔法陣を浮かびあがらせ、ドラゴンを魔法で制御しようと試みた。が、目の潰れたドラゴンにはやはり効かないようだった。

（どうしよう……このままじゃ応援が到着する前に沢山の犠牲が出るんじゃない……？）

ドラゴンの変な向きに曲がった翼が、建物の窓を割る。長い尾は広場の噴水を叩き、いとも容易《たやす》く真っ二つに裂いた。水が鉄砲のように噴きだす。

「砲撃放て！」

その号令を合図に、翡翠門の上に設置された砲台から、ドラゴンの腹めがけて鉛が発射された。が、直撃したものの致命傷には至らないらしく、激昂《げっこう》したドラゴンは火炎をあちこちへ吐き、爪で石畳を引きはがした。

次に数十人の兵士が束になってドラゴンに飛びかかったが、おもちゃのように薙《な》ぎ払われる。

それでもめげず、今度は数人の兵士が巨大な鎖を道路へ張った。ドラゴンの足をそれで引っかけて倒す気のようだ。ミラは固唾《かたず》を呑んで見守った。何もできないのが歯がゆい。

（エリーテが、あればな……）

エリーテがあれば、ドラゴンの魔力を無効化できる。まさかここにきてエリーテを欲するとは思わなかった。タイムスリップ前の時間軸なら、ミラはちょうどエリーテを発見した頃だった。その効力をまだはっきりと掴めておらず、未知の元素に国中が大騒ぎしていた頃。

あの頃はメディアに注目されてうんざりし、一時的に一切の情報をシャットアウトしていた時期でもある。

もしちゃんと新聞を読んでいたならマグドニア領の悲劇も、王都でドラゴンが暴れることだって
ミラは把握していただろうが、今のミラがそれを知るわけもない。

そして、今の彼女はエリーテを持たない。ただの無力な科学者だった。

「やったぞ！」

ミラのそばにいた兵士が歓声を上げる。王宮まであと五十メートルというところで、ドラゴンが
鎖に引っかかったのだ。ドシンッと轟音《ごうおん》を立てて、ドラゴンは顎から倒れこんだ。その風圧でミラ
の白衣ははためき、振動によってドラゴン周辺の瓦礫がガラガラと崩れる。

「今のうちだ！　王宮へ退避しろ‼」

ガウェインは町の人々や兵士に向かって叫んだ。

しかし――――……。

「きゃあああああっ」

絹を裂いたような悲鳴が上がる。

ミラが視線をやれば、倒れこんだドラゴンの目と鼻の先に、瓦礫に足を取られて逃げ遅れた女の
子がいた。

ドラゴンのおぞましい爪や巨大な牙を見てしまった少女は、今にも泡を吹きそうな様子だった。

悲鳴の出所を探し、ドラゴンは鼻をヒクつかせる。それから、獰猛な牙の並ぶ口を大きく開けた。

ネチャリと粘ついた唾液が糸を引いている様を見て、少女は震えあがった。

「……っくたばれ！」

ドラゴンの頭に移動したガウェインが、ドラゴンの鼻面から上顎へ向かって剣を突き立てる。しかし、鋼鉄のように硬い鱗に阻まれて深部まで刺さらなかった。

痛みに呻いたドラゴンは前足でガウェインを張り飛ばす。

「ガウェイン様!!」

ミラと兵士たちの悲鳴が重なる。吹き飛ばされたガウェインは、建物に叩きつけられた。血を吐いた彼は、そのままうつ伏せに倒れこむ。少女は細い悲鳴を上げた。

「……っ何か、何とかしなきゃ……っ」

衝動的に、ミラは安全地帯の門から飛びだした。何か、何かないか。

走りながら白衣のポケットを漁《あさ》り、使えそうなものを探す。空の試験管、鉱石の欠片《かけら》、脳が疲れた際にかじるための角砂糖。それから、薬品の入った小瓶。

(そうだ、この小瓶の中身は……！)

「……っ濃硫酸でも食らえ！」

ミラは薬品を、ドラゴン目がけて力いっぱい投げた。首元に瓶が当たり、割れて中身がぶちまけられる。途端に、ドラゴンから鋭い悲鳴が上がった。

ドラゴンの首元は泡を立てたようにボコボコと蠢《うごめ》き、黒い鱗からボトボトと黒い汁が地面に落ちる。正確には汁ではなく、濃硫酸によって溶けたドラゴンの鱗だった。

その隙に、ミラは動けない少女とドラゴンの間に割って入る。瓦礫を持ちあげ、埋まった少女の足を引っ張りだした。

「お、お姉ちゃん……」

「もう大丈夫だよ。歩ける⁉」

助けだした少女の足を見ると、赤黒く腫れていた。おそらく折れている。

(抱えて歩くしかないか……。じゃあ、ガロ様はどうする……?)

ガウェインは気を失ったままだ。倒れた際に頭を打ったのかもしれない。彼のピンク髪は、額部分が鮮血で染まっていた。

(誰か、どうしよう、誰か)

非力なミラ一人では、ガウェインと女の子を一緒には運べない。しかし、竜巻が通過したように荒れ果てた周囲には誰もいなかった。外にいた者は皆、王宮の敷地内へ退避したのだろう。

「……っ誰か、手を貸し……」

「きゃあああっ。お姉ちゃん後ろ‼」

ミラの腕の中で、少女が再び悲鳴を上げる。気付いた時には、瓦礫の山に大きな影が落ちていた。

ギザギザと尖った影だ。そう、これは——……。

(ドラゴンの口……っ‼)

ミラが振り返ると、ドラゴンの潰れた目が眼前に迫っていた。

小瓶一本では全然足りなかったのだろう。ドラゴンはのたうち回ったあと、ミラと少女を見えない目でギッと睨んだ。音で居場所が分かるのか、ミラの真横を、ドラゴンの口から噴きだされた火炎が通り抜ける。ミラの背後の通りが、瞬く間に緑色の火の海となった。

「……っ」

(まずいな……。周りを火で囲まれた……!)

「逃げてぇ‼」

門の中や、建物の窓から顔を出した住民が叫ぶ。

ドラゴンはミラに狙いを定め、大きく口を開いた。ミラの腕よりもずっと太い牙だ。その数が数えられるほど大きく口を開けたドラゴンは、そのまま溶けた首を前に突きだした。

すんでのところで、少女を腕に抱えたままミラが避ける。瓦礫の中にあった板に足を取られ、滑ったミラはそのまま石畳に倒れこんだ。

その真横で、ドラゴンは上下の牙をガチン、と噛み合わせた。一秒でも遅ければ、あの牙に柔らかい肉を食い千切られていたに違いない。ミラは少女をドラゴンから隠すように抱きこんだ。

あちこちで燃え盛る火が熱くて、肌がヒリつく。石畳に打ちつけた肩と腕が痺れていた。

ドラゴンがもう一度首をもたげる。次は逃げられない気がした。

（――――ああ、嫌だな……）

スッと、頭が嫌に冷えていく。絶望に冷や水を浴びせられたような心地だ。

何だ。結局自分は死ぬ運命なのか。時間を逆行して助かったのは、ここで死ぬためだったのか？

「嫌だなぁ……」

こんなところで死ぬなんて。石畳に爪を立て、拳を握る。

せっかく助かった命だったのに。せっかく処刑ルートを回避しようと努力してきたのに。

ミラの目の前で、もう一度ドラゴンが大口を開ける。今度は喉の奥で炎が、丸い渦を描いているのが見えた。

ああ、燃やされて死ぬのか。首をはねられるのとどちらが痛いのだろうかと思いながら、ミラは少女を突き飛ばす。

「逃げて。這《は》ってでもいいから！　門まで行きなさい！」

ミラは自分が囮《おとり》になろうとする。少女は瞳からボロボロと涙を零して首を横に振ったが、ミラがもう一度叱ると、言いつけを守って足を引きずり門へ向かった。

（死にたくないな。今度はフレイシス殿下じゃなくて、ドラゴンが私に死をもたらすんだ）

煤《すす》で黒くなったミラの頬に、涙が伝う。死の瀬戸際で、フレイシスの笑顔が浮かんだ。

彼は自身の死を、今度は悲しんでくれるだろうか。タイムスリップ前と違って、悲しんでくれたなら嬉しい。

（何で悲しんでくれたら、嬉しいと思うんだろう）

それはきっと、タイムスリップしてから一年間、フレイシスの優しさに沢山触れて救われたから。癒《いや》されたから。彼と接するのは怖かったしいつも緊張していたけれど、フレイシスは一切ミラを傷つけたりしなかったから。ありのままのミラを肯定してくれて、変わるきっかけをくれたからだ。

（もう少し一緒にいたかったな、殿下と）

ミラは目を閉じる。熱気で喉が焼けそうだった。

やっぱり死にたくない。こんなことなら、どんな答えでも、フレイシスの告白に返事をすればよかった。乞われても中々口にできなかった名前を、ミラは最後に呟く。

「フレン様……」

「――――呼んだ？」

柔らかい声が、そっと耳たぶを撫でる。ミラは弾かれたように目を開けた。睫毛に引っかかっていた涙が一粒、石畳に落ちる。

「え……っ!?」

いつの間にか目の前にいくつもの白い魔法陣が浮かび、結界のようにドラゴンからミラを囲っていた。羅針盤のような魔法陣の模様には見覚えがある、これは――……。

「フレイシス殿下の……」

次の瞬間、一陣の風が吹いて周りの火が躍った。そうかと思うと、すごい勢いで火が捻《ね》じれて、ミラを囲む魔法陣に吸収されていく。

「殿下……!?」

王宮の敷地内から、翡翠門をくぐってフレイシスが姿を現す。彼がかざした手のひらからも魔法陣が浮きでて、町を襲っている業火はそこに吸いこまれていった。

「ミラ、無事か?」

「は、はい……」

(……嘘でしょ、助けに来てくれたの……?)

今の今まで考えていた相手が現れたことに、ミラは驚きを隠せなかった。まさか、フレイシスが来てくれるなんて。タイムスリップ前、私に死を言い渡したフレイシスが。

「ギャウウウウッ」

ドラゴンの悲鳴が上がり、ミラはハッと我に返る。ドラゴンの爪がミラを引っ掻こうとしたが、その爪はミラを守っている魔法陣に触れるなり吸いとられた。

(魔法だ……! 殿下の吸収魔法……!)

「俺の想《おも》い人は、本当に無茶をする」

困ったような声で、フレイシスが言った。

ブーツで石畳を踏みしめながら、フレイシスは凜《りん》とした面持ちでミラとドラゴンに向かい一歩ずつ近寄ってくる。圧倒的な風格だ。普段の優しげな面差しはなりを潜め、跪《ひざまず》きたいような威圧感がフレイシスから漂っている。

ミラの頬を濡らす涙を見咎《みとが》めた瞬間、フレイシスの纏う雰囲気が鋭くなった。

「ドラゴン風情が、俺の大切な子に手を出した罪は重いよ」

靴音を響かせてミラの隣に立ったフレイシスは、シトリンの目を細めながら言った。

『食い尽くせ』

フレイシスが古代ティタニア語で、慈悲もなく告げる。怒ったドラゴンは両翼を広げ、フレイシスとミラめがけて火炎を吐きだした。

「ひ……っ」

ミラは両腕で顔を庇《かば》う。が、いつまで経っても痛みは来なかった。フレイシスの手から盾のように発せられている魔法陣が、カッと一際明るい光を放ち、ドラゴンのすさまじい炎をすべて吸いこんでいた。

風圧でミラの髪がなびく。ドラゴンの攻撃が収まると、フレイシスは痛くも痒《かゆ》くもなさそうに言った。

『僕に還《かえ》れ』

フレイシスがそう告げた瞬間、三階建ての建物並みに大きなドラゴンが、魔法陣を通してフレイシスの手に吸いこまれていく。

ドラゴンは呻き暴れまわったが、やがて消えた。影も形もない。ただ、ドラゴンが確かにここにいたことは、破壊された建物や燃えた家、積み重なった瓦礫の山が如実に示していた。

（これが……ティタニアの王太子、フレイシス殿下の実力……）

砲弾でも、兵士が束になってかかっても歯が立たなかったドラゴンを一瞬で制圧するなんて。

ミラは驚愕《きょうがく》から動けなかった。

「殿下、ご無事ですか⁉」

兵士が数人走り寄ってくる。フレイシスは短く頷くと、頭部から出血しているガウェインを顎で指した。

「ガウェインを頼む。それから怪我人を速やかに救出し王宮で手当てしろ。――――ミラ」

兵士が瓦礫をどけて怪我人を探すのを眺めていたミラに、フレイシスが厳しい声で言った。

ミラがフレイシスの方を向くと、彼はミラの擦りきれた白衣や、打ちつけて出血した肩や膝、乱れて紐の解けた髪をつぶさに観察した。最後にミラの頬に痕を残した涙の筋を一瞥《いちべつ》し、桃花眼を歪める。

「殿下……？」

そういえば、フレイシスと顔を合わすのは、告白されて以来だ。途端に気まずさが喉元までこみあげるミラだったが、フレイシスの痛ましそうな表情の方が今は気になった。

「あの、殿下。助けてくださってありがとうございました……！　殿下が来てくださったお陰で、皆助かりました――――」

「全然助かってないだろ」

叩きつけるように言われ、ミラは血の滲んだ肩を跳ねさせた。フレイシスはミラの肩をそっと撫でる。ピリッした痛みが走って、ミラは片目を瞑《つぶ》った。

「……っい」

「何でこんな無茶をしたんだ。僕が来るのが遅れていたら死んでいた」

「あ、はい。ナイスタイミングでした。殿下が来てくれて本当に助か――」

「馬鹿が!!」

至近距離で怒鳴られ、ミラは虚を衝《つ》かれた。温厚なフレイシスから、「馬鹿」なんて子供じみたことを言われるとは思いもしなかったため戸惑う。

「か、科学者を馬鹿と仰いましたか……」

「馬鹿だ。ミラは大馬鹿だ！」

「えええ……」

そこまで罵倒されるとさすがに落ちこむ。凹《へこ》むミラを、フレイシスはやや乱暴に抱きしめた。

「……襲われている君を見て、心臓が止まるかと思った」

「フレ……」

ミラはふと言葉を切った。気付いてしまったのだ、彼が震えていることに。

「君が死ぬのは、自分が死ぬことよりずっと怖い」

フレイシスはミラの形を確かめるように、抱きしめる腕の力を強めた。軋むような強さで抱きしめられて痛いはずなのに、何故かミラは、フレイシスから全身で乞われているような気がした。

「僕からの告白に戸惑ったっていい。愛を返してくれなくたっていい。でも」

「殿下……」

「僕より先に死なないでくれ」

タイムスリップ前に、私の死を願ったのは、望んだのは貴方なのに。背中を震わせて、私に生きてほしいと願うの？

「……生きてほしいと、願ってくれるんですか」

「ああ。ミラに生きていてほしいよ」

――――ミラの胸の中で、歓喜の獣が吠《ほ》えた気がした。

泣き崩れたいくらいに嬉しい。フレイシスが自分の死を望んでいないのが、どうしようもなく嬉しかった。

けれどそれは、処刑ルートが変わるかもしれないという期待とはまた違っていて。ミラを初めて理解し、受け入れてくれた相手が自分を必要としてくれていることが嬉しかった。

「騒ぎが聞こえたから翡翠門へ駆けつけたら、兵士が『ミラ様がドラゴンに向かっていった』と言うもんだから、心臓が凍ったよ。間に合ってよかった」

「え……じゃあ……」

（殿下は『皆』じゃなくて、『私』を助けに来てくれたんだ……）

その事実が、またミラの心を温かくする。空色の瞳に、乾いたはずの涙がまた滲んだ。

「もう無茶なことはしないでくれ」

「はい、殿下。すみませ……いえ、ありがとうございます」

ミラはおずおずとフレイシスの背中へ手を回す。何度かフレイシスに抱きしめられたことはあったが、彼の広い背へ腕を回したのは初めてだった。

（あったかい……）

フレイシスの胸に耳を寄せると、規則正しい心音が聞こえてくる。じわじわと、助かったのだと実感が湧いて気が緩んだ。

処刑場での一回目の死の危機は、自身で乗りきった。でも二回目は――……。

（この人が、助けてくれたんだ）

恐怖と、安心と、癒しと――そして切なさをくれる人が。

「濃硫酸でもダメだし、もう死んじゃうかと思った……」

「濃硫酸でドラゴンを退治しようとするのがミラらしいね。でも僕が君を死なせないよ」

「うう……っ。その言葉、もっと言ってください」

ミラはフレイシスの胸板に額をグリグリと擦りつけ、子供のようにねだる。

フレイシスの腕の中は今までなら落ちつかなかったのに、今はゆりかごに揺られているような安らぎを感じられた。

しばらくして、救護班がミラの元へやってくる。平気だと言い張る彼女を、フレイシスは医師に預けた。

フレイシスが背中を押してくるので、ミラは振り返って訴える。

「殿下、本当に平気ですよ。ちょっと打ちつけたり擦りむいただけで」

「ダメだよ、ほら」

フレイシスにたしなめられ、ミラは諦めて大人しく彼から離れた。用意された担架は断り、フレイシスに背を向けて翡翠門をくぐる。医務室はどこだったか、と思いながら前を歩く医師についていくところで、背後から、ドサッと何かが倒れる音がした。

「……え?」

つい、間抜けな声を上げてしまう。

王宮へ避難した住民たちから、金切り声が上がった。一寸前まで、フレイシスに謝辞を述べ、彼の勇姿を称賛していた人たちだ。その人たちが悲鳴を上げるのは何故か。

ミラは振り返る。そして、アーモンド形の瞳を零れ落ちそうなほど見開いた。

「――――殿下……っ‼」

今の今までミラを力強く抱きしめ笑っていたフレイシスが、意識を失い倒れていた。

彼の口から零れた大量の血が、石畳を蛇のように這う。その血がこれまでよりもずっと鮮明な色をたたえているように見えて、ミラは細い悲鳴を上げた。

「輸血でも何でもします！　私の血を差しあげますから……っ」

「どうか我々を助けてくれた、王太子殿下をお救いください！」

王宮の前には、護衛の兵士へそう言い募る人が後を絶たない。フレイシスが倒れてから三日、王宮には民がかわるがわる押しかけ、彼の容体を憂えていた。

「ミラ様、ちゃんとお休みになっておられますか？」

療養所まで見舞いに来たミラに、ガウェインは心配そうに尋ねた。

ガウェインの頭にはまっさらな包帯が巻かれており、そこから柔らかい猫毛が覗いていた。

「殿下がお倒れになったのも、目をお覚ましにならないのも、ミラ様のせいではありませんよ。どうかお休みになってくださいませ。そうでなければ、目を覚まされた時に殿下がご心配なさります」

クマの濃い目元を指で隠しながら、ミラは気落ちした声で言った。

「関係ありませんよ。研究が忙しくて中々睡眠時間がとれないだけです」

嘘だ。ミラはフレイシスが倒れて以来、研究施設には顔を出していない。研究に勤《いそ》しんでいる間に、彼が死んでしまったらと思うと怖かったためだ。

ジョットあたりがミラを叱り飛ばしに来るかと思ったが、彼は誰かから事情を聞いたのか、ミラを迎えには来なかった。

フレイシスはというと、ドラゴンを退治した直後に倒れてから、一度も目を覚ましていない。倒れた日の夜、「覚悟を決めてください」と王に言ったフレイシスの主治医――王宮の筆頭医師は、哀れなほどに震えていた。

三日経った今、峠を越えて一旦容体は落ちついたものの、フレイシスは目を覚まさない。彼の命の砂時計がサラサラと流れていくのが、ミラには目に見えるようだった。

ミラがタイムスリップしてから一年、フレイシスは日に日に衰弱していっている。

（体調不良が続いていたのに、ドラゴンを倒すなんて無茶をしたから……）

だから倒れてしまったのだ、きっと。助けられ浮かれてばかりいた自分を殴ってやりたいとミラは思った。ベッド脇で臍《ほぞ》を噛むミラへ、ガウェインは慰めるように言った。

「そもそも私が悪いんですよ。全然役に立たなかったから。陛下にも怒られてしまいました」

「いえ」

猛獣使いの魔法が使えなくても、ガウェインが勇敢だったのは間違いない。ミラはこれ以上の会話は傷のなめ合いになる気がして、療養所を後にした。


フレイシスの宮へ向かいながら、これまでの彼の体調変化について考える。症状が落ちついているように見えても、突然具合が悪化するのは何故なのか。どうして原因が不明なのか。

（何か、法則はないのかな……。原因は？　殿下は確か以前……）

『身体の内側が、食い破られるように熱い』と言っていた。

フレイシスの身体の中で、何かが命を食い尽くそうとしている？　では何が？

（考えなきゃ。殿下はどういう時に体調を崩していた？）

タイムスリップしてから最初に会った時、すでに倒れていた。では次に体調が悪かったのは？確か個人図書館に連れていってくれた数日前に寝こんでいた。あの時フレイシスは、魔物の発生源となる魔障を、魔法を使い駆除して戻ったあとではなかったか。

（身体が弱いのに出かけたから疲れて寝こんでいた……？　いやいや、待って。次、次は確か……）

橋の上でミラがジョットに絡まれた時に、フレイシスは魔法を発動してからひどい熱を出した。そしてその後、ミラの心のしこりをとるためにフレイシスは再び魔法を使った。そして彼は吐血した！

「魔法を使う度に、殿下は体調を崩している……？」

一つの可能性に辿りつき、ミラは指で唇をなぞった。今回のドラゴンの件だってそうだ。フレイシスはドラゴンを吸収するために強力な魔法を使った直後倒れて、いまだに目を覚まさない。

「まさか、本当に……？」

ふと、いつぞやのガウェインの言葉が甦《よみがえ》る。彼はこう言ったのだ。

『殿下の固有魔法能力は吸収ですよね。記憶や物体、あらゆるものを選別して吸収でき、自身の魔力に置き換え可能っていうチート能力……』

吸収したものを自身の魔力に置き換えることができるなら、フレイシスは膨大な魔力を宿していることになる。そう、たとえば――――その身に負荷がかかるほどの大量の魔力を。

フレイシスの魔力が、器を超えてオーバーフローを起こしている。その身では耐えきれないほどの膨大な魔力が、内側からフレイシスを食い尽くそうとしているのでは。

先祖返りと言われるほどの魔力を持つ彼が、長年多大な魔力に内側から負荷をかけられ弱っているとしたら。

己の仮説に、ミラはぞっとする。何故か確信が持てた。フレイシスはきっと魔法を使う度に消耗し、命を削っている。

「このことを国王陛下にお伝えしないと……っ」

しかし、その余剰分の魔力がフレイシスを苦しめていると王に報告しただけで、すぐ解決に結びつくだろうか。ミラはピタリと足を止めた。

何か打開策はないのか。フレイシスの余分な魔力を、打ち消す方法は。

「そんな、魔法を打ち消す効果のあるものなんて……」

魔法こそ溢れているものの、それを打ち消せるものなんて、世紀の発見でもしない限りないのでは。

「そんな都合のいいもの、あるはずが……」

途方に暮れるミラ。自身の脳みそにパンパンに詰まっている、ありとあらゆる知識や雑学をひっくり返して考える。そして――――突如、雷が落ちたように閃《ひらめ》いた。

「……もしかして、エリーテ？」

急速に、心臓が爆音を立てて脈打った。興奮で、血が全身を駆け巡る音すら聞こえる気がする。

そうだ。魔力を打ち消す方法が、一つだけあるじゃないか。ミラ自身がタイムスリップ前に発見したエリーテが！

ミラは来た道を引き返した。慌てて白亜の壁が美しい廊下を抜け、西の端にある真珠塔へ向かう。

耳の横で心臓が鳴っている感じがした。

「本当に人間の魔力を打ち消すことが可能かな……？　いや、でも……」

魔力を持つ者は全身から魔力がなくなれば死んでしまう。実際、タイムスリップ前、聖女であるリリカが王にエリーテを盛った時――――王は全身の魔力を失って死んだ。

つまり、エリーテは人間にも効くのだ、確実に。量さえ間違えなければ、余分な魔力を相殺させることができる。

「問題は投与する量だよね……。殿下の器にあった分の魔力は残して、余分な魔力だけを打ち消さないといけないから……」

　こちらは魔法物質や生物での実験を繰り返すしかない。光明が見えたことに、ミラは目を輝かせた。幸いエリーテの抽出方法は頭に叩きこんである。抽出実験を成功させるのに、そう時間はかからないだろう。あとは効能や有用性を纏めて発表して……。

「ジョットくん！　今日の実験を始めよう！」

　ミラは真珠塔に着くなり、自席の背にかけっぱなしになっていた白衣を羽織って言った。

　天秤に魔石を載せていたジョットは、不意を突かれた様子でゴーグルを押しあげる。

「何だ？　三日間落ちこんでいたのかと思えば、急にやる気が出たのか？」

「そう！　あのね、鉱石からの抽出作業なんだけど、論文には書いていない方法を思いついたよ。混合物をさらに細かく分離させていって――……」

　そこまで言って、ミラは頭に上っていた血が勢いよく下がっていくのを感じた。細かく分離させていって、強塩酸で不要な物質を除去して、それで――……。

　最終的にエリーテを発見したら、どうなる？

　王の暗殺に利用され、また聖女に陥れられる結果になるのでは？　処刑ルートが大きく動きだすのでは。せっかくレールを切り替えてきたのに、また元の道に戻る。死に王手をかけられてしまう。

　ずっとそれを危惧してきたのに、一瞬それが頭から吹き飛ぶほどミラは興奮していた。けれど、冷静さを取り戻せば浮かぶのは不安ばかりだ。

「ミラ？　どうした？　混合物を細かく分離させるためにどうするんだ？」

「……っあ、うん……。えっと、それでね、えっと……」

訝しげなジョットに、ミラはしどろもどろになって言った。

「いい案を思いついたと思ったけど、ちょっと穴があったみたい。また考えついたら言うね……」

死の足音に、ミラは怖気《おじけ》づいてしまった。

まさか、自分の命とフレイシスの命を天秤にかける日がくるとは思わなかった。たとえ同僚であるジョットから責められようと、頑なにエリーテの研究を滞らせてきたというのに。

（簡単なことじゃないか。自分の命が可愛いなら、エリーテを発見しないままでいればいい。そしたら死に怯えなくて済む。でも、殿下は？）

このままなら、確実に近い将来死んでしまう。本来なら、それが彼の運命だ。それが自然の流れだ。けれど……。

ミラは大分痛みの治まった肩の傷を、ワンピースの上から押さえた。

フレイシスは、助けてくれた。ドラゴンに殺されそうになった自分を。しかも、フレイシス本人は知らないとはいえ――結果ドラゴンから魔法でミラを救ったことが、彼をさらに弱らせ、命を縮める要因となってしまったのだ。

フレイシスが勝手にやったことだと切り捨てることもできる。そもそも、タイムスリップ前にミラに死刑を言い渡したのは誰だ？　彼じゃないか。

けれど、そう切り捨てられないのはミラの心だ。

助けられたことに借りを感じているだけじゃない。相応のものを返すべきか悩んでいるわけじゃない。ただ……。

『君が死ぬのは、自分が死ぬことよりずっと怖い』

『僕より先に死なないでくれ』

『ミラに生きていてほしいよ』

フレイシスの言葉を頭の中で反芻《はんすう》する。

ミラが生きることを願う言葉が嬉しかった。本当は噛みしめていないと奥歯が震えそうなほど、嬉しかったのだ。

処刑場では、フレイシスを始め、皆がミラの死を渇望していたから。フレイシスがミラに死なないでほしいと明言してくれて、心が震えた。

「まいったなぁ……」

葛藤が渦巻いて、形にならない。ただ、結論を急がなければならないことだけはハッキリしていた。


星が夜空に散りばめられた頃、ミラは謁見の間にいた。

とりあえず、フレイシスの身体を蝕むものの正体について、仮説を報告しようと思ったためだ。

ミラが仮説を述べると、王は老けこんだ顔で言った。

「……フレイシスの病の原因が魔力過多によるものと立証できるか」

「すぐにはできません」

証拠を集めるには時間がかかるという意味でミラが首を横に振ると、王はティタニアの太陽と言われるほど晴れやかな容貌を影も形もなくして言い捨てた。

「ならば世迷言《よまいごと》と一緒だ。……予言では一年半後、聖女がティタニアの神殿に現れる。その聖女が何とかしてくれぬものか」

聖女にフレイシスを治す力がないのは、タイムスリップしてきたミラが一番知っている。リリカは見目麗しく可憐だが、それだけだ。王都を歩く年若い娘と同じで、特別な力も知識も持ち合わせていない。

しかしそう伝えるわけにもいかず、ミラは曖昧に微笑んでから謁見の間を出た。

（私の仮説が世迷言なら、陛下の希望は神頼みみたいなものだよ……）

そう心中で毒を吐きながら、松明《たいまつ》の火が煌々《こうこう》と燃える柱廊を歩く。今夜は満月で明るい。青白い月明りと松明の炎で、向かってくる相手の顔がよく見えた。

七色の噴水が設置された中庭に面する柱廊をこちらへ歩いてきたのは、セイウチのような髭《ひげ》を蓄えた初老の王宮医師だった。フレイシスの主治医だ。

（セイウチCさん……三日前よりもやつれたなぁ）

ミラがすぐに人を動物に例えるのは相変わらずである。

フレイシスのことで心労が絶えないのか、彼は初めて会った頃より幾分痩せ、腹回りがスッキリしている。ミラは立ち止まって頭を下げた。

「これはこれは。ミラ様、フレイシス殿下のご様子を窺いに行くところですかな？」

ミラが頷くと、医師は心地よく「左様で」と言った。

「私は陛下に呼ばれて向かうところです」

それは十中八九、ミラが王に話した仮説に対しての意見を医師に尋ねるためだろう。ミラは頼みごとをすることにした。

「ええと、セイ……じゃない、パスカル医師」

「惜しかったですな、自分はパウエルです。百年前に異世界から転移してきた聖女が、そのような名前の学者が自分の世界にかつて存在したと仰ったそうですが」

「ああ、百年前の文献『聖女語録』に載っていましたね。聖女には興味ありませんでしたが、パスカルの『真空の存在を立証する実験』について聖女が語った内容は、とても興味深かったです」

相変わらず人の名前を覚えるのが苦手なミラは、自分の知っているそれらしき学者の名前を言ったのだが外れてしまった。が、パウエル医師は気分を害した様子もなく言った。

「それで、どうしましたかな？」

「あ、はい。あの……過去百年分の、カルテや死亡診断書を調べてほしいんです」

「はい？」

「カルテを集めてほしいんですよ。フレイシス殿下と同じく、膨大な魔力を持つ患者の」

魔力過多の患者のカルテが揃えば、彼を蝕むものの正体を証明する材料となり得る。あとはフレイシスをどうやって治すかだ。が……どれだけ頭を捻っても、エリーテ以外に方法が思いつかない。

しかしそれは、ミラがどうしても避け続けてきたことだ。

では誰かが、エリーテ以外の方法を考えつくのを待つか。その間に、フレイシスが死んでしまったら？

（そしたら、私は……）

パウエル医師と別れたミラは、ガウェインの代理を務めている見張りへ挨拶してから、フレイシスの部屋に入る。

もう何度も出入りしている部屋だ。月明りに照らされて青白く浮かびあがった四角い部屋の寝台で、フレイシスの胸はゆっくりと上下していた。

寝顔を覗きこめば、穏やかなものだった。ただ、生気は乏しい。長い睫毛が青白い頬に陰っていて、まるで精巧な人形のように見える。

ミラはチンツ張りの椅子を寝台へ引き寄せ、座ってフレイシスの寝顔を見守った。

以前より頬がこけたし、シーツから出た手は白く骨ばってきた。相変わらず神話から飛びだしたように美しいが、その神々しさが、いっそ天からの迎えが近いのではと不安さえ呼び起こす。

フレイシスがちゃんと生きているのか心配になり、ミラは一回り大きな彼の手を両手で握る。伝わってきた温かさにホッとしたものの、同時に、いつまで温かいのだろうと言いようのない不安に襲われた。

「あったかい……」

この温《ぬく》もりを、エリーテなら守れる。エリーテなら。でも、それは……。

「……死にたく、ないんですよ……私……。生きたい……」

瞳を固く閉ざしたままのフレイシスへ、ミラは弱々しく呟いた。

「死にたくない。怖いんです」

巨大な白刃の下に細い首をさらされた恐ろしさは、一生消えない。白い目で睨んでくる人たちから、死を渇望される恐怖も。目を閉じれば生々しい記憶となって呼び起こされ、ミラは瞳を揺らした。

「怖い……っ。怖いよ……っ」

ミラの海のように青い瞳から、波のように涙が押し寄せる。フレイシスと繋いだ手の甲にいくつもの涙が零れ落ちた。拭うこともせずに背を震わせていると、不意に握った手を握り返された。

驚き、アーモンド形の目を見開く。

「……え……」

「何が怖いの？　ミラ」

何年も水を口にしていないような掠れ声が、優しく尋ねてくる。ミラが見下ろすと、月明りに照らされたフレイシスが目を覚ましていた。

「……っ殿、下……」

「怖いなら、僕が吸いとってあげようか」

ミラはブンブンと首を横に振った。顔を大きく歪め、フレイシスから伸ばされた手を掴み、頬にあてる。ミラの行動にフレイシスは一瞬目を丸めたが、泣きやまないミラの頬を労るように撫でた。

「どうして泣いてるの」

「殿下がずっと目を覚まさなかったから……っだから……っ」

違う、本当はそうじゃない。己が死刑になる未来が怖くて、でも、それと同じくらい……。

「殿下が死んじゃうのが怖い……」

いつの間にか、そう思ってしまった。恨んでさえいたフレイシスをみすみす死なせることが、明けない夜よりもずっと怖い。

本当は油断したくなかった。心を許すつもりなんてなかった。恨んでいたし怖かった。でも、フレイシスはいとも簡単に、ミラの心の柔らかい部分へ滑りこんできた。

彼といる時間が、何よりも心地よいと教えてくれた。弱った身体を酷使してまで、フレイシスはミラを助けてくれた。それらすべてが嬉しかった。

(何で嬉しいって？　どうして嬉しいって……！)

ああ、もう認めよう。どうしたって、自分はフレイシスに惹《ひ》かれている。

——彼のことが好きなのだ。

好きになってしまった。ずっと怖かったのに。他者に興味がなく殻に閉じこもっていたミラの心に、唯一風を吹かせた彼が、好きだ。失いたくない。この温もりを消したくない。

失う恐怖に直面して、気付いてしまった。胸に少しずつ育っていた感情に、『恋』と名前をつけてしまった。

心の天秤が傾く。たとえ、この選択によって死に一歩近寄ったとしても、気持ちに嘘はつけない。

「私が、殿下を助けます」

「……ミラ？」

決然と告げたミラに、フレイシスは長い睫毛を瞬いた。ミラは泣きながら微笑む。

「今まで沢山受け入れて、癒してくれたから。ドラゴンがもたらそうとした死から、私を助けてくれたから。だから今度は、私が貴方を助けます」

決意に燃える瞳で、ミラは背を伸ばして言った。何かをやり遂げようと、成そうとする科学者の顔だ。

フレイシスは横になったまま、背を震わせて笑いだした。

「……ははっ。すごいな、ミラが言うと、本当に助かりそうな気がしてくる」

「助けます！　私を誰だとお思いですか。科学者のミラ・フェルゴールですよ」

ムキになって言ったミラの涙の筋を拭い、フレイシスは頷く。

「うん、ありがとう。信じるよ」

「……はい」

信じて。大丈夫、貴方を助ける。

ミラは頬に触れているフレイシスの手のひらへ顔を擦りよせ、誓いの意味を込めて手のひらに口付けを落とす。窓の外で、星がいくつも尾を引いて流れていった。

「……今日は流星群が見られる日だったかな」

ミラに口付けを落とされた手のひらをギュッと握りしめ、フレイシスが窓の外を見やる。フレイシスの瞳に、キラキラと星が映っては瞬く。その瞳から光が失われないように、そして自分も彼を見続けていられるように。

たとえエリーテの研究を進めても、死刑の未来を変えてみせる。ミラは茨《いばら》の道を進むことを固く決めた。

吹っ切れたミラの行動は早い。フレイシスが目を覚ましてから、ミラは彼の元へ通う回数を減らした。

代わりに真珠塔にこもって、寝食も忘れ研究に没頭する日々を送る。一分一秒でも惜しかった。徹夜を繰り返し、ひたすらに研究を進める。脳が限界を迎えて萎むような感覚に襲われる度、ミラは角砂糖を丸ごとかじっては同僚たちをドン引きさせた。

しかし、スイッチが切り替わったようにやる気を出したミラを、ジョットを始め真珠塔のメンバーは歓迎した。


まだ外は朝靄《あさもや》がかかり、紫雲の流れる早朝の実験室。混合物を見事分離させたミラは、とうとうエリーテの抽出を成功させた。

「やったな！　ミラ‼」

ゴーグルをかなぐり捨て、ジョットはミラを抱きあげる。その場でクルクルと回ったジョットは、ミラに歓喜のキスをしかねない勢いだった。他の研究メンバーも似たようなものだ。

危険な物質があちこちに置かれている実験室にもかかわらず、小躍りする者や両手を突きあげて咆哮《ほうこう》を上げる者、口笛を鳴らし秘蔵のワインを開ける者までいた。徹夜明けとは思えない異様なテンションだが、ミラの気分も皆と同じようなものだった。

二回目とはいえ、実験の成功は勝利の雄叫《おたけ》びを上げたいほどこみあげるものがある。

「ありがとう、皆の協力のお陰だよ」

ミラが言うと、研究仲間は皆、グリグリと目を丸めた。その中の一人であるエイベルが、瓶底眼鏡をかけ直し、感動に打ち震えたような声で問う。

「ミラさん、俺らのお陰と思ってくれるんですか？」

「もちろんだよ、エイベル。君たちの協力がなかったら、ここまで研究が進まなかったもの」

倒れそうな身体を押して、皆が研究に取り組んでくれたお陰でスムーズに進んだ。ミラが謝辞を述べると、その場にいた全員が、尻がこそばゆそうな顔をした。

「……どうかした？　皆」

「バッカ！」

ジョットはミラの軽い身体を揺さぶって言った。

「これまで他人に興味のなかったアンタが、人並みにちゃんと皆の努力を見ていたことに俺らは感動しちまってんだよ。俺らの名前をちゃんと覚えてから、アンタ、いい方に変わったな」

ジョットは強面《こわもて》の整った顔をクシャクシャにして、くすぐったそうに笑った。

ミラはジョットに下ろしてもらうと、フラスコや試験管などの実験器具が並ぶ机上から、一つのシャーレを持ちあげる。中には、青いキラキラした粉末状の元素『エリーテ』があった。

宝石を砕いたように神秘的な輝きだ。浜辺の砂よりもサラサラした粉末に、ミラは、

「……久しぶりだね」

と周囲には聞こえない声で囁いた。

「おい、発見者。明日の新聞のトップはアンタだぞ！　元素の名前は何にする？」

ミラの肩に腕を回し、ジョットが陽気に言う。ミラはシャーレを机に置くと、静かに言った。

「……エリーテ」

「エリーテ？　古代ティタニア語で『希望』か。いいじゃねぇか」

「うん。希望にするんだ」

発見してしまったからには。

フレイシスを救い、二度と悪意に利用されないようにする。ミラは強い意志を持って言った。


それからも忙しい日々が続いた。

エリーテを発見したなら、その効能をまた実験で証明せねばならない。効果を証明できたら、次はどのくらいの分量でどれほどの効果が得られるのかデータを細かく集める必要がある。魔法生物でデータを集める際には、ミラはガウェインに協力を仰いだ。

そうやってデータを集めているうちに、ドラゴンの一件から半年が過ぎた。

ミラがタイムスリップしてから一年半。十八歳のミラが未知の元素を発見したニュースは新聞のトップを何度も飾り、エリーテの効能を予想することが、最近では巷《ちまた》でちょっとしたブームになっている。

しかしその予想合戦も今日で終わると、ミラは白く染まった息を吐きだしながら思った。これから、王を始め権力者たる王侯貴族の前で、ミラはエリーテの有用性と効果を説くのだ。

そのため、本日のミラは白衣ではなく、しっかりと正装している。いつもは片側に寄せて束ねている金髪も下ろして毛先をふんわりと巻き、前髪も真ん中で分けスッキリとした印象だ。鎖骨が覗く襟にはレースがひらめき、鮮やかなブルーのドレスは靴が隠れるほど丈が長い。

指を組んで大きく伸びをすると、ミラは緊張を和らげるように首を鳴らした。

エリーテのお披露目は王宮に数ある広間の一つ、『蒼玉《そうぎょく》の間』で行うらしい。ジョットや部下はすでに部屋の前で待機しているだろうが、ミラは定刻まで眺めのいい塔で時間を潰していた。

昨晩から降りだした雪が積もり、王都は一面銀世界に染まっている。塔から眺めると、普段は壮麗な王都も、今は粉砂糖を降りかけられたような町並みに変わって可愛らしかった。

ドラゴンに破壊された北西の区域は、補修工事が終わり綺麗に雪化粧をされている。翡翠門の近くでは、ガウェインがマントを被《かぶ》せた動物を連れて歩いていた。マントにより何の動物かは分からないが、深い雪には、馬のような蹄《ひづめ》の跡が点々と続いている。

その様子を確認したミラは、不敵な笑みを浮かべた。

「パウエル医師も間に合うだろうし、準備は整ったかな。――――いよっし、行きますか」

タイムスリップ前のエリーテのお披露目では、フレイシスは体調不良で欠席だった。

しかし今日は、フレイシスがいなくては意味がない。忙殺されていたミラは部下に頼んで出席願いの手紙を届けさせたが、彼は読んでくれただろうか。少し心配になりながら、ミラは外に面しているため冷えた渡り廊下を通過した。

そして角を曲がったところで、突如後ろから腕を引っ張られる。丈の長いドレスに難儀していたミラは、あっけなく体勢を崩した。そのまま何者かにズルズルと空き部屋へ連れこまれてしまう。

「え、わ、何⁉」

大声を出そうとしたミラの背後で、海のように深い声が「静かに」と言った。聞き慣れた声だ。

途端にミラは何者の仕業かを察し、強張《こわば》っていた肩の力を抜く。

それから後頭部を背後にある胸板に預け、首をめぐらして犯人を見上げた。

「――お久しぶりです。殿下」

そう、ミラを部屋に連れこんだのは、こちらも白い衣装に深緑のつる草模様のマントを纏った、正装姿のフレイシスだった。

（よかった、まあまあ顔色よさそう）

胸を撫でおろしたミラは、そこでフレイシスの眉間に寄ったしわを見咎める。

「ええ……？　もしかして機嫌悪いですか？」

「へえ？　機嫌が悪いかだって？」

棘《とげ》の混ざった声で、フレイシスは言った。

ニッコリ笑っているものの、どす黒いオーラを感じるのは気のせいだろうか。ミラはとっさに、飼い主の腕から逃走を図る猫のように逃げを打った。が、一歩遅かった。

「あ、やっ」

電光石火、フレイシスに背後から腕を回され、一分の隙もなく抱きしめられる。足が浮くような勢いに、ミラは焦った声を上げた。しかしフレイシスはお構いなしにミラの項に鼻先を埋める。

「殿下……っ？　いたっ」

細い項にピリッと電流のような痛みが走ってミラは呻く。

チュッと音を立てて離れたフレイシスの唇に何事かと目を白黒させれば、彼の唇はもう一度ミラの髪をかきわけ、項に埋まった。

今度はフレイシスの湿った熱い舌が項を這い、ミラはつい詰まった声を上げる。腰が痺れるような感覚が不安定な気持ちを煽《あお》って、ミラは腹に回ったフレイシスの手をはがそうともがいた。

「や、何、何……何、です、かっ」

身体をねじり、何とかフレイシスの腕から脱出する。脱兎《だっと》のごとくフレイシスとの間合いから逃げだしたミラは、彼に舐められた項を片手で押さえ、真っ赤になって抗議した。

「う、項は人間の急所であって、舐めるところじゃありませんっ」

「ミラ、こっちに来て」

(聞いてないだと……!?)

「こっちに来て、早く。おいで」

両手を広げたフレイシスに促されても、そう素直には頷けない。警戒の色を濃くするミラに、フレイシスは悲しそうに目を伏せた。

(う……その顔はズルくない……?)

何だか意地悪なことをしている気分になって、ミラは居たたまれなくなる。

「殿下、あの……」

「ミラ不足なんだ」

ポツリと、フレイシスは言った。

「ここ最近、全然会えていなかったから。ミラが足りない」

「んん……っ」

胸の辺りがキュンとときめくような感じがして、ミラはそれを顔に出さないように努めるあまり変な唸り声を上げた。フレイシスのことが好きだと自覚してしまった身としては、彼の屈託ない発言は大変心臓によろしくない。

内心悶《もだ》えていると、痺れを切らしたフレイシスに今度は真正面から抱きしめられた。背の高い彼にググッと体重をかけて抱きしめられ、ミラは腰が折れるのではと焦る。

「で、殿下、重……。一旦離してくださ……」

「ダメ、素直に来てくれなかった罰」

「えええ……」

「会いたかった」

耳元で乞うように囁かれ、ミラは抵抗を止めた。

「……すみません、研究で忙しくて……」

「……知ってる。ミラが頑張っている様子、新聞で目にしたよ。でも、会いたかったんだ」

(────……それは私も)

会いたかったと伝えたら、フレイシスはどんな顔をするだろうか。好奇心が首をもたげたが、ミラはまずはエリーテのお披露目を成功させなければ、と気を引き締め直した。

フレイシスに告白の返事はまだしていない。それはエリーテの研究に集中したかったためだが、フレイシスもミラから無理に返事を聞こうとはしなかった。ただ、こうして言葉や行動で好意を示されると、ミラは足をバタバタさせて悶えたくなる。

そっとフレイシスの胸に手を置き、顔を上げるミラ。抵抗と受け取ったのか不服そうなフレイシスの表情に、ちょっと笑ってしまいそうになった。

「殿下、私」

「うん？」

「頑張ったんです。これからその成果を発表します、だから見守っていてください」

手のひらに伝わるフレイシスの鼓動に神経を集中させ、ミラは言った。

フレイシスの命を救ってみせる。たとえそれで処刑ルートが進んだとしても、回避する方法を見つけてみせる。自分の力で未来を変えていくんだ！

そう己に言い聞かせる。フレイシスは真剣なミラの面持ちを見て、ようやく微笑んだ。

彼の大きな手が、ミラのブロンドをポンポンと撫でる。

「うん。ミラ、頑張って」

フレイシスの応援を胸に、ミラは蒼玉の間へ向かった。


蒼玉の間は、透き通った海中のように美しかった。

緩やかな曲線の広間には、天使の彫刻が施された柱がずらりと並んでいる。壁の色は一面が、海のように鮮やかなエメラルドグリーンだった。その壁紙には蔦《つた》が絡むように、金で貝殻の模様が描かれている。鏡面のように傷一つない白い床はというと、本物の貝でも埋めてあるのか、吹き抜けの天井から差しこむ冬の日差しによってキラキラと輝いていた。

そして奥の玉座へ向かって、深い緑に金糸の織り交ぜられた絨毯《じゅうたん》が延びている。壁に沿うように設置された椅子には、広間の中心に立つミラや研究メンバーを囲むようにして、大勢の貴族が腰かけていた。

ミラは階段の上の玉座にかけている王と、その脇の椅子にかけたフレイシスへ頭《こうべ》を垂れる。

貴族たちは話題の科学者であるミラをよく見ようと、首を精一杯伸ばしていた。まるでサーカスを観に来た客だ。タイムスリップしてきたミラにとっては二回目の光景だが、ジョットや研究員たちは品定めするような貴族たちの視線を受け、ガチガチに緊張していた。

王は玉座にゆったりとかけたまま、尊大に告げる。

「ミラ・フェルゴール。面《おもて》を上げて研究の成果を述べよ」

「はい、まず――――こちらが、私が発見した元素『エリーテ』になります」

ミラはクリスタルの小瓶に入ったエリーテを台座に載せて、王へと献上する。貴族たちから興奮による歓声が起きた。王は感嘆の息を吐く。

「美しいな。して、これの特性は？　我に援助を頼んでおきながら、ただの綺麗な粉を発見したで終わり、というわけではあるまい？」

「もちろんです。エリーテの効果は――――……」

挑むように王を見上げたミラは、そこで言葉を切った。王を始め、貴族は期待に満ちた眼差《まなざ》しをミラに送る。フレイシスだけが、穏やかな表情を浮かべていた。

「エリーテの効果は、魔力の相殺です。魔力に反応し、魔力に直接触れたり交わると、魔力を打ち消す効果があります」

「なんと」

観覧席で真っ先に声を上げたのは、ロマンスグレーの髪が印象的な公爵だった。

「魔法を打ち消すだと？　陛下、もしそれが本当なら、とんでもない発見ですぞ」

「真《まこと》ならばな。ミラ、当然証明してくれるな？」

玉座の肘掛けに腕を置いたまま、王は優雅に促した。ミラが返事をすると、後ろに控えていたジョットが、シャーレに入った鉱石をミラへ手渡す。ミラはそれを受け取ると、蒼玉の間にいる全員によく見えるよう掲げた。

「こちらは一般的によく見られる魔法石です」

「火を熾《おこ》せる魔法石か」

「はい。魔力がない者が使用しても、叩けば勝手に着火する便利な石です」

ミラが魔法石に衝撃を与えると、シャーレの中でオレンジの炎が上がる。

「こちらに」

ミラは炎が揺らめいている魔法の石に、手持ちの試験管に入ったエリーテを振りかけてみせた。すると、エリーテと魔法石が触れ合った瞬間、妖精の光のように青く神秘的な光が発生する。

広間に大きなどよめきが走った。

「火が消えた……」と、小さくフレイシスが呟く。

「この石は完全に魔力が打ち消され、もはやただの石です。エリーテは魔力と反応すると青く光り、量によって差はありますが、しばらくその光は持続します」

ミラは先ほど真っ先に反応を示した公爵へ、シャーレに入った石を渡した。公爵は膜で覆われたように青い光を放ったままの石を、しげしげと眺めた。

「……魔力を感じない。ただの石に成り果てていますな……」

公爵は目を擦りながら王へ報告した。ミラは続けて話す。

「エリーテの効果は無機物だけでなく、魔法生物にも有効です」

人を襲うためティタニアで害獣認定されている手のひらサイズの毛むくじゃらの魔物を、ジョットが床に置いていた籠から出す。魔物が威嚇で大きく口を開けた瞬間、ジョットはエリーテを混ぜた水をスポイトで摂取させた。ほどなく、魔物は青く発光して倒れる。

「ほう、魔物退治に役立つわけか」

王は楽しげに言った。

「エリーテの量を調節すれば魔物を弱らせて捕獲することも、絶命させることも可能です」

「素晴らしい！」

後列に座っていた伯爵が、興奮気味に言った。

「これなら半年前のようにドラゴンが市街地で暴れても、その元素で討伐が可能だな⁉」

貴族たちの食いつきは最高だった。より細かい説明をしていけば、エリーテの有用性を認めて拍手すら巻き起こる。王からも労《ねぎら》いの言葉を賜り、ジョットや研究仲間は飛び跳ねそうなくらい喜んだ。しかし、ミラだけはまだ緊張していた。

喉がカラカラだ。動悸が治まらない。そう、ミラにとってはまだ、本題に入っていないのだ。

「褒美を取らせよう。ミラには王都に新しく専用の研究施設を。それから、新たにチームの研究予算として二億クイートを用意してやろう」

莫大《ばくだい》な金額に、本来のミラなら喜んでいたはずだ。しかし今は、緊張のあまりニコリともできなかった。代わりに、人生で一番大きな声を振り絞る。

「あの……っ！　実は……まだお話があります……っ」

不思議そうなフレイシスと、王が目を見合わせる。王はニヤッとからかうように言った。

「何だ、褒美が足りなかったか？」

「いいえ。あの、エリーテなんですが……」

怖気づきそうになるのを叱咤し、ミラは深く息を吸った。グッと腹に力を込めて言葉を紡ぐ。

「エリーテは……人間の魔力すら、打ち消すことができます」

「……何が言いたい？」

王は切れ長の目を細め、声を尖らせて言った。ミラの背後でジョットが慌てる気配がする。

「魔法生物に有効なら、人間にも有効だろうことは想像できる。が、魔法士から魔力を奪えば死に至ることはお主も知っているだろう」

「もちろんです。もちろん――――致死量に至るエリーテを摂取すればそうなります。ですが」

ミラは硬い面持ちでフレイシスを見上げた。

「ある方にとっては、適量ならば薬になります。――――フレイシス殿下にとっては」

「どういう意味だ？　我が息子に、エリーテを摂取しろと言うのか？」

機嫌のよさが一転、今にもミラを切り捨てそうな王の形相に、ミラは気がくじけそうになる。しかし、フレイシスのために引くわけにはいかなかった。

「そうです」

「貴様……！　無礼な！　魔力を持つフレイシス殿下にエリーテを摂取させようなど、反逆罪に値するぞ！」

観覧席に座る貴族の一人からミラへ怒号が飛んだ。ジョットがミラのドレスを引っ張る。

「おい、アンタ、どうしちまったんだよ⁉　自分の発言の意味が分かってんのか⁉」

「分かってる。最高に冴えてるから心配しないでよ」

ミラはジョットを見もせずに早口で言った。

「陛下！　ミラ・フェルゴールが世紀の発見をしたからといって、ご判断を見誤らぬようお願い申し上げます。この小娘を罰してください！」

「マッドサイエンティストが！　人体実験がしたいだけだろう！　殿下を利用しようとするなど言語道断だぞ！」

一気に罵声の飛び交う蒼玉の間で、ミラは大博打《おおばくち》を打っているような気分で声を張りあげた。

「国王陛下！　以前謁見の間でも申しましたが、フレイシス殿下の体調不良の原因は、魔力過多によるものです！　その御身では耐えきれないほどの膨大な魔力が、内側から殿下を食い尽くそうとしている！」

「魔力過多……？」

ミラの言葉に真っ先に耳を傾けてくれたのは、他でもないフレイシスだった。ミラは祈るような面持ちで言った。

「はい。具合が急に悪くなった時、その前に魔法を必ず使用されていませんでしたか？」

「何をふざけたことを……殿下、お耳を傾ける必要はございませんぞ！」

先ほど魔法石を確かめていた公爵が、声を荒らげて言った。

ミラは歯を食いしばる。絶対にフレイシスから視線をそらすまいと、真摯な目を向けた。

（……どうか、どうか、彼に届いて。私の言葉が、殿下に……！）

処刑場で自分の言葉が、フレイシスに届かなかったことを思い出す。ミラは祈るような気持ちで返答を待った。

思い当たる節があるのか、彼は少し視線を宙に泳がせてから頷いた。

「……ああ。そう思うな、確かに魔法を使用したあとに体調を崩すことが多かった。日常的に魔法を使用するから意識したことはなかったが……強力な魔法を使った時ほど体調を崩していた気がする」

パアッとミラの顔が明るくなる。ミラは早口でまくしたてた。

「殿下は吸収した物体を、魔力に置き換えることがおできになる。つまり、器を超えた余分な魔力が、殿下の身体を蝕んでいるのです」

再び、広間が大きくざわついた。口早に隣の者と相談し合う貴族が増える。

「確かに、エリーテは多量に摂取すれば魔力を持つ者にとっては毒になります。しかし摂取量を調節し、殿下の器から溢れ出た余分な魔力だけを打ち消せば……」

一瞬、広間が水を打ったように静まり返る。ミラの話に耳を傾ける者が増えていた。

「――――エリーテは、殿下の命を繋ぐ特効薬になります」

言い終えた時、ミラは息を切らしていた。王宮の敷地を全力疾走したかのように肩で息をする。

何十もの目が、ミラに向けて猜疑《さいぎ》とわずかな期待を滲ませていた。

「仮にそうだとして、どうやって証明する？　以前、我は謁見の間でお主に言ったな。フレイシスの病が魔力過多によるものだと立証できなければ、お主の仮説は世迷言に過ぎないと」

王は厳しく言った。

「お主にそれを証明する手立てがあるのか？」

「それは――……」

ミラがうっすらと口を開いた瞬間、広間の金の扉が大きく開け放たれた。

なだれこむようにして、男が二人入ってくる。一人は書類の束を抱えたセイウチ髭のパウエル医師、もう一人はピンク色の髪が目立つガウェインだった。ガウェインに関しては銀色のたてがみが見事なユニコーンを引きつれている。ユニコーンの足元で、マントが丸まっていた。

「ミラ様！　間に合いましたか!?」

足元に魔法陣を浮かびあがらせたガウェインが言った。

連れてきたユニコーンは手綱を付けられていたが大人しいもので、魔法によってガウェインの言うことをよく聞いていた。ミラは親指をグッと立てる。

「バッチリですよ、ガロ様！」

「何事だ。何故ここへ立ち入ったのだ」

突然の乱入者に、王が張りのある声で詰問する。パウエル医師は書類を落としそうになるほど怯え、ガウェインは騎士の敬礼を取った。

ミラは二人を庇うように前に立つ。

「実は私がお二人に、事前に説明して協力を仰ぎ、こちらへお呼びしたのです。フレイシス殿下の治療にエリーテが有効であることを証明するために」

「何……？」

王が厳《いか》めしい眉を吊り上げる。医師は書類の束を両手で掲げた。

「わ、私はミラ様に頼まれて、ここ数カ月、『先祖返り』と言われるほど高い魔力を持つ方のカルテや死亡診断書を、過去百年分、国中から集めておりました。こちらのカルテに目を通したところ
――どの方も皆、フレイシス殿下と似たような症状を訴えておりました」

広間に何度目かのどよめきが起きる。今度はガウェインが一歩前に進み出た。

「陛下。私はミラ様に頼まれ、魔法生物でフレイシス殿下と同じようにオーバーフローを起こしている個体を連れてまいりました」

ユニコーンが不安げにガウェインの腰へ擦り寄る。その身体は衰弱し、磨きあげられた広間の白い床に血を吐いた。医師からカルテを受け取って目を通していた王は、続きを促す。

「ミラ、そのユニコーンをどうするつもりだ」

「今からこの子にエリーテを投与し、治します。それでエリーテがフレイシス殿下の治療に有効であることを証明したい」

ミラはにべもなく言った。

強張った手で、エリーテを混ぜた注射器をドレスの胸元から取り出す。

「よしよし、大丈夫だからね。……いくよ」

怯えるユニコーンの背を優しく撫でてから、ミラは注射針をユニコーンの首へそっと刺した。

注射器の押し子をグッと押しこんだ瞬間、銀色のユニコーンが淡い光を帯びて、青く輝く。観覧

席にいた貴族が一人、思わず「美しい……」と零した。

幻想的な光を帯びたユニコーンは、数分いななくように暴れ、その場で床を蹴る。角《つの》で突かれそうになったミラを慌ててジョットが引き寄せ、ガウェインがユニコーンの手綱を強く引いた。広間の中央で、フレイシスがとっさに立ちあがる。

怒鳴ったのはジョットだった。

「あっぶねぇだろ、ミラ！」

「大丈夫だよ、ジョットくん。ほら」

ミラは顎でしゃくり、ジョットへユニコーンの様子を見せた。

氷の彫刻のように美しいユニコーンは、先ほどまでの弱りようが嘘のように広間を闊歩《かっぽ》した。それから、幻想的な光を纏ったまま、ミラの脇へ甘えるように頭を擦りつけてくる。

「本当に治ったというのか……？」

王は半ば疑心の混じった声で言った。しかし、もう半分には信用が窺える。

「はい。ガロ様が私に懐柔されてユニコーンを操っていなければ、ですが」

「な……っ、ミラ様！　私はそんなことはいたしませんよ！」

ガウェインが泡を食った様子で訴える。もちろん冗談だ。王だってガウェインのことは信頼しているだろう。

「まだ信じられないのであれば、いくらでも実験を重ねて証明いたします。ただ、お急ぎください。今こうしている間にも、フレイシス殿下は大きすぎる魔力に命を蝕まれていますす」

（早い方がいい。その方が、殿下が苦しまなくて済む）

王は迷っている様子だった。元気になったユニコーンと、ずっしりとした手元のカルテを見比べている。ミラは決断を待った。しかし、返答は意外なところから返ってきた。

「――――僕はミラを信じますよ、父上」

「殿下……!?」

ミラは目をむく。静観していたフレイシスが言った。

「当事者であるから分かる。ミラの説明は得心のいくことばかりでした」

「フレイシス、しかし……」

王は食い下がった。しかしフレイシスは、父親を安心させるようにゆったりと言った。

「大丈夫です。……ミラ、僕は君を信じる。僕の命は君に預けるよ」

「いいのですか?」

望んでいた言葉なのに、ミラはつい聞いてしまった。

「本当に……?　もし、拒絶反応を起こしたら、分量を誤ったら、殿下の身体は……」

「大丈夫。だってミラのことだから、今日までに散々実験を繰り返したんだろう?」

図星だった。何度も徹夜で実験を繰り返し、フレイシスにエリーテを投与しても問題ないか調べた。けれど、実際に人間に投与するのは初めてだ。

散々勧めておきながら、土壇場になって不安に呑みこまれそうになる。エリーテを発見してから百回も実験を繰り返したというのに、理論は合っていると確信を持てるのに、それでも不安だ。

「実験は、しましたが……。でも、それでも……」

「どうせこのままでは朽ちていく命だ。なら、この命はミラにあげるよ」

フレイシスの言葉に、ザワッと蒼玉の間に衝撃が走る。その言葉は、まるで愛の告白だった。

一国の王太子が、伯爵令嬢の科学者に命を委ねるなど。

「フェルゴール伯爵令嬢に、殿下はそこまで信頼を寄せているのか……?」

さざなみのように、広間に驚きが広がる。衝撃をもたらした当人は、コツリと小気味よい靴の音を立ててミラへ近寄ってきた。

「僕を殺すなら、君がいいな」

「……殺すなんて、言わないでください。殿下」

ミラは碧眼をクシャリと歪めて言った。

「貴方を生かすために、必死の思いで今日を迎えたんです」

「うん。嬉しいよ。世界中に自慢して回りたいくらい嬉しい。君の言葉を、信じていたんだ。『私が貴方を助けます』って、以前言ってくれただろう?」

「覚えて……信じてくれていたんですか……?」

「もちろん」

フレイシスは骨ばった手を伸ばし、ミラの手を握りしめた。彼の手は一年半前よりも肉が落ちたが、それでも力強く安心させてくれる手だった。

「だから今度は、君を信じる僕を信じて。ミラ、僕を生き長らえさせてくれる?」

「……っはい……!」

ミラは力いっぱい頷く。処刑を言い渡された時、フレイシスに信じてほしくてたまらなかった。自分の声が誰にも届かなかったことが辛くて、目の前が真っ暗になった。でも、今は。

（信じてくれるんだ……誰よりも、彼が……‼）

その事実に、ミラの胸は炎が灯《とも》ったように熱くなった。

「もしもフレイシスにエリーテを用いた治療が有効なら、未来でこういった患者の死亡診断書を見ずに済むということだ」

王はカルテと死亡診断書の束を手の甲で叩き、やれやれと諦めたような口調で言った。獅子のように厳めしい風貌の王は、ようやく仕方なさそうに笑う。

「まさか大いなる実験の被験者第一号が、王太子とはな。前代未聞だ。お主は剛毅な科学者だな、ミラ・フェルゴール。そして我が息子は手に負えん。……成功させろ、いいな」

「……はい」

最後の一言に国を背負うような重みを感じ、ミラは顎を引く。ジョットやガウェインたちの心配そうな視線を背後に受けながら、ミラはフレイシスの白い袖をまくった。

新たな注射器を取り出し、大きく深呼吸してからフレイシスの手首に打つ。震える手は、フレイシスの逆の手に包まれた。弾かれたように目を上げたミラへ、フレイシスが安心させるように微笑む。励まされた気分になったミラは、手始めにごくごく微量を注入した。

「ど、うですか……？」

「うん。すごく熱いけど……何かがぶつかり合うような……」

不意に、フレイシスが片目を瞑り、痛みに耐えるような仕草を見せる。ミラは手を止めた。

「やめますか」

「いや、いい。本当に――……何だろうな、身体に巣くっていた霧が晴れていくみたいだ」

フレイシスの魔力とエリーテが結びついたのだろう。身体から淡い輝きが放たれる。青い炎を身体に纏ったように美しい彼は、天上の世界の住人みたいだ。言葉を忘れるほどの神々しさに、広間にいる全員が憑かれたように魅せられる。

フレイシスが動かなければ、サファイアやアクアマリンを多分にあしらった彫刻かと錯覚を起こすほどだった。

「殿下の魔力の波動が落ちついていく……。波動が一定でないのは、膨大な魔力故の特性と思っていたが……」

ミラよりもずっと魔力のある貴族たちは、エリーテ投与前のフレイシスとの変化が感覚的に分かるのだろう。いくつもの目がフレイシスを穴が開くほど注視していた。

最初なのでそこまで多くの量は投与していない。十五分ほどして、フレイシスから輝きが失せていく。しかし、普段なら新雪よりも真っ白な彼の顔色には、生気が漲っていた。死相が消えている。

「殿下……あの……」

「身体ってこんなに軽いのか」

フレイシスが呟いた瞬間、ミラの視界がグンと高くなる。気付いた時には、力強い手に抱きあげられていた。驚いて見下ろすと、満面の笑みを浮かべた眩しいフレイシスと目が合う。

黄金の瞳は濁り一つなく爛々《らんらん》と輝き、生気に満ち満ちている。新芽のような生命力が、フレイシスから溢れていた。

「全身から生気が漲るようだよ。憑き物が落ちたみたいに身体が軽い。何でもできそうだ」

「……っじゃあ」

「成功だ!!」

ミラが言う前に、観覧席から声が上がる。さらに広間を打ち壊すくらいの拍手が上がった。興奮がうねりとなって、爆発的な歓声が広間を満たす。

ミラは拍手と歓声がやまない広間を見渡し、それから血色のよいフレイシスを見下ろす。一度手を伸ばすのを躊躇《ちゅうちょ》し、それから壊れ物に触れるように、フレイシスの頰を両手で包みこむ。

「どこも、おかしいところはありませんか？　痛いところとか……」

「何も。どこも――――ミラ、ありがとう。本当にすごいな、君は……ミラ？」

「よかった……」

ミラは奇妙に震えた声で言った。空色の瞳をグラグラと揺らし、フレイシスの肩に顔を埋める。

「ミラ？」

フレイシスが心配そうな表情を向けてくる。次に顔を上げたミラは、普段通りの冷静な表情を取り繕った。フレイシスが何か言いたげな表情を浮かべるものの、ミラは落ちついた声で下ろしてほしいと頼む。

下ろしてもらったミラは、いまだ鳴りやまぬ拍手の雨に打たれながら王を見上げた。

「殿下のこれからの経過は、パウエル医師と協力し、つぶさに観察いたします。以上で――――」

ミラはドレスの裾を持ちあげ、恭しく礼をした。

「以上で、エリーテについての報告を終わります。皆様、ご清聴ありがとうございました」

今日一番の拍手と口笛が、蒼玉の間を満たした。

強張っていた肩の力を抜き、肺を空気で満たす。冷たい空気が肺を刺したが、緊張で火照《ほて》った身体には心地よいくらいだ。蒼玉の間を後にしたミラは、しんしんと雪の積もった庭園のガゼボで息を吐いた。見渡す限りの銀世界は、ミラに落ちつきを与えてくれる。

ヒイラギの木には雪が積もり、庭園にはミラの足跡しかない。そこに、サクッと雪を踏む音が乗り、新たな足跡が加わった。

「風邪を引くよ。ミラ」

「……殿下こそ」

つる草模様のマントをかけられ、ミラがやんわりと断る。しかしフレイシスは譲らなかった。

「僕の病は君が治してくれたから、もう大丈夫だよ」

「そうとは限りません。また魔法を使用すれば体調を崩します。その際にはエリーテを再び使用する必要がありますし、今回の件だって経過を観察してみないと、本当に成功とは言いきれない」

「だから蒼玉の間で、瞳を揺らしていたの？」

「……気付いていたんですか」

表情の変化を悟られていたことに、ミラは苦笑を浮かべる。フレイシスはガゼボにあるベンチに腰かけ、ミラを隣に座らせた。

「広間でのミラは凜としていたから、余計にあの一瞬だけ張りつめた糸が切れたような様子が気になってね」

「……私が理由を話す前に、このマント、着てください」

「強情だな。じゃあ、こうしようか」

フレイシスに肩を寄せられて、マントを二人で羽織る。距離がグッと縮まり、触れ合った肩口から伝わる熱にミラは頬を赤らめた。ゆっくりと口を開く。

「広間での私の態度は、虚勢です。どうしても周りを納得させて、殿下にエリーテを摂取してほしかったので。でも」

寒さでかじかみ、赤くなった指先を見下ろす。いまだに震えは止まっていなかった。

「でも、怖かった」

「ミラ?」

「殿下を、フレン様を、私がエリーテを投与したことで失うんじゃないかって、怖くて。もうずっと怖かった……」

「ミラ、僕はもし失敗しても、君を責めたりはしな……」

「違うんです。失敗を罰せられることが怖かったんじゃなくて……っ」

ミラはフレイシスに取り縋った。

「もし貴方が……っ好きな相手である貴方が、私の発見した元素のせいで悪い結果になったらどうしようかと思って怖かったんです……！」

ひらひらと雪の結晶が花びらのように舞う中、ミラは決死の思いを吐きだす。

抑えこんでいた思いが、堰《せき》を切ったように溢れた。張りつめていた糸はたわみ、脆《もろ》い心が顔を覗かせてしまう。

「貴方を好きだと自覚してから、すごく怖かった。大きすぎる魔力に冒された貴方をみすみす失うのは眠れないほど恐ろしいし、私がエリーテの投与を失敗して失うのも怖くて……っ。だから、蒼玉の間で投与が上手くいって安心したんです。そしたら、つい気が緩んで殿下の肩に顔を埋めてしまって……殿下？」

「俺が好き？」

ミラの震える両眼いっぱいに、フレイシスの顔が広がる。バサリと重たげな音を立てて、二人にかかっていたマントが地面に落ちた。両手で引き寄せられた二の腕に、フレイシスの指が食いこむ。静寂を切り裂くように、遠くで王宮の鐘が鳴った。ガゼボに風が吹きこみ、雪が舞いこむ。

「フレ……」

フレイシスとミラの唇が合わさる。二人の唇の間でとけた雪がヒヤリと冷たくて、ミラはこれが現実だと思い知った。離れた互いの唇が、雫《しずく》で濡れている。

「死んでしまいそうだ」

「……え……えっ⁉　やはりお身体が……⁉」

血相を変えるミラの手を引き、フレイシスは自身の心臓へ当てさせる。彼が生きている何よりの証拠である力強い鼓動が、早鐘を打っていた。

「……嬉しくて死にそうだ」

「殿下、あの、んっ」

もう一度掠《かす》めるように口付けられて、ミラは頬を紅潮させた。

「あの、えっと」

「好きだよ、ミラ。愛してる」

冷たい風が二人の髪を揺らす。雪の精霊のように美しいフレイシスから告白され、ミラは声を上げて泣きたくなった。

熱くなった目頭を隠すように彼の胸へ顔を埋め、広い背中に腕を回す。傷だらけの心をそっと真綿で包まれたような安心感に、涙脆くなってしまう。

「私も……です……」

「うん。同じ思いを返してくれて嬉しい」

綿のような雪が舞う中、二人の影がピタリと寄り添う。

……タイムスリップしてから初めて、ミラは心からの安らぎを手にした。


フレイシスとの逢瀬を終えて真珠塔に戻った頃には、日はとっぷりと暮れ、冬の星座が空に散りばめられていた。寒い中、そんな時間まで彼とたわむれていたと思うと、頬に熱がたまる。

しかし真珠塔に入れば、ミラはフレイシスの恋人でなく科学者だ。

頬の熱を冷ましてから、長時間着用してくたびれたドレスを引きずり入室する。と、テーブルには載りきらないほどの御馳走が並び、どんちゃん騒ぎが行われていた。

数十種類の酒と、鴨肉《かもにく》のソテーや濃厚なブイヤベース、蒸したサーモンのムースソースや手摑みで食べられるチーズや生ハムのカナッペ、宝石のようなスイーツを、研究仲間ががっついている。

タイムスリップ前の記憶と同じだ。

同じはずなのに――――ミラが入室するなりジョットを始め、研究仲間が怒りだしたのは以前と違う光景で、ミラは「おろ？」と首を傾げた。

「エリーテの発表は成功を収めたのに、皆ってば何で怒ってるの？」

「何で怒ってるの？　だとぉ⁉」

声真似をしてきたジョットに寒気の走るミラの肩へ、腕を回して彼は唸った。

「おいミラ！　何だ！　蒼玉の間での、あの独断専行は！」

ああ、何だ。フレイシスに関するエリーテの効果についての説明を独断で行ったことを怒っているのか。納得したミラは、手近にあったカップケーキを手で掴みかじりついた。

「説教中に菓子食う奴がいるかぁぁ！」

「うわ、ごめん。緊張から解放されたらすごい糖分がほしくなっちゃって」

烈火のごとく怒るジョットに、マイペースなミラは耳を押さえて謝った。

「本当に反省してんのか⁉　俺らに黙っていたことも問題だけどよ、あんなに下手くそなプレゼンがあるかっ。魔物退治に役立ちますよ〰〰〰からの『殿下の治療にも有効です』の展開は無理があったわ！」

「でも通ったよ」

「そうだな！　通ったな！　アンタは強運だな！　でも普通なら印象最悪だ！」

唇を尖らせるミラにジョットは短髪を掻きむしり、鋭い目をそらした。それからこそばゆそうに言う。

「――あー……だから何だ。そう、一言、相談しろよ。ちゃんと相談してくれたら、俺らだって力を貸した。アンタの力になりたかった。分かるな？」

ミラは驚きで、カップケーキをゴクリと塊ごと呑みこんだ。

タイムスリップ前のジョットなら、こんなことを言ってくれただろうか。

確かに彼は研究施設の誰に対しても気のいい兄貴分だったたし、処刑が決まったミラの元へも一度面会に来てくれた。

ただ、『何で国王陛下を殺したんだ』という、ミラを責める言葉を言うためにであったが。

『処刑は見に行かない、かつての仲間だからな』と彼は言った。同僚Aとしか彼の名前を覚えていなかったミラは、そんなものか、と思った。仲間とは名ばかりの希薄な関係だったたから、仕方ないとも思った。以前は。けれど……。

「アンタが、エリーテが殿下の治療にも有効だって言えば、俺らは絶対に信じるんだからよ！」

まさか、今度は信じてくれるなんて。

「俺ら科学者は、証拠と理論にさえ納得できりゃアンタを絶対に信じるに決まってる」

タイムスリップ前は、その証拠に聞く耳すら持ってもらえなかったのに。

（――ああ、今度は――……信じてくれるんだ。信じてもらえる自分に変われたんだ）

フレイシスと接して変わろうと決意できた自分が、変えられたもの。それが確かに存在する。その事実が胸を熱くして、ミラは口を引き結んだ。

「ごめん。資料の収集や魔法生物を探しだしてくれたパウエル医師やガロ様と違って、君たちは私と同じエリーテを発表した側だから。私の独断でないと、フレイシス殿下のことでもし失敗したら、君たちまで責任を取らされると思ったの。巻きこみたくなかったんだ」

「それは、分かるけどよ」

ジョットはモゴモゴと言う。腰に手を当てて怒っていた他の研究仲間も、最後には笑った。

「次は頼れよ、リーダー！」

部屋にいた研究仲間の一人が、威勢のいい声で言う。次々に「そうだ！　頼れよ、大将！」と声が上がり、ミラは仲間たちの顔をグルリと見回した。

（殿下に受けた影響のお陰で、今の私には、こんなにも……）

本当の仲間がいる。ミラはテーブルの上にあったシャンパングラスを手に取ると、琥珀色の液体を波打たせながら高らかに掲げた。

「ありがとう、皆……！　今日は王や貴族をエリーテに夢中にさせられたし、殿下を救ったのは幸先のいいスタートだと思うな。私たちの研究はこの先、多くの人を救うはずだよ。さあ――私たちの研究に乾杯！」

男ばかりの真珠塔に、野太い歓声が轟く。グラスを打ち鳴らす音が響き、宴は朝まで続いた。


「フレイシス様の病が治った！　エリーテを服用されてから、調子を戻されたそうよ！」

「エリーテってあれだろう？　科学者のミラ・フェルゴールが発見した元素」

「じゃあ、ミラ様が王太子殿下をお救いになったということか!?」

「ねぇ、新聞を読んだ？　エリーテの効能！　これで魔物に怯えなくて済むわよ」

エリーテの特性は新聞や人伝いに、瞬く間に国中に広がった。

特にフレイシスの身体に対する効果は号外が出されるほどで、ミラは一躍時の人となり、連日あちこちの学会に引っ張りだこだ。

まとまった睡眠時間を確保することが困難なほど多忙を極め、町を歩けば羨望と尊敬の眼差しを向けられる。さすがに『王家の救世主様』と拝まれた時は、ミラは勘弁してくれと思った。

今日はエリーテを初めて一般市民にお披露目する日であったが、それは同時に、ミラが大勢の市民と交流する日でもある。一般客を招き入れる『水晶門』には話題のエリーテとミラを一目見ようと、朝早くから多くの人が雪を掻き分け詰めかけていた。

(何か……展覧会みたい)

国宝が展示される時のような賑《にぎ》わいに、ミラはそう思う。

水晶広場には魔法で作った氷の彫刻が並んでいる。水晶門から続く彫像はティタニアの建国神話を再現しており、歩を進めていくと初代王の像や建国の様子を表した像が客の目を楽しませた。

そして水晶広場の中心には、クリスタルのケースに入ったエリーテが女神像の手のひらに飾られている。その周りを、厳めしい警備兵が守っていた。

用意された壇上で挨拶を終え、喝采を浴びたミラはいそいそと階段を下りる。下りた先で、ガウェインを従えたフレイシスが待ち構えていた。

「救世主様、時の人、女神。称号が多くてミラは大変だね」

「……からかわないでくださいよ」

ミラはジト目でフレイシスを睨む。以前のミラならフレイシスに気安い視線を投げかけるなど緊張で躊躇われたが、今は恋人同士だ。感情をあらわにする回数も増えた。

「ごめん。ミラの称号は僕の恋人だけで十分だよ」

不機嫌なミラの額に甘いキスを落とし、フレイシスは笑う。ミラは口付けられた額がサッと赤くなるのを感じ、両手で押さえた。

「……人前では禁止です！　付き合っていることもまだ内緒の約束です！」

「僕はミラが恋人だと世界中に公言したいけど？」

今度はフレイシスが臍《へそ》を曲げる番だった。蒼玉の間での発表から二カ月、つまりミラとフレイシスが心を通い合わせてから二カ月経つが、二人の交際は表向き内密になっていた。

もちろん、王やガウェインには報告したし（ガウェインはその場で奇妙な小躍りを見せた）、蒼玉の間に臨席した貴族たちもミラとフレイシスの間に何かしらの関係性を感じたことだろう。

しかし、フレイシスの回復とエリーテの発見に二人の交際という色めいたニュースを添える必要はないと判断したミラが、交際を公にすることを断ったのだ。目立つことも好きではない。

ミラはチラリと、自分より頭一つ分背の高いフレイシスを見上げる。目が合ったフレイシスはミラのネックレスに絡まった髪を、片手で器用に解きながら微笑んだ。

「どうかした？」

「いえ……」

どうしてこうもスマートなのだ。この王太子様は。

エリーテのお陰で潑剌《はつらつ》とした姿を見せることが多くなったフレイシスは、いよいよ非の打ち所がないほどに格好いい。陽に当たると透ける白銀の髪も、甘く優しげな琥珀色の桃花眼も、病弱だった今までは儚げな印象を与える材料だったのに、健康になった今では匂い立つような色気を振りまく要素になっている。

さらに、一度公務に出かけた先でエリーテを摂取した直後のフレイシスが目撃された時は、あまりの眩《まばゆ》さに町中が祭りのような騒ぎになった。

青い光を纏ったフレイシスを、新聞は『蒼《あお》き導きの光』だの『蒼玉の祝福されし者』と書きたてて神秘性を高めたし、物腰の柔らかさやドラゴンから王都を救った一件も合わせて、今や彼の人気は爆発している。

それなのに、そんな大人気の王太子殿下はミラに一等甘く、特別扱いをするのだ。

「今日の格好、可愛いね。ミラの白い肌によく映えてる」

デコルテ部分にいくつも水色の薔薇飾りがあしらわれたミニドレスを纏ったミラへ、フレイシスが朗らかに言った。

まだ肌寒い気候のためケープを羽織ったミラは、こちらも正装したフレイシスを見上げる。王族の紋章やいくつもの飾りがついた黒衣姿の彼こそ、光り輝くほどに素敵だ。

「私は研究三昧で日に焼けてないだけです。引きこもりなので」

ミラは雪よりも白い肌を見下ろして言った。

「ドレスは性に合いません。ポケットに何かしら薬品や器具を入れている白衣がないと、落ちつかなくて困りました」

「そういやドラゴンに襲われた時も濃硫酸を持っていたっけ」

「そうですね。濃硫酸はお気に入りの薬品の一つですが、ドラゴンにはあまり効果がなくて残念でした」

伯爵令嬢がドレス姿で発するには似つかわしくない言葉だ。ミラは消沈して言う。

「持ち合わせていたのがエチレングリコールならよかったのかな……」

「過激だね、ミラ」

恋人のマニアックな発言にもニコニコと笑みを浮かべるフレイシスの後ろで、ガウェインが頬を引きつらせた。

「なので服装をお褒めにあずかり光栄ですが、普段の方が落ちつきます」

「もちろん普段も可愛いよ」

「……フレン様こそ、いつも通り格好いいです。って……お加減が悪いですか？　顔が急に赤くなりましたが……」

ミラが朱に染まったフレイシスの頬に触れようとすると、控えていたガウェインが耐えかねて噴きだした。ミラは突然笑いだした護衛に奇妙な目を向ける。

「え？　ガロ様はとうとう頭のネジでも外れましたか。こんなに雪が積もってちゃ拾えませんよ」

「ミラ様は私に辛口すぎません⁉　そうじゃなくて、殿下のお顔が赤いのはですね」

「黙れ、ガウェイン。僕とミラから一京《けい》ほど下がれ」

フレイシスが降り積もった雪より冷たく言うと、ガウェインは肩を落とした。

「近寄ってはいけない単位がインフレを起こしてますよ……」

「え、何？　結局何で殿下は顔が赤いんですか？」

男二人で話を進めないでほしい。訳が分からないとミラが訴えると、フレイシスは赤くなった顔を手で押さえ、指の隙間から不貞腐《ふてくさ》れたように言った。

「……ミラが格好いいって言ったからだろ。だから赤くなったんだ」

「へ……」

(それだけ?)

この世のものとは思えないほど美しく、生まれてから散々容姿について称賛の言葉を浴びてきただろうフレイシスが、それだけで赤くなるなんて……。

「それは……少しいい気味かもしれませんね……」

「言い方……。実はかなりいい性格してるよね、ミラ」

ミラは照れ隠しに、巻いた毛先をクルクルと指で弄ぶ。フレイシスの歯の浮くような台詞や褒め言葉にもドキドキするが、ミラの言葉に反応して赤くなったことに胸がキュウッとなった。

そんなミラの腰に、柔らかい衝撃が走る。

見下ろすと、十に満たない少女が抱きついてきていた。晴れやかな顔つきに一瞬気付くのが遅れたが、ミラが以前ドラゴンから救った少女だ。後ろから追いかけてきた母親と思《おぼ》しき女性が、何度も頭を下げてミラから少女を引きはがそうとした。

「ああ、構いません。……こんにちは、久しぶりだね。元気だったかな?」

ミラがしゃがんで話しかけると、女の子は花が咲いたように笑って言った。

「うん! ドラゴンの時はありがとう。お姉ちゃんって、すっごい人だったんだね!」

「ありがとう。でも褒められると、ちょっと照れちゃうな」

「すごい人なのに照れちゃうの？　普通の人みたい。話し方も、お嬢様っぽくないの」

「そうだね……変かな？」

子供の前だからくだけた口調で話しているというのもあるが、素のミラの話し方も令嬢らしさには欠ける。子供が思い描いている伯爵令嬢の像とは違っていて、珍しく感じられたのだろう。

女の子はちょっと宙を見つめて考えてから、ニッコリと笑った。

「ううん、変じゃない。素敵だよ」

「そう？　よかった。君は優しいんだね」

「優しいのはお姉ちゃんだよ。お姉ちゃん大好き」

女の子が破顔して言うと、女の子の母親が苦笑して言った。

「ドラゴンの一件では大変お世話になりました。あの日私は出かけていたので、ミラ様が助けてくださらなかったらどうなっていたことか……。この子、ミラ様に助けていただいてから、毎日皆にミラ様のことを大好きって言って回ってるんですよ。最近では、将来は科学者になりたいと言いだしています」

「……それは……」

ミラは照れくさくなり、ふと目線をずらす。どうにも最近、色々な人からの温かい言葉に恵まれて怖いぐらいだ。

「ありがとう。頑張って。科学者になるのを楽しみに待ってるからね」

丸い頭を撫でてから、女の子と母親に手を振って別れる。

しかし、大賑わいの広場をもう少し遠いところから眺めようと踵を返したところで、不自然なほどいい笑みを浮かべたフレイシスという壁に立ち塞がられた。

これは何かを企《たくら》んでいる時の黒い笑みだ。ミラは最近彼のことがよく分かってきた。

「何でしょうか。フレン様」

「僕もミラ本来の話し方が素敵だと思うよ」

「もしかしてさっきの『いい気味』発言を根に持ってます？」

「まさか」

フレイシスは白い歯を見せて笑った。

「でも、せっかく付き合っているなら、僕にも気安く話してほしいと思って」

「う……っ。ハードルが高いです……」

「でも、時折フレンとは呼んでくれるようになっただろう？　それも呼び捨ててほしいんだ」

「ミラ様、ミラ様！　私も敬語でなくてオーケーですよ！」

フレイシスの背後で、大柄の身体を揺らして手を挙げるガウェイン。フレイシスは非常にいい笑顔で、「ガウェイン、那由他《なゆた》ほど下がれ」と言い放った。

「那由他ってどんな単位ですか⁉」

ガウェインが呻く。それを無視し、ミラは眉間を揉んだ。

「勘弁していただけませんか……。私にも礼節や分別ってものがありまして」

「ダメ？　好きな子に気安く話してほしいだけなんだけど」

フレイシスの吸いこまれそうなほど美しい桃花眼に覗きこまれ、ミラはほだされそうになる。彼は自身の顔のよさをもっと自覚してほしい。いや、むしろ自覚しているのかもしれない。だとしたら、自分は厄介な相手に惚れてしまったのかもしれないとミラは思った。

「いいです……いや、いいよ。人目のない時ならね」

そして自分は、フレイシスに弱い。だって特別なのだ。蕩《とろ》けるほど甘く、そして子供のように無邪気な笑みを浮かべたフレイシスを見て、ミラは白旗を上げた。


幸せだった。間違いなく、タイムスリップ前を含めて、人生で一番公私共に充実した時間だった。

けれど、その時は来る。必ず。

タイムスリップしてから二年半、ついに『聖女』がやってきた。

第四章　明昼《あかひる》に聖女は笑う

タイムスリップ前に聖女がいつこの世界に転移してきたのか、ミラは正確な日時を覚えていなかった。

建国神話には百年に一度聖女が現れると記されていたものの、日時までは明記されていなかったし、研究や学問以外に興味のなかった当時のミラが、聖女のやってきた日を把握しているわけもなかった。

ただ、タイムスリップ前――――聖女が召喚された日は雪が降っていたと記憶している。確か肩に雪を積もらせたジョットが真珠塔に駆けこんできて、興奮気味に報告したのだ。

「聖女様が古代神殿に現れたぞ！　建国神話の予言の通りだ！」と。

当時はこの情景を悪夢と感じるなど、思いもしなかった。聖女の登場は、研究尽くしの日々を送るミラにとって、とりとめもない出来事の一つに過ぎなかったのだ。だというのに。

時を遡《さかのぼ》ってからというもの、聖女が転移してくる予定の時期まで一年を切った頃から、ミラは何度もリリカが転移してくる悪夢を繰り返し見ては目が覚める。干からびそうなくらい全身から汗を噴きだして、悲鳴の形を作った口がカラカラの状態で。そしてただただ、まだ聖女が召喚されていない現実に安堵《あんど》してベッドの上で膝を抱える日々だ。

処刑ルートを変えてみせると腹を括っても、潜在的な恐怖はどうしても消えない。

ただそんな日々の中で、フレイシスとのたわいないやりとりと研究だけが、ミラの心を癒していた。彼との時間と、研究に没頭している時間だけは現実を忘れられる。

なのに――――研究の休憩中、ジョットから悪夢と同じ台詞を聞かされて、ミラは心臓が止まりそうになった。

「聖女様が古代神殿に現れたぞ！　建国神話の予言の通りだ！」

まるで頭を鈍器で殴打されたような気分だった。

指の力が抜け、脳の疲れを癒すためにかじっていた角砂糖を落としてしまう。脆い塊はミラの足元で、粉々に砕け散った。

（お、ちつけ……落ちつけ私……）

聖女がいずれ来ることは分かっていた。そろそろだろうと予想していたし、覚悟もしていた。

（落ちつけってば……！）

しかし、実際に知らされると覚悟なんて砂の城に等しいものだったと痛感する。恐れの波に呑みこまれて、あっけなく崩れておしまいだ。

足元で粉々に砕けた角砂糖が、ミラには自分と重なって見えた。動悸で胸が破裂しそうだ。

唇まで真っ青になるミラの腕を掴み、ジョットが言う。

「聖女様はまだ神殿にいらっしゃるそうだ！　百年に一度のビッグイベントだぜ。いい時代に生まれたよな、俺たち。なあ見に行こうぜ、ミラ！」

「う、ん……」

怖い。過呼吸を起こしそうだ。足に力が入らず、動揺で人の声が上手く頭に入ってこない。ジョットに腕を引かれていなければ、きっとその場で崩れ落ちていた。

それでも……それでも、この目で聖女を――自分を陥れたリリカの姿を確認しなくてはと、ミラは思った。

王都にある荘厳な石造りの神殿には、聖女が召喚されたと噂を聞きつけ、人が押し寄せていた。皆が期待と好奇の目を神殿内へ向けている。神殿の入口へ続く階段の辺りまで人がひしめき、中へ入るのは困難に思えた。

が、エリーテの発見によって著名人の仲間入りを果たしたためか、ミラの姿を見つけるなり人垣は割れ、警備の兵士までもが快く中へ通してくれた。

それでいいのかと突っこみたくなったミラだが、今は有名人の特権を利用することにした。一歩進むごとに胸の不快感が増すのを堪えながら、覚束《おぼつか》ない足をひたすら動かし神殿内部を進む。

内部は鍾乳洞《しょうにゅうどう》のようにひやりとしていた。長い柱の廊下を抜け、ようやく祭壇まで辿りつく。

(――……ああ……)

ミラの心臓が、一際大きく脈打つ。

――何度も悪夢で会った少女が、そこにはいた。

神殿の中心部は、足元が水で満たされている。その水から逃れるようにせり上がった祭壇のてっぺんに、リリカは座りこんでいた。この国では珍しい黒曜石の瞳が、神殿内にいるミラや兵士を見下ろしている。烏の濡れ羽色をしたツインテールを揺らし、リリカは首を傾げた。

「皆、誰？　なぁにその格好？　コスプレってやつ？　スマホも通じないし、やだぁ」

鈴を転がしたように愛くるしい声音が紡ぐのは、聞き慣れない単語ばかりだ。

「ここどこ？　ゲームの中みたい。あ、もしかして小説でよくある異世界転移ってやつかなぁ。やった！　じゃありリカ、乙女ゲームの世界がいいな。イケメンはどこぉ？」

零れ落ちそうなほど大きな垂れ目が、高い位置からキョロキョロと神殿内を見回す。ラインの入った大きな襟の服の上からピンク色のカーディガンを羽織ったリリカは、青ざめるミラには目もくれなかった。

代わりに、ミラの隣に立っていた鋭角的な偉丈夫のジョットを認めて、目を輝かせる。

「いたぁ、イケメン！」

「お、俺か？」

野イチゴのように瑞々しく可愛らしいリリカに指さされ、ジョットは隣近所を見回した。

「あ、あっちの人も結構イケてるかも。こっちの彼も！」

ジョットだけでなく神殿内の男性を次々指さしては「美形がいっぱいじゃん！」と喜ぶリリカ。そんな彼女を見上げ、ミラは顔を引きつらせた。そのままリリカの動向を見守っていると、やがて彼女は手を叩き、一際大きな興味を示す。……フレイシスに。

「目移りしちゃうなぁ……あっ、あぁぁ……っ！　うっそ、すごいイケメンがいる……！」

興奮したリリカの声と、コツリ、と革靴の音が重なった。どうして、フレイシスの足音は喧騒《けんそう》の中でもよく聞こえるのだろう。ミラは蒼白な顔で、音の出所を振り返った。

相変わらず獅子のように猛々しい王の後ろを、伏し目がちに歩いてくるのはフレイシスだ。聖女が召喚された一報を受け、今ようやく到着したのだろう。

ミラは絵画から飛びだしたように整った容姿のフレイシスと、リリカへ交互に視線を送る。リリカの目がフレイシスを捉えると、彼女の健康的な丸い頬は薔薇色に染まった。

「リリカ、分かる……絶対に彼が主役でしょ……？　皆が課金したがるようなSSRレベルの格好よさだもん……」

感激に打ち震えた様子で、リリカはフレイシスを見下ろした。

タイムスリップ前、病弱なフレイシスは意志が希薄でリリカの傀儡《かいらい》と化していた。やつれて死相の出た彼に、リリカはそこまで興味を示していなかったようにも思う。

しかし今は？

健康になった彼は、この国の誰よりも魅力的だ。リリカの目にもそう映ったのだろう。彼女は熱を持った両頬に手を添え、恍惚《こうこつ》の息を吐いた。

「ヤバイよぉ……。ここって絶対に乙女ゲームの中じゃない……？　違ってもいい。リリカ、あのイケメンを攻略する……」

ミラにはリリカが何を言っているのか分からなかったが、彼女がフレイシスに興味を持ったことだけは分かった。嫌な動悸が喉の辺りで脈打つ。心臓がうるさく、手のひらに珠のような冷や汗が浮かんだ。

（どうしよう……どうする……？　リリカの様子を見る限り、今回はフレンに興味を持ってる、よね……。じゃあ、もし私とフレンの交際がバレたら……)

フレイシスを狙う邪魔者として恨みを買って、処刑ルートがぐんと近付くのでは……？

足元が削り取られていく感覚に、ミラは喘《あえ》いだ。

ミラの様子に気付かず、ジョットは残念そうに口走る。

「なーんかよー……ちょっとショックだな。聖女様って、男好きっぽいよな」

「……男好き……？」

ミラが聞き返すと、ジョットは面白くなさそうに頷いた。

「おう。俺に興味を持ったかと思えば、すぐ他の野郎や殿下に目移りしただろ？　ありゃミーハーだぜ、きっと」

第三者の目から見ると、そう見えるのか。

(じゃあ、フレンに特別夢中なわけじゃない……？　不安の芽を摘みたいあまり邪推しすぎなのかな。まだリリカの人柄が摑めてないし、ジョットくんの言う通り他の美形相手にも目を輝かせていた様子を見るに、ただのミーハーかも……。リリカって、どんな人物なの……？)

なんにせよ一度陥れられた身だ。リリカがミラを排除する理由となり得るものには、気をつけないといけない。警戒しすぎるくらいでいいだろうとミラは思った。

神経をすり減らすミラをよそに、王は朗らかに告げる。

「初めまして、聖女殿。ようこそおいでくださった。我はこの国——ティタニアの王、アルフイルク・ティタニアだ。それから……」

両手を広げて歓迎のポーズをとった王は、フレイシスへ続きを促した。フレイシスは恭しく頭を下げる。

「フレイシス・ティタニア、この国の王太子です。お会いできて光栄です、聖女様」

「フレイシス様……」

王には一瞥もくれず、リリカは恍惚とした表情でフレイシスの名を舌で転がした。

「私の……ここでのリリカの立ち位置は、聖女なの？　すごいすごい！　じゃあ」

「ええ、聖女殿」

王が頷いて言った。

「予言に従い、ティタニアに繁栄をもたらしてくれますかな？」

「もちろん！」

天使のような笑みを浮かべ、リリカは快諾する。フレイシスが祭壇に上がってリリカの手を取る様子を、ミラは眺めるしかできなかった。ただ、声を上げることはできないものの、仄暗《ほのぐら》い感情が渦巻いて自分でも驚く。

フレイシスに、触らないでほしい。

厄介なことに、ここにきてミラはリリカに対する警戒以外にも、嫉妬を覚えてしまった。

「並ぶと美男美女だってよく分かるなぁ。いや、聖女様は美女というより美少女だけどよ」

蒼白なミラの肩を腕で小突き、ジョットが言う。

ミラは白衣のポケットに両手を突っこみ、お守り代わりにいつも何かしら入れている薬瓶を握りしめた。思わず割ってしまいそうなくらい力がこもる。

うっとりとフレイシスに寄り添い階段を下りてくるリリカから、ミラは無理やり視線を外した。

（リリカが転移してきたなら、フレンと関わることは必至だって分かってた……。でも、処刑への恐怖以外にも……）

もしフレイシスが妖精のように愛くるしいリリカに惹かれたら、どうしようか。リリカにそそのかされて、ミラの死を願ったなら。

そしたら自分は、前回の処刑時よりもずっと多大な負荷を感じるだろう。喪失感で、胸を掻きむしるに違いない。全身に爪を立てて血の涙を流すに違いない。

きっと、フレイシスがリリカの言葉に耳を傾け、彼女の虜《とりこ》になってしまったら――――前回のように信じてもらえなかったことに対する絶望だけでは済まないだろう。唯一心を揺らす相手を奪われた悲しみと嫉妬で、処刑になる前に泣いて干からびてしまいそうだ。

科学者としての誇りと尊厳だけでなく愛まで奪われて、それでも、まだ生きたいと願えるだろうか。フレイシスに見限られても、裏切られても、興味を失われても、自分は。

（――――……そんなの、耐えられない……）

祭壇から下りたフレイシスとリリカへ道を開けるため、警備兵や関係者は脇に避ける。動けないミラは、鈍いと思ったのかジョットに腕を掴まれ、端に避けさせられた。

嫉妬と不安が足を重たくさせる。フレイシスとの交際をリリカに知られないようにしなくてはと思う一方で、ただじっと彼らの距離が縮まるのを傍観する羽目になったら嫌だという嫉妬心が、天秤のようにユラユラ揺れる。

（処刑の時のように、フレンがリリカの言葉に耳を傾け、私を愛してくれなくなったら……）

嫌だ。また自分の言葉がフレイシスに届かないのは嫌だ。彼の中で耳を傾けるに値しない存在には戻りたくない。

フレイシスに掬いあげてほしい。払拭してほしい、この不安を。親に手を伸ばす小さな子供のような自分が、胸の中にいる。

リリカはフレイシスに手を引かれたまま、共に王宮へ向かうのだろう。俯いたミラの視界に、リリカの小さな革靴とフレイシスの磨きあげられた靴が映った。虚《うつ》ろな目で、ミラはそれらが視界の端に消えるのを待つ。

しかし――――……。

「――――どうしたの？　ミラ、具合が悪い？」

頭上にふと温かい声が落ちて、凍てつきそうな心に春の息吹がかかった気がした。グラグラと揺れる視界の真ん中で、フレイシスの革靴が止まる。

（ああ、この声。この柔らかな口調は――――……）

「あ……」

「顔色が悪いな。手もこんなに冷たい」

顔を上げると、心配そうなフレイシスの双眼がこちらを見つめていた。黒手袋を外した彼の手が、冷や汗の伝うミラの首筋を撫で、それから冷えきった手を握る。

「何で……」

（どうして、気付いてくれるの……この人は……）

皆が聖女に浮かれ魅了されている中で、どうしてフレイシスだけは、ミラの変化に気付いてくれるのだろう。どうして。

（嬉しいと、思ってしまう……）

暗く重い感情がインクのように滴《したた》っていたのに、フレイシスの一言だけで、心が洗われる。こんなにも簡単に、ミラの心を救ってしまう。唯一。

リリカじゃなく自分を見てくれているのだという安心感を、フレイシスはミラにくれる。

「殿下……」

けれどミラの浮かれた気持ちは、リリカの一声によって怯えへと塗り替えられてしまった。

「フレイシス様ぁ、早く行きましょう？　リリカをお城かどこかに連れてってくれるんだよね？」

水分をたっぷりと含んだ上目遣いで、リリカが訴える。エキゾチックな魅力を放つリリカに、道を開けていた兵士や神殿の管理者たちはゴクリと生唾を飲んだ。

（そうだ、気を緩めちゃいけない……。リリカがここにいるんだから……）

ミラは警戒の色を濃くする。リリカに袖を引っ張られたフレイシスは、彼女に向かってやんわりと微笑み断った。

「失礼しました、聖女様。王宮へは別の者に案内させます。ミラ、外で待機しているガウェインに馬車を手配させるよ。一緒に王宮へ戻ろう。パウエル医師の診察を受けた方がいい」

「え、あの……」

そこまでしてくれなくても十分だ。フレイシスがミラの心の機微に気付いてくれただけで嬉しいし、逆にこれ以上はリリカの不興を買いそうで怖い。

「私は、その」

「ミラが神殿に来ていたのは意外だったな。会えて嬉しいよ」

「……っフレン、大丈夫、だから。聖女様と王宮に戻って……」

フレイシスにしか聞こえない声でミラが言う。フレイシスは笑顔を崩さないまま言った。

「――――嫌だ」

「……え？」

当惑で固まるミラ。フレイシスは顎に手を当て、芝居がかった困り顔を作って言った。

「うーん。具合が悪いのに、強情なミラが悪いよ」

「え、えええ……っ⁉　……ちょっと……⁉」

次の瞬間、白衣越しに背中と膝裏へ手を添えられ、視線がグンと高くなった。面食らったミラの隣で、ジョットが「うへぇ……」と胸やけしたような声を発する。

「わ、わ……！」

瞬きする間に、ミラはフレイシスによって横抱きにされていた。

（……っ⁉　なんてことをしてくれるの、フレン……‼）

神殿内の視線が、一気にリリカからミラへと集中する。ミラは青ざめ、魚のように口をパクパクさせた。

「お、下ろしてくださ……っ」

「やだ」

そんなに可愛く断らないでほしい。

「やだじゃありません、後生ですから……！」

恥ずかしいだけなら我慢できるが、リリカの目がある前ではやめてほしい。

彼女がジョットの言う通り男好きなだけだとしても、抱きあげられた姿を見られては目をつけられるかもしれない。そんな恐れから指先が冷えていく。

「暴れると危ないよ、ミラ」

フレイシスの有無を言わせぬ笑みに、下ろしてくれる気はないのだと察する。そして抱きあげられてしまうと不安定なのが怖くて、ミラはついフレイシスの胸元にしがみついてしまった。

ビクビクと身を寄せたミラに気分をよくしたのか、フレイシスは万人を虜にするほどの蕩ける笑みを浮かべる。

「おお、ミラ様が来ておられたのか」

「王家の救世主様だ」

「エリーテを発見したティタニアの希望の星？」

一気に注目の的だ。神殿内にいた皆が、フレイシスに抱きあげられたミラを興味深そうに見やる。

二人のやりとりを微笑ましそうに見る者まで出てきたので、ミラは一縷《いちる》の望みをかけてジョットに助けを求めた。

「――ジョ、ジョットくん、殿下に私は元気だって言って……！」

「あはははは。ミラは彼と仲がいいんだねぇ」

「いたっ⁉　痛いです、殿下！」

途端に黒いオーラを放ったフレイシスは、ミラを抱く力を強める。以前フレイシスの嫉妬で痛い目に遭ったジョットは肩を竦め、目線だけでミラに「諦めろ」と訴えた。

「僕への敬語はやめるように言ったはずだよ、ミラ」

「こ、国王陛下の面前でそれは勘弁してください」

「じゃあ大人しくパウエル医師の元へ向かおうね」

「おかしいな、理論が無茶苦茶です。そんなんじゃ何も証明できませんよ。……ああもう」

横抱きにされたまま、ミラは諦めてぐったりと力を抜く。フレイシスは喉を鳴らして笑い、ミラの耳にだけ届くように囁いた。

「理論ね。ミラらしいなぁ。でも僕が証明したいのはミラへの愛だけだよ」

「……顔が整っていると気障《きざ》な言葉まで似合うなんてズルイです……」

ミラは憤慨してみせたものの、邪険にはできなかった。

リリカの敵意を買うことに対する恐れはあるものの、もう一つの凍えるような怯えを、フレイシスが消してくれたからだ。惜しみなく、ミラが好きだと伝えてくれている。目に見える形で分かりやすく。だから、彼がリリカになびくことを恐れなくていいと思えた。

(……警戒と同時に、希望を持とう。リリカが来たからって、私は死にはしないし、フレンもリリカになびかないでくれるはずって……)

神殿の出口に向かうフレイシスの腕の中、ミラはそう考える。しかし――――自身を突き動かす恋心が同時に判断力を鈍らせることを、ミラはまだ気付いていなかった。

「殿下はお優しいですなぁ」

「そりゃ、ミラ様は命の恩人でございますしね」

「仲のよいことだ」

周囲の人々の声がミラたちを追いかけてきて、神殿内に和やかな空気が広がる。中には首を伸ばしてミラとフレイシスのやりとりを眺める者までいた。

しかし――――ただ一人、リリカだけはその場に立ち尽くしていた。大きいカーディガンの袖の中で、小さな拳を握りしめて。

薔薇色の唇を噛んだリリカは、吐き捨てるように言った。

「何、あの白衣のイケてない女……。この世界でリリカは聖女なんでしょ？　何でリリカより注目されてる奴がいるの？　うっざ……」

そんな不穏な言葉を拾えた者は、神殿内にはいなかった。


王宮に迎え入れられたリリカは、敷地内の南に位置する紅玉宮で生活を送ることになった。歴代の聖女のために用意された、赤を基調とした煌びやかな宮だ。

制服を脱いだリリカは、部屋に収まりきらないほどのドレスを真っ先に王にねだった。沢山あいたピアス穴には、揃えてもらった一級品の宝石が常にぶら下がっている。

現在は「ロココ調のお部屋がいいの！」という我儘を叶えてもらうべく、部屋を改装させている真っ最中だ。その間フレイシスのいる宮に泊まりたいと訴えたが、その要望だけは通らなかった。

不満なのはそれくらいで、護衛はリリカ好みの美形ばかりを揃えてもらえたし、使用人も両手で余るほど用意されている。

「この世界がゲームの中でも現実でもいい……異世界転移って一回してみたかったんだよね。もう最っ高ぅ」

リリカはスキップしそうなほどご機嫌で言った。

出来心で、マホガニーのテーブルに置かれた紅茶のカップを落としてみる。カップの割れた音だけで、メイドが三人と護衛が二人、リリカに駆け寄ってきた。

「リリカ様、お怪我《けが》はございませんか？」

「火傷は？　お着替えをいたしましょう。ドレスに紅茶のシミが跳ねてございます」

「うん。このドレス捨てて？　新しいのを王様に用意してってお願いして」

朝に袖を通したばかりの真新しいドレスをつまみあげてリリカが言った。メイドは快く頷く。

「承知いたしました」

「うふふ、いい返事。リリカ、まるでお姫様になったみたいだね」

わざと紅茶を零しただけで、メイドや護衛が駆け寄り世話を焼いてくれるのはとても気分がいい。

リリカのにやけは止まらず、口角は上がりっぱなしだ。

着替えるために衣裳《いしょう》部屋へ移り、一人になったところでリリカはとうとう笑いだした。

「あーっ！　やっぱり最高！　この国、美形が多いし、みーんなリリカのこと聖女様ってチヤホヤしてくれるし、欲しい物も食べたい物も手を叩けば誰かが用意してくれるし？　可愛い物やお洋服や靴に囲まれて幸せ……。絶対元の世界になんか帰りたくない……パパもママもリリカのこと我儘って叱るし、学校の皆はリリカが可愛すぎるからってブリッコ扱いしてきてウザいもん」

衣裳部屋の床に並べた、色鮮やかな大量のドレスに埋もれながらリリカは言う。

どれもリリカのために布地から選んだ特注品だ。可愛い物が好きなリリカは、毎日のように新しい物をねだっていた。「聖女のためなら当然でしょ？」の一言で、すべての物が簡単に手に入るのが愉快でたまらない。

それから転移前の世界を思い出し、リリカは親指の爪をガリガリと噛んだ。

転移したその日に、リリカは王からこの世界についての説明を受けた。自身が聖女であり、ティタニアに繁栄をもたらす存在として期待されていることも。

日本という平和な国の一般家庭に育ったリリカにとって、王から教えられたこの世界や自身の立ち位置はすこぶる魅力的だった。

何しろ、皆が一介の女子高生であるリリカを聖女と敬い、蝶《ちょう》よ花よと扱ってくれるのだ。最高以外の言葉が見つからない。それに加え、この国はリリカの好きな乙女ゲームの世界並みに美形が揃っている。特にリリカのお気に入りはフレイシスだった。

「リリカ、聖女の力なんて全然分かんないけどぉ。でもきっと、そのうち力とか勝手に目覚めちゃうよね？　漫画みたいにぃ」

リリカは小さな手のひらをシャンデリアにかざし、楽観的に言った。それから、フレイシスへ思いを馳せる。

「漫画のヒーローより格好いいよね、フレイシス様。一目惚れしちゃった……絶対リリカの彼氏にするもんね。それでSNSでいっぱい自慢するんだぁ……。あ、SNSないんだっけ、この世界。うぅーん」

リリカは充電が切れて以来、引き出しにしまいっぱなしのスマートフォンを思い浮かべた。

「……可愛いリリカの格好いい未来の彼氏を自慢するためには、お友達が必要だよね……」

唇に指を当てて「うーん」と考えこむ。ドレスの海で一度寝返りを打つと、リリカはメイドを呼びつけた。

フレイシスの経過観察が順調なため、ミラは拠点を真珠塔から王都の新しい研究施設へ移す計画を立てていた。褒賞として与えられた、建設中の施設だ。

元より真珠塔はエリーテの研究施設として与えられていたので、研究が落ちつけばいずれ去ることになる。

そうなった場合エリーテの保管場所をどこにするか迷いどころだが、リリカが転移してきてすぐにミラはひとまず魔法士を雇い、エリーテの警備を強化させていた。その警備の魔法士も、リリカと関係を持たないよう短期間で何人か変えるように徹底している。

ちなみに、タイムスリップ前は真珠塔の保管庫からエリーテを盗まれた。何故当時のミラが新しい施設に移らず真珠塔にエリーテを残していたのかというと、建設工事が遅れていたためだ。

これはミラも最近思い出したのだが、工事が遅れた理由は、王都の北西をドラゴンに破壊されたせいだった。前回はフレイシスが駆けつけなかったのだろう、ドラゴンが捕縛されるまでの間に数多くの建物が壊されてしまい、復興にかなりの時間がかかった。

そのせいで、ミラの研究施設の工事は中々進まなかったのだ。完成が遅れても真珠塔を引き続き借りられたため遅れの原因について無頓着だったが、今になって色々話が繋がると、当時の己の無関心ぶりに反省せざるを得ない。

（今回はフレンのためだったけど、前回はとにかく未知の元素の発見が嬉しくて、早死にしそうなくらいの熱量で研究に没頭していたからなぁ……。ほぼ真珠塔に引きこもっていたから世間の出来事に疎すぎた……）

しかし、今回はフレイシスの活躍のお陰で被害は小さく収まったため、復興も無事済んでいる。だから工事の進捗も順調なはずだ。

そう思い、今日は進捗状況を確認しに来たミラだが、あいにく工事は中止だった。骨組みが完成し一部の外壁が積みあがった研究施設には、人気《ひとけ》がない。

（……これはドラゴンじゃなく、披露式典のせいかな）

ミラは浮ついた王都を一望し、気落ちした。

本来の時期なら、街路樹に花が芽吹くにはまだ早い。しかし今は魔法によって開花を早められ、町中に淡い桃色の花弁が舞っている。それだけではない。色とりどりの紙吹雪と、音楽隊の華麗な演奏までもが風に乗っていた。

そして石畳の沿道には多くの市民が集まり、興奮をあらわにしてティタニアの国旗を振っている。

頑健で気高い王と――――清廉で洗練された美貌の王太子フレイシス、そして、おとぎ話のお姫様のように愛くるしい聖女リリカに向かって。

「みーんなー！　初めまして、リリカだよー！」

ひょっこりと馬車の窓から顔を出し、沿道の国民へと手を振るのはリリカだ。

そう、今日は聖女の披露式典だった。

聖女を乗せた馬車が王都を一周し、民に聖女をお披露目する日である。アルフィルク王の戴冠式でも使用されたという盛装馬車には、王とフレイシス、そしてリリカが乗っていた。

ほぼ全面が金箔《きんぱく》で覆われ、繊細かつ豪胆な彫刻の数々が施された、見る者の度肝を抜く豪奢《ごうしゃ》な乗り物だ。それを背の高い白馬が引いているため、何百メートル離れていても目立つ。

それだけでも一見の価値があり観衆の目を引いたが、皆の注目はやはり、薔薇の妖精のように可愛らしい赤のドレスを身に纏ったリリカだった。

ミラのような金髪や赤毛の多いティタニアでは、射干玉《ぬばたま》のように滑らかな黒髪はとても目を引く。エキゾチックなブルネットを高い位置でハーフアップにしたリリカは今日も可愛らしかった。

「聖女様が召喚される年まで生きられるなんて」

と、中には馬車に向かって拝んでいる老人もいる。親に肩車をしてもらいながら興奮して喋る子供も沢山いた。

「聖女様、可愛いー！」

「どんな力をお持ちなんだろうね？　前回の聖女様は聡明で、魔法を駆使して沢山の異世界の知識を与えてくださったそうだけど……今回の聖女様は何の魔法をお使いになられるのだろうか？」

「確か転移時に予知の力を授かっていた方もいたよね？」

予想や議論を交わす人垣を横目に、ミラは溜息を吐いた。

（実際は何の力も持たず、手柄を急《せ》いたあまりに王を殺したとんでもない聖女だよ……）

と言っても、誰も信じまい。

皆がリリカの聖女の力に期待している今、ミラが声を上げても、僻《ひが》んで嘘をついているとしか受け取られないだろう。もし当時の自分が聖女は無力だと誰かに言われても、信じたか怪しい。

（それにしても……）

王都はすっかり聖女の歓迎ムードで盛りあがっている。鮮やかな花があちこちに飾られ、一キロ先まで連なった露店にはティタニアの伝統料理や、記念雑貨として王家や聖女のマグカップやメダルまで売りだされているくらいだ。特にフレイシスとリリカのメダルの売れ行きはすさまじく、彼らの人気が十分に窺えた。

ミラは沿道から離れ、パレードを見るため店先に出ていたパン屋の店主へ声をかける。

「いつものパン、お願いできるかな？」

「おお！　ティタニアの希望の星じゃないですか！　露店の料理ではなく、今日もうちの店で一番激甘な菓子パンをご所望で？」

露店に並ぶ甘い物にも惹かれはしたが、リリカの披露式典のために用意された物を買う気にはなれないのがミラの本音だ。ミラは仏頂面で答えた。

「うん、そのパン。でもそのセンスのない二つ名は買わないよ」

「店主の俺が言うのも何だけど、この甘ったるいパンを買うのはミラ様だけですよ。一回ミラ様が買ったのが話題になって同じように買う人が続出しましたが、皆から甘すぎると不評になったのでもうミラ様用にしか作っていません」

「味より糖分だよ。このパンを研究の休憩中に食べると最高に脳みそが安らぐの」

店主が店の中から菓子パンを紙袋に入れて出てくるのを待ち、ミラはお金を払う。パレードを見ていた何人かが、ミラと店主のやりとりに気付いて寄ってきた。

「あ！　ミラ様！　またその甘ったるい菓子パンを食べているんですか」

「噂では角砂糖を毎日丸かじりしていると聞きました。偏食はいけませんよ」

「ミラ様だー。研究は順調ですか？」

よくパン屋で会う人たちだ。わらわらと寄ってきた人々に、ミラは「ああ、うん……」と拙い返事をする。人と接する大切さを学んでも、ミラの会話術が上がったとは言い難かったが、人々はミラが話下手でも気にしないようだった。邪険にはしないミラへ、沢山の人が次々に話しかける。しまいには沿道をそれた場所で、ミラを中心にちょっとした人だかりができた。それは、フレイシスやリリカの乗る馬車からも視認できるくらいだった。


馬車の窓から身を乗りだしていたリリカは、人だかりを見つけるなり小さな鼻にしわを寄せる。

「何ぃ、あそこ。リリカそっちのけで盛りあがってるんだけどぉ」

「ああ……ミラだな」

リリカの向かいにかけたフレイシスは、窓から覗きこんで言った。

「まだ若いですが、魔力を打ち消す元素のエリーテを発見した科学者ですよ。リリカ様が神殿に現れた日に、簡単にですがエリーテの説明をしましたよね。彼女は僕の命の恩人でもある」

「へぇ……」

リリカは目を細め、抑揚のない声で言う。

「もしかして、リリカが召喚された日に、フレイシス様がお姫様抱っこして連れていった女？」

「よく覚えていらっしゃいますね」

肯定したフレイシスに、リリカは頬を膨らませた。握った両手の拳で、膝を不満げに叩く。

「リリカより注目を集めてた女のこと、忘れるわけないじゃん！」

敬語を使えないリリカが荒々しく怒る様子に、王はクックと喉で笑った。

「注目か。ミラは伯爵令嬢だが、今や民からは王家の救世主様とも呼ばれている。聖女のリリカ殿と人気を二分する存在かもしれぬな」

「……何それっ」

リリカは黒髪を揺らし、今にも癇癪《かんしゃく》を起こしそうな勢いで王を睨みつけた。

「この国で特別なのはリリカだけじゃないの!?」

「もちろん、異世界より召喚された聖女殿の方が特別だ。だが、特別でなくとも未知の元素を発見したミラの人気はリリカ殿に負けず劣らずだろう、という話だ」

リリカが睨んでも、王はケロリとしている。むしろ子猫が威嚇しているとしか感じていないのだろう。王は窓枠に腕を乗せ、刀のようにキリリとした目で言った。

「なぁに、心配することなどない。リリカ殿が聖女の力を発揮し、役目を果たしてティタニアを豊かにしてくれれば、皆がリリカ殿に夢中になるだろうて」

そのための投資としてリリカの我儘を聞き入れているのだ、と言外に匂わせて王が告げる。しかし、リリカは王の言葉を文字通りにしか受け取らなかった。

「そっかぁ、そうだよね。リリカが聖女だって、特別だって皆に分かってもらえばいいんだよね。リリカ、聖女の特別な力が早く目覚めるように頑張る。功績、上げちゃうよ？」

「それは楽しみだ。そのためならば、我もリリカ殿の願いをできる限り聞き届けよう」

王が満足げに頷く。リリカは真っ赤に色づいた唇に人差し指を当て、考える仕草をした。

「うーん。リリカと同じくらいに目立ってるのは面白くないけどぉ、じゃあ、お茶会には科学者様も呼ぼうかな。偉い科学者様がリリカの従者になってくれたら、リリカに箔が付きそうだし」

「箔……？　従者……？」

フレイシスの眉がピクリと動き、ひそめられる。それに気付かないリリカは、両手の指の腹を合わせ、頬を紅潮させて言った。

「そうそう、あのね、フレイシス様。リリカ、リリカが主催のお茶会を開くつもりなの！」

「お茶会ですか。もう少し暖かくなれば、紅玉宮の庭園で開くといいかもしれませんね。ただ……ミラを従者にする発言はいかがかと……」

スッと琥珀色の目をすがめ、フレイシスが冷たい空気を放つ。しかし、空気の読めないリリカは続けて言った。

「うんうん。お茶会を開くなら春がいいよねっ。この世界にはＳＮＳがないから、リリカ、直接自慢できるお友達がほしくってぇ。それに、可愛いお友達に囲まれて可愛いお茶会を開くリリカは、誰より一番可愛いでしょう？」

コテン、と首を寝かせてリリカが言う。

「前からずっとお願いしてたんだけどぉ、リリカのパレードが終わったあとならいいよって王様が言ってくれたから。今ね、使用人たちに、貴族令嬢をお茶会に誘いたいから、リリカにピッタリな子たちをピックアップするようお願いしてるんだぁ。だから科学者様も呼んであげようかな？」

「いいのではないか。ミラは伯爵令嬢であり、同時にとても博識だ。リリカ殿、ぜひお茶会でミラからこの世界のことについて色々学ぶといい」

王は賛成した。この機会に、浮かれっぱなしで無知なリリカにこの国のことをミラに教えさせようという魂胆だろう。だが、フレイシスは難しい顔のままだった。

「ええー？　お勉強？　リリカ、お勉強は嫌いだけどぉ……。でも、科学者様は呼んであげようっと。自慢になるよね？　リリカのサロンに彼女がいたら。ね、フレイシス様」

「誘うのはリリカ様の自由ですが、彼女はアクセサリーではありませんよ」

リリカを着飾るために存在しているわけではない。そう皮肉ったフレイシスだが、リリカには通じなかった。リリカは両手を口元にやり、クスクスと笑う。

「当然だよぉ。だって彼女は人間でしょ？　おかしなフレイシス様」

これには王も、少しばかり白けた視線をリリカに向ける。しかしやはり無邪気なリリカは、ちっとも気付かないのだった。


披露式典を終え、王宮に戻り馬車を降りたフレイシスは、先を歩く父親へ話しかけた。

「どうお考えですか。父上」

フレイシスと同じシトリンの双眸を細め、王は振り返る。それから視線を前へ戻し、数メートル前をご機嫌で歩くリリカを眺めて言った。

「お主こそ、どう思っている。聖女殿を」

「彼女は聖女です。何か特別な力があると信じたいですし、僕がもしミラの尽力によって健康な身体を取り戻せていなかったら、聖女という響きだけでよりどころにしていたかもしれない。自分の先が短いと憂えていれば、きっと彼女に期待し、自分の代わりに国を導いてくれると賭けたと思います。けれど……今は、そうは思えない。まだ僕の目には、彼女はただの我儘な女の子にしか映っていません」

「我の目にもそう映っておる。見目ばかり優れた、幼稚な子供だ。しかし」

王はフレイシスの胸を手の甲でコツンと叩いた。

「まだ聖女殿が転移してそう経っておらぬ。品定めを終えるには早すぎるだろうて」

「……はい」

「それに」

王はガッシリとした腕を組み、企むように笑った。

「お主もミラのことになるとちょっと私情が入りよるな。恋人が貶《おとし》められる発言は許せぬか」

「……っそれは」

「恋だのう、それほど大切か。ミラが」

獣のように笑い、王は先を歩いていく。父親にからかわれたフレイシスは、シルバーブロンドを掻きあげた。

「────それは、大切ですよ。何よりも……」

誰にも聞こえない声で呟き、フレイシスもまた、歩みを進めた。

リリカが聖女として転移してきてから、早いもので四カ月近く経った。

つまり、タイムスリップ前のミラが処刑を迎えた日まで、あと二カ月あまりだ。しかしリリカが神殿に現れてから、ミラは彼女と一度もまともに話したことがなかった。

同じ王宮内の敷地に暮らしてはいるものの、広大な敷地を誇る王宮で西の端にある真珠塔にこもるミラと、南の紅玉宮に住まうリリカでは接点がない。

タイムスリップ前もまったくと言っていいほど関わりがなかったため、陥れられるとは夢にも思わなかった。どうせなら今回は、エリーテの存在を知らないでいてくれたらいい。ミラは切にそう願った。

王都の新しい研究施設はというと、完成目前だ。雪がとけて桜の蕾《つぼみ》が綻び始めた最近は、引っ越し準備を着々と進めるミラだった。

（王宮にいるといつでもフレンに会えて嬉しいけど、同時に同じ敷地内にリリカがいるのが怖くて仕方ないんだよね……）

とりあえずはタイムスリップ前に王が暗殺された日を、今回は何事もなく乗りきりたい。王の暗殺予定日まで、一カ月と少しだ。それまでにエリーテの移送を終え、真珠塔から引っ越す。

ミラは卓上のカレンダーを睨みつけながら、極力真珠塔にこもる日々を送っていた。

だというのに。

うららかな春の午後、真珠塔に届いた一通の招待状を見るなり、ミラは心臓が止まった。すぐに脈が戻ってきたため一命を取り留めたが、冗談抜きで死ぬかと思ったのがミラの感想だ。

冷や汗をグッショリかいた手で、シーリングスタンプの押された封筒を破り開ける。中から出てきた花の香りがする便箋には、リリカ主催のお茶会へのお誘いが書かれていた。

「……私、この日が命日じゃないよね」

使用人に書かせたのだろう。尖った達筆で記された日付を何度も確認し、ミラはぽつりと零す。

驚きのあまり椅子を引き倒して立ちあがったミラは、震える指で机上の角砂糖の瓶へ手を伸ばした。安心、そう、安心がほしい。

最近は脳が疲れた時だけでなく、ストレスがかかった時にも角砂糖をつまんでいる。同僚たちには糖尿病を心配されるレベルだ。

「大丈夫……砂糖は気持ちを落ちつかせるエンドルフィンを分泌させてくれるはず……。落ちつけ私……。落ちつかない……無理……もう一個キメるしか……？」

泡を吹きそうな勢いでもう一つ角砂糖をつまみあげたミラの肩越しに、ジョットが手紙を覗きこんできた。大柄な彼に背後を取られると熊にのしかかられたような圧迫感があるが、それすらまったく気にならない。それほどミラは追いつめられていた。

「おお！　茶会のお誘いか。一緒に研究してるとついつい忘れちまうけど、アンタって貴族令嬢なんだよな。いいじゃねえか。エリーテを発見してからずっと忙しかったろ。息抜きしてこいよ」

「息、抜き……？」

息抜きって、聖女に全身から息を抜かれて酸欠で殺される現象でしたっけ。

腹の底に鉛を落とされたような気持ちの悪さを覚えるミラに気付かず、ジョットはミラの背をバンバンと叩いた。

「しっかし聖女様からのお誘いとは、さっすが王家の救世主様だな！」

「王家の救世主様って確かジョットくんの二つ名だったよね？　ね？　うん、絶対そう。今日からジョットくんはエリーテの発見者であり救世主様だよ。おめでとう、ありがとう、いってらっしゃい、キヲツケテ」

「は？　何だ、その反応。とうとう研究のしすぎで頭のネジが外れたか？」

ミラの様子に引いて一歩下がったジョットは、思い出したように懐から別の封筒を取り出した。

「あ、そうそう。真珠塔の入口で、使用人からこいつも預かったぜ」

そう言ってジョットが見せてきた封筒には、国王の印が押されている。つまり、王からミラへ宛てた手紙だ。躊躇なく目を通すと、ミラはさらに鬱屈とした気分になった。

「……どうした？　ジメジメしやがって、キノコの苗床にでもなる気か？」

「むしろ今ほどキノコの苗床になりたいと願ったことはないよ……。国王陛下から、聖女の主催する茶会に出ろってさ……」

「あー……。お誘いじゃなく命令だったわけか」

「見てよ、この手紙。『リリカ殿に色々こちらの知識を教えてやってくれ』って、無理じゃない？　無謀だよね？」

「俺でさえドン引きするレベルの専門的な会話をするミラじゃな……人選ミスだな」

それ以前に、リリカと話すなんて論外だ。

シャーレの上で火の魔法石を叩いて着火し、ミラは手紙をどちらも燃やす。王には悪いが、目論《もくろ》見《み》は失敗に終わるだろう。お茶会のことを想像するだけで、ミラは倒れそうになった。

自分を陥れた相手と正式に顔を合わせた時、切り捨てたって許されるのではないか。そんな法律を今すぐ施行してほしい。ミラは白衣に袖を通したまま、暗鬱な表情でそう願った。

リリカ主催のお茶会当日、嵐が吹き荒れるミラの心情とは裏腹に、外は切り裂いたような青空が広がっていた。世界一憂鬱なお茶会は、予定通り紅玉宮の庭園で開催されるだろう。

（未解決問題の魔法物理定数について考えていた方がよっぽど有意義な一日を過ごせるのに……）

実際のところ、物理学上のいまだ証明が得られていない命題について考える余裕など今のミラにはない。けれど、そういったことに現実逃避したくなるくらい、ミラは追いつめられていた。

（いや、有意義な時間にするべきだよね。行くなら手ぶらで帰るわけにはいかない……。現時点で陛下とリリカの仲が良好か、それにリリカの人柄を、分析して見極めないと……）

リリカが王と不仲なら、彼女が王を殺しミラを陥れる可能性が高くなる。

どうせ敵地に赴くなら有益な情報を持って帰ろうと考えるミラ。そんなミラの服装を見ながら、ジョットは呆れ返った様子で言った。

「毎回思うんだが、アンタ、よっぽどの公的行事以外は白衣姿を突き通すんだな？」

白衣の襟元を正しながら、ミラは寝不足の青い顔で答えた。

「え……ドレスじゃないと殺されちゃうかな？」

「真顔で何言ってんだ？」

こっちは死ぬほど大真面目に尋ねているにもかかわらず、ジョットは不審そうに言った。

「そんなつまんねぇ理由で誰に殺されんだよ。ま、白い目で見られはするかもな」

「ああそう……。殺されないならいいかな。この格好が一番落ちつくんだよね」

そう言って、腰に下げた懐中時計を見下ろす。特大の溜息を吐いてからミラは真珠塔を出た。

泥のように重い足を引きずり紅玉宮の庭園に着くと、そこには華やかな世界が広がっていた。やはり歴代の聖女が暮らしてきた宮だけあって、女性的な華麗さと繊細さがある。庭園にはパレットの上の絵具よりも鮮やかに、様々な色合いの花が咲き乱れていた。

幾何学模様に刈りこまれた低木や、ツゲを低く刈りこんで作られた小道、高低差のある花々やつるバラの絡まったモニュメントは見事に調和しており、名のある者が設計したのだろうと一見して分かる。中には、ハートの形にカットされた低木も見られた。庭園には甘い花の香りが漂い、白い蝶がリボンのように揺れている。

そして、そんな庭園に真っ白なテーブルクロスがはためいている。テーブルの上には零れ落ちそうなほどフルーツたっぷりのタルト、紅茶のスコーン、宝石のようなチョコレートやマカロン、トランプ模様のクッキー、それからティタニアでは有名な花柄の茶器が並んでいた。

（子ウサギや妖精でも出てきそうな空間って感じ……）

やたらと華美に飾られたテーブルを見つめ、ミラは目をしばたたかせる。主催者の趣味なのだろう、どれも赤とピンクのリボンやレースで飾られ、目がチカチカして痛いくらいだ。

そんなメルヘンチックな空間には、その場の主としてピッタリなリリカが座っていた。

「いらっしゃい、ミラ様」

カナリアよりも可愛らしく、ヌガーよりも甘ったるい声。そして、ミラの心臓を抉るような声だ。処刑場で囁かれた言葉を思い出し、ミラは不快感を払うために耳を引っ張った。

今日のリリカは、トレードマークのツインテールをふんわりと巻いて花の飾りをしている。ベビーピンクのドレスはパニエが牡丹《ぼたん》のように広がっていて、庭園に迷いこんだ妖精のようだった。

「お招きいただき、ありがとうございます。リリカ様」

乾いた唇を舌で湿らせ、ミラは何とかそう紡ぐ。

陥れられた憎しみや恨みは、今はなりを潜めている。それよりも、リリカの腹が読めないという恐怖の方が勝った。

小動物のように愛くるしい眼前の少女が、どういった意図で自分を呼んだのか。

そして改めて相対しても、やはり自身より十センチ近く小柄な少女が、年下の非力そうな少女が、タイムスリップ前に王をあっさり殺してしまったのが信じがたい。大胆さと短絡さが、彼女の中で一体どう育っているのか。

天使がナイフを握っているような倒錯感を、ミラはひしひしと覚えた。

(この子リスみたいな彼女は、また王を殺そうとするのかな……。一見しただけでは、獅子のような王を殺害するような狂気を秘めているようには見えないのに……)

犯罪者が犯罪者の顔をしていないのが、全身に鳥肌が立つほど怖い。

緊張でゴクリと唾を飲むミラ。ミラの心情など露ほども知らぬリリカは、まんまるな杏眼《あんがん》で、フリルブラウスと深紅のフレアスカートの上から白衣を羽織ったシンプルな出《い》で立ちのミラを、値踏みするように見た。

「その格好で来たの？」

軽快なリリカの声に、小馬鹿にした色が滲む。同時に、リリカは一瞬勝ち誇ったような表情を浮かべた。

「……お気に召さなかったのなら、申し訳ありません。この後は研究に戻る予定ですので」

「ううん、いいのぉ。似合ってるもん、むしろずっとその格好でいてほしいくらぃ。ねぇ、座って？他のご令嬢ももう揃ってるんだよ？」

控えていたメイドが、椅子を引いてミラをリリカの真向かいに座らせる。丸いテーブルにはリリカを囲むように、名だたる貴族の令嬢が並んでいた。社交界に興味のないミラにとっては初めましての人ばかりだったが、優雅な所作から大切に育てられてきた令嬢が揃っていると分かる。

（キラキラした可愛らしいご令嬢ばかり……。まるで）

リリカの好みに合わせて集められたお人形たちみたいだ。

ミラがそう思っていると、ミラの隣にかけたボブヘアの令嬢が黄色い声を上げた。

「まあ、聖女様だけでなく、王家の救世主様がいらっしゃるなんて。なんて光栄なのでしょうか」

「ありがたいお言葉ですが、そ、その呼び名はちょっと慣れないのですが……」

あからさまに憧憬の目を向けられ、ミラは気まずさから口ごもる。すると今度は、反対側の隣に座る令嬢から声をかけられた。

「社交界でお目にかかる機会がございませんでしたものね。ご高名な科学者様とお話しできて、とても嬉しいですわ」

「ミラ様、私はミューダ侯爵家のマイラと申します。偉大なミラ様が、お近くで見るととても美しくて驚いていますわ。私、ミラ様のエリーテに関する講演会に足を運びましたのよ。でもその時は遠目でしかミラ様を拝見できず……」

まるで小鳥たちのさえずりだ。しかしミラに偏見を持たない令嬢ばかりで、少し安堵した。リリカのせいで強張っていた身体の緊張が、ゆっくりと解けてくる。

しかし、ガチャンッと茶器を叩きつける音が響いてミラはまた神経を尖らせた。ミラに話しかけていた令嬢も、何事かと飛びあがって音の出所を見た。

「……リ、リリカ様？」

ミラは怖々とリリカに声をかける。ティーカップをソーサーに叩きつけたのはリリカだった。

（……っう……）

リリカの切り揃えられた前髪越しに見える双眸の仄暗さに、ミラは息を呑んだ。闇の色をした目は、陽光を通さないほど暗い。小さな野苺を思わせる唇を、そして血のように赤い唇をリリカは開いた。

「……このお茶会、リリカが主役だよね？」

「も――――もちろん、もちろんですわ！」

有無を言わせぬ雰囲気に、令嬢たちが口々に同意する。リリカはテーブルにつく全員をギロリと睨んでから、スイッチが切り替わったように可憐な笑顔に戻った。

「だよね？　よかったぁ。皆、誰が主役なのか忘れてるのかと思っちゃった」

「そんな、まさか。女神の化身とも謳われる聖女様が主役ですわ。忘れるはずありません」

ボブヘアの令嬢が必死にフォローを入れる隣で、青ざめた公爵令嬢が何度も頷く。

リリカはニッコリとして言った。

「そう？　皆がミラ様に夢中みたいだから、リリカってば心配になっちゃったぁ。でも忘れないでね、皆。ミラ様はリリカが誘ってくれたから来てくれたってこと。リリカが主催じゃなきゃ来なかったんだからね？」

（……やっぱり、どんなに愛くるしく見えても、この子は陛下を殺す凶暴性を秘めてる……）

外見に油断してはいけない、とミラは肝に銘じた。可愛らしい皮を被ったこの少女は、自己顕示欲と傲慢さと、身勝手な凶暴性を秘めている。

自分が世界の中心でないと我慢ならないリリカの性格を、ミラは看破した。

微妙な空気が流れたものの、お茶会は続いた。

お茶会というよりは、リリカの自慢大会と呼んだ方が正しい。リリカは身に着けたドレスや髪飾り、アクセサリーや靴の自慢を長々と繰り広げた。

「それでね、デザイナーを呼びつけて仕立ててもらったのがこのドレスなんだぁ」

「どうりで、素晴らしいですわ。有名なアレット・フェリントンのレースは格別ですわね」

リリカの隣に座る栗《くり》色の豊かな髪の令嬢が持ちあげる。リリカは上機嫌で言った。

「でも、もう二度と着ないの。だって、一年かけてもすべて着られない数のドレスを用意してもらったから。あとね、買い揃えてもらった宝飾品が入りきらないから、リリカのために宝物庫も用意してもらったのよ。それから庭園の向こうに、離宮を建ててもらうつもり。そこを可愛くてキラキラした物で埋め尽くすんだぁ」

（何たる税金の無駄遣い……）

もっと国に役立てる研究をすると誓うから、その金をこっちに回してほしいとミラは思った。王はリリカに特別な力があると信じているのだろう。おそらく聖女としてリリカに役立ってもらうための投資だろうが、ドブに金を捨てているようなものだ。

（かといって陛下に聖女は無力だと訴えても、信じないだろうし……）

むしろ何故そんなことを言いだしたのかと問い質《ただ》される気がする。

（まあ……話を聞く限り王とリリカの仲は良好な様子だし、そういう面では安心、かな……）

リリカがサイコパスでないなら、現状仲が良好な王を殺しはしないはずだとミラは踏む。どうかそのまま良好な関係でいてほしいが、リリカの我儘な様子を見ている限り、地雷を踏まないように歩くのは難しそうだと思った。

自慢げに語るリリカを見ても気を揉むしかできず、ミラは嫌気がさしてくる。顔に出さないよう努めているが、他の令嬢たちも先ほどからずっと愛想笑いを貼りつけていた。自分を含め、明日は顔面筋肉痛になる令嬢が続出するだろう。

それに加えて、ミラはリリカを前にしてから胃部の不快感がすさまじかった。

（知りたい情報は得たし、一刻も早くリリカから離れたい……この子は、行動理由が理解できなくて怖い……）

フレイシスに感じた恐怖とはまた違う。自分に死を宣告した相手に対する怯えとは違って、リリカに感じるのは、得体の知れないものに対峙《たいじ》した時と同じ恐怖だ。

国中が熱狂するくらい愛くるしい容姿を持つ彼女の、内側に眠る狂気がいつ牙をむくのかが怖くて、そして不快でたまらない。

そんなミラの胸中を知らぬリリカは、自慢話を存分に聞いてもらえて機嫌を戻したようだった。

「うふふ。楽しーい。リリカね、可愛い物が大好きなんだぁ。だから異世界転移したら、可愛い令嬢に囲まれてリリカのお話を聞いてもらうのが夢の一つだったんだよ？　皆もリリカのお話が聞けて楽しいよね？　リリカ、この国の聖女だもん」

だから自慢話に耳を傾け、チヤホヤしろ。そういった感情が透けて見えるリリカの物言いに、さすがの令嬢たちも愛想笑いを引きつらせる。

満足げなリリカは、自慢を続けた。

「あ、そうだ。これも見てぇ？　リリカの護衛だよ」

そう言って、リリカは少し離れたところに控える五人の騎士を指さした。

五人とも揃いも揃って美形だ。ハンサムだが、線が細く剣の腕には疑問を抱く見た目ばかりだった。リリカはうっとりと言う。

「アイドルみたいでしょう？　騎士団でも特に美形を集めてもらったんだよ。本当は騎士団で一番格好いいガウェイン様もコレクションしたかったけど、フレイシス様を守ってもらわないといけないから我慢してるの」

（……今度はガロ様を物扱いか……なんて子なの……）

いよいよ気分が悪い。不快感を隠すのも一苦労だ。

（そしてやっぱりジョットくんの言う通り、ミーハーで男好き、かな……）

ミラが不愉快な気持ちごと紅茶を飲みくだすと、そばかすの散った令嬢が頬を染めて言った。

「美形といえば……三カ月後に、フレイシス様の二十歳のお誕生日が控えておりますわね」

突然フレイシスの名前が出たため、ミラはついゴクッと大きな音を立てて紅茶を嚥下《えんか》する。動向を見守ると、令嬢たちは浮足立った様子で言った。

「そうです、そうです！　やはり美形といえばフレイシス殿下！」

「病弱な時も儚げで美しかったですが、健康になられた今はますます美しいですわね。民を見守る慈愛に満ちたシトリンの瞳に、私も見つめられたいですわ」

「哀愁漂う眼差しの奥に、固い意志を感じますわよね！　お噂では剣術の腕も素晴らしいとか……。お身体の具合がよくなったことですし、拝見できるチャンスが来ますでしょうか」

頬をピンクに染めて、令嬢たちは口々に語る。伏せっていた時のフレイシスを知らないリリカは、ピンとこないのだろう。首を傾げて言った。

「フレイシス様って、そんなに病弱だったの？」

「ええ。ミラ様がエリーテによってフレイシス様の余分な魔力を打ち消してくださるまでは」

先ほどマイラと名乗った令嬢が力強い声で言う。ミラは話があまりいい方向に進んでいないと危機感を抱いた。

「へぇぇ。フレイシス様も馬車の中でそんなこと言ってたなぁ……。ミラ様の発見したエリーテって、そんなにすごいんだぁ。薬みたいに飲めば魔法使いの魔力を消しちゃえる的な？」

「あの……」

リリカにはエリーテに興味を持ってほしくない。ミラが口を開いたが、他の令嬢があれよあれよとエリーテの魅力を語り始めた。

「そうなんです！　エリーテってすごいんですよ。摂取した直後のフレイシス殿下がまた、神々しい青い光を帯びてですね……！」

「そうそう！　『蒼玉の祝福されし者』ですわよね。エリーテがなければあの二つ名は生まれませんでしたわ」

「不思議ですわ。エリーテを拝見しましたが、見た目は青いとはいえ、こちらのお砂糖のような粉ですのに。魔力と反応すると光を発するなんて……」

マイラは砂糖の瓶を開け、スプーンで掬ってみせた。

「あ、の……！」

ミラはテーブルの下で白衣を握りしめ、声を張って言った。

「エリーテの話はそこまでにしませんか。フレイシス殿下が美形というお話でしたよね。話の主旨がそれたのでは？」

「まあ、そうでしたわね」

そばかすの令嬢が言った。

「では皆様。皆様は三カ月後のフレイシス殿下のお誕生パーティーで、一体どなたが殿下のダンスのパートナーを務めると思われますか？」

丸テーブルにかけていた全員の目が、光を当てた宝石のように輝いた。ミラを除いて。

「フレイシス殿下は、もう意中の相手をお選びなさったのでしょうか」

ボブヘアの令嬢が言うと、リリカは前のめりになって言った。

「何それ何それっ。素敵！　フレイシス様のお誕生日に、パーティーを開くのぉ？」

どうやら初耳らしい。リリカは興味津々で令嬢たちから話を聞く。

ティタニアでは王族の二十歳の誕生日に、成人を祝して盛大な祝賀パーティーを開くのが習わしだ。当日は王の住まう金剛宮の大広間『金剛の間』に多くの貴族が集まり、夜通しパーティーが行われる。そして、そのパーティーにダンスの相手として同伴する異性は、将来の妃《きさき》候補と言われていた。

（……タイムスリップ前の私は、フレンの誕生日パーティーが開かれる前に処刑されたけどね）

それに、前回は王が暗殺されたことによって国中が喪に服していたため、フレイシスの誕生パーティーを開くどころではなかった気がする。

（フレン自身、身体がかなり弱っていたし。でも……）

確かタイムスリップ前は、王が亡くなりさえしなければ、パートナーにはリリカが予定されていたはずだ。リリカや令嬢たちのキラキラした会話に参加する気になれず、ミラはカップの縁を指でなぞり弄ぶ。

（……お誕生日かぁ。フレンとは付き合ってるわけだし、今回は自分をパートナーに選んでくれたりしない……かなぁ……？）

淡い期待がミラの胸に膨らむものの、そうなった場合にリリカがどんな反応を示すか考えると怖くなる。自分が話題の中心でいたい彼女は、ミラがフレイシスに選ばれたら妬むに違いない。

（どうしたもんか……。でも、せめて……フレンのお誕生日まで生き残れたなら、絶対に『おめでとう』は言いたいな……。できれば一番に）

恋人の成人の誕生日を生きて祝いたい。そのためにも、絶対に処刑ルートを回避しなくては。

静かに闘志を燃やすミラをよそに、令嬢たちは予想合戦を始めた。

「殿下はスキャンダルがありませんから、特定のお相手はいないとお見受けしています！」

「前に新聞のインタビューで、努力する女性が好きと仰っていましたわ。没頭すると周りが見えなくなる女性は可愛らしいとも……」

「まあ。ああでも、やはり最有力候補は」

ミラ以外の令嬢は全員、リリカの方を見つめ声を揃えて言った。

「聖女であるリリカ様だと思いますわ！」と。

名指しされたリリカは、まんざらでもない様子で応える。

「ええー？　リリカかなぁ？　やっぱり？」

「間違いありません。リリカ様のお美しいブルネットに、殿下は惹かれているはずです」

「きっとお二人が並んだ姿は、絵画のように素敵なことでしょうね」

リリカをおだてる言葉を次々に発する令嬢たちに、リリカは大層機嫌をよくしていた。

「もうっ。照れちゃうよぉ。でもでも、フレイシス様からもし誘われたら、断れないよね。ダンスなんてやったことないから自信なくて困っちゃうけどぉ」

ミラは砂糖を足し、カップの紅茶をスプーンでかき混ぜる。紳士なフレイシスなら、リリカと踊る時に優しくエスコートしてくれそうだ。

自分の恋人と仇が踊る姿を思い浮かべて、ミラは具合が悪くなる。不安と嫉妬が交互に押し寄せては胃が痛んだ。

（大丈夫、フレンはリリカに惹かれたりしないって信じてるから。でも……）

フレイシスがリリカになびかなくても、リリカの恋の矢印は彼に向いていないだろうか。

男好きでミーハー、確かにそうだろう。けれど、令嬢たちにおだてられてまんざらでもない様子のリリカを見る限り、やはりフレイシスに好意を寄せている気がしてならない。

自分の世界に入っていたせいで、背後の芝生を踏む音に気付くのが一瞬遅れる。向かいにかけるリリカや令嬢が「きゃあっ」と喜色をあらわにしたことで、ようやく我に返ったミラが何事かと振り返ったそこには――……。

「こんにちは。皆さん、お揃いで」

春風が耳を撫でていくように心地のよい声だ。陽に透けるシルバーブロンドを風に遊ばせたフレイシスが、そこにはいた。相変わらず、絵画のように美しい立ち姿で。

「フレイシス様！」

真っ先に弾んだ声を上げたのはリリカだった。

「どうしてここに……⁉　リリカの紅玉宮に来てくれるの、初めてだよね？」

立ちあがったリリカはテーブルを回りこみ、フレイシスの腕にしがみつく。ミラはそれを、食い入るように見てしまった。フレイシスは感じのよい笑みを浮かべ、やんわりとリリカの腕を解く。

「こんにちは、リリカ様。こちらにミラがいると聞いたので伺いました」

「ミラ様ぁ……？　何でミラ様？」

リリカの機嫌が火を見るよりも明らかに下降する。ミラは席を立った。

「わ、私に御用ですか？　呼びつけてくだされば、こちらから伺いましたが……」

もしや体調でも悪いのだろうか。ミラはフレイシスの顔色や呼吸の様子を観察した。どこも悪そうには見えないが……。

「それだと父上に先回りされるかもしれないと思って。邪魔をされたくなかったから」

「陛下に？　どういうことです……？」

いよいよ訳が分からない。訝しがるミラの手を優雅に取り、フレイシスは手の甲に口付けた。

「………。は……っ⁉」

一拍遅れてから、ミラは素っ頓狂な声を上げる。その場に居合わせた令嬢から、興奮した声が上がった。

「ちょ、フレン……っ。何して……⁉」

動揺のあまり、つい素で反応してしまう。取り乱すミラの手を右手で握ったまま、フレイシスは左手を後ろに回し恭しく言った。

「お誘いに来たんだ」

「お誘い……？」

「ああ。……ミラ、僕の誕生パーティーで、一緒にダンスを踊ってくれないか」

実物の王子様は、子供の頃に読んだおとぎ話の王子様よりもずっと甘くて輝いている。キラキラとした破壊力を伴うお誘いに、ミラは一瞬フリーズした。

「な……」

言葉を忘れて、呆然とフレイシスを仰ぎ見る。お茶会に参加していた令嬢たちは、爆発のような悲鳴を上げた。

「きゃあああああっ。素敵！　殿下はミラ様をお誘いになられるのですね……！」

「お似合いですわ！　王太子殿下と王家の救世主様のペアなんて、どなたが想像したでしょうか」

「ミラ様、ミラ様！　早くお返事をっ」

まるでヒヨドリの鳴き声の洪水だ。先ほどまでリリカをよいしょしていたにもかかわらず、令嬢たちは高い声ではしゃぐ。彼女たちの声に耳を劈かれそうになりながら、ミラはポカンと口を開けたままでいた。それからようやく冷静さを取り戻して、うわ言のように呟く。

「え、あの……」

「オーケーしてくれる？」

フレイシスが小首を傾げて問う。その仕草の神々しさだけで、眩暈を起こし倒れる令嬢もいた。しかしミラは違う。今はフレイシスの美しさが目に入らないほど、焦りで身体が震えを起こす。

「あ……」

リリカの存在がなければ、きっと声を上げて喜べた。けれど今は、恐ろしさで全身の血が凍りそうだ。ミラはとっさにリリカの様子を窺った。無表情の彼女を見て、目をつけられる恐怖から鼓動が速くなる。

とにかく、これ以上フレイシスとのやりとりを見られるわけにはいかない。ミラはフレイシスの腕を摑んだ。

「ミラ？　どこに行くの？」

「――っいいから！　こっちに来て！　すみません、お茶会の途中ですがこれで失礼します！」

興奮する令嬢たちとこちらを凝視するリリカを庭園に残し、ミラはフレイシスを引っ張っていく。

令嬢たちの歓声が追いかけてきたが、ミラは無我夢中でその場を後にした。

リリカたちに声が届かず、かつ死角になるオベリスクを見つけたミラは、その陰でようやくフレイシスに向き直る。フレイシスは恐ろしく整った顔で尋ねた。

「ミラ？　どうしたの。まさか――――嫌だった？」

フレイシスが悲しげに目を伏せる。その表情に弱いミラは、しどろもどろになって言った。

「あ、違うよ……。嫌、じゃ、ないけど……っ。でも」

(むしろ私を誘ってくれたのはすごく嬉しい。けど……リリカの前では……)

「付き合っているのは内緒なのに、皆の前で誘われたから困った？」

ミラは返答に詰まった。困ったのは、皆の前ではなくリリカの前で誘われたからだ。

項垂《うなだ》れたミラの頬を、手袋をはめたフレイシスの手が撫でる。

「ごめん。実はさっきまで父上とパーティーのことを話していて、リリカ様とダンスを踊るよう命令されて腹を立てていたんだ。僕にはミラという恋人がいるのにって」

「陛下が……？　でもそれはきっと」

「うん。パフォーマンスのためだろうね」

王は別にミラとフレイシスの交際を反対してはいない。ただ単純に、聖女が王家と懇意にしていると国民へ印象づけるため、今回はフレイシスのパートナーをリリカに務めさせたいだけだろう。

そうすれば王家の威厳も保てるし、国民へのサービスにもなるからだ。ミラとしては面白くないが。

「でも、僕が踊りたいのはミラだけだよ。だからミラが父上に、僕から誘われても断るよう釘《くぎ》を刺される前に誘いたくて」

だから、ミラがお茶会に参加しているのを聞きつけて紅玉宮までやってきたのか。

彼の行動に納得はいったが、リリカにどう思われたのかが不安でならない。

凶暴で短気な性格のリリカのことだ。今頃はミラがパートナーに選ばれたことに腹を立て、癇癪を起こしているかもしれない。それどころか、ミラに敵意を抱いただろう。

（今から戻って、何か言い訳しようか……。いや、後の祭りの気がする……）

悪い流れに進んでいると感じ、ミラはつい愚痴っぽく零してしまった。

「でもそれなら、火急の件だとでも言って呼び出して、誰もいないところで誘ってくれたら……」

そしたらフレイシスのパートナーを受けてもリリカにロックオンされないよう、あらかじめ理由を考えて取り繕えたかもしれない。

もちろん、ミラの都合などフレイシスは知る由もないため仕方ないのだが、恨み言の一つでも言わねば足元が崩れるような恐怖を緩和できなかった。

フレイシスは「ごめん」と短く謝る。

「気持ちに余裕がなかったんだ」

「それは……」

嘘では？

余裕と包容力の塊のようなフレイシスが、余裕をなくすだろうか。つい胡乱《うろん》な視線を向ければ、フレイシスは困ったような笑みを浮かべる。

その表情に確信を得たミラは、痛みだした頭を押さえた。

「フレン、貴方……大人数の前で誘うことで、私が断れないようにしたでしょう？　それに噂好きの令嬢たちの前で誘えば、仮にリリカ様をパートナーにすることになっても、自分の本意じゃないって彼女たちが広めてくれると思ったんじゃない……？」

フレイシスのメンツを気にするミラが、衆人環視の中で彼の誘いを断ることは不可能だ。仮にリリカの機嫌を損ねないため泣く泣くパートナーを譲っても、周りはフレイシスが最初にミラを誘った事実を忘れない。

恋人の計算高く腹黒い一面を知って慄《おのの》くミラに、フレイシスは潔く認めた。

「さすがミラ。ご明察」

「褒められても嬉しくないっ」

「だって、どうしてもパートナーはミラがいいんだ」

端整な顔を切なげに歪めてフレイシスが言った。

耳の垂れた犬のようなフレイシスに、ミラの口から出かかっていた恨み言は出口を失う。普段は分別があり大人びた彼の、時折見せる子供っぽさに弱いのは惚れた弱みだろうか。

つい拗ねたフレイシスにほだされてしまいそうになる。リリカのことを考えれば、崖の上に立たされているような状況にもかかわらずだ。

「ずるい誘い方をしてごめん。でもミラ、どのみち、誕生パーティーにミラが僕のパートナーとして出席すれば、僕たちの交際は皆が知ることになるよ」

ミラが大勢の前で誘われた羞恥により怒っていると思いこんでいるフレイシスの発言に、ミラは口ごもる。しかし、歯切れの悪いミラにフレイシスは誤解を膨らませたようだった。秀麗な彼の顔が曇る。

「それとも……」

フレイシスの大きな手が伸び、立ち位置がクルリと交代する。瞬きする間に、ミラは庭園のオベリスクに背中を押しつけられていた。

「え……あ……っ!?」

芳しい花の香りが鼻腔を掠めていくものの、フレイシスの腕の檻《おり》に閉じこめられて息が上手く吸えない。頭上に影がかかり、フレイシスの方がミラよりずっと背が高いことを意識させられた。

「それとも、ミラは僕が他の誰かをパートナーにしてもいいの？」

「……う、や……。あの……」

「僕は嫌だよ」

矢継ぎ早にフレイシスが言った。星を溶かしたような色の瞳が、弦月のように細められる。

「もし僕が君の立場だったら……ミラが仕事でも僕以外の男をダンスのパートナーに選んだら……相手の男をどうするか分からない」

ヒュッと、ミラの喉が鳴る。今の言葉は、本気だ。喉に手をかけられたような圧迫感に襲われ、ミラはフレイシスから目を離せなかった。

「そしたら、ミラが嫌がっても、君の恋人は僕だって世界中に言って回るよ。もちろん」

フレイシスの顔がぐっと近付く。口付けられるのかと身構えたミラの耳元を、フレイシスの一段低い声がくすぐった。

「ミラのことは絶対に逃がさない」

「……っ」

声にならない悲鳴が喉で絡まる。耳の軟骨に痛みが走り、ミラはとっさに耳元を押さえた。フレイシスに嚙まれたのだ。彼の執着心をまざまざと見せつけられたミラは、腰を抜かしてその場に座りこんでしまった。

「こわ——怖いよ、フレン……」

「ごめんね、ミラ。でも本気だから。僕の愛は重いんだ」

愛想のよい笑みは目がちっとも笑っていない。フレイシスに支えられないと、ミラは立ちあがれなかった。

愛されて嬉しいが、たまにこの愛《いと》しい恋人は、自身が想像しないほどの巨大な愛を返してくる。大きな手のひらでミラの全身を閉じこめるような、そんな愛だ。

(不安に、させちゃったのかな……。そうだよね、フレンは私の都合や事情なんて知る由もないし……恋人の反応がいまいちだったら、不安になるよね)

リリカのことは怖い。けれど、そのために事情を知らぬフレイシスを不安にさせるのは本意ではなかった。ミラはちょっと迷ってから、辺りをキョロキョロと見回し、フレイシスの背中に腕を回す。

「……っミラ?」

珍しく抱きついてきたミラに、フレイシスが柄にもなくうろたえる。ミラは彼の厚い胸板に顔を埋めて言った。

「……誘ってくれて嬉しかったのは本当だよ。だから……その……」

「ミラ」

「もし不安にさせたなら、ごめんね、と思って。私でよければ、パートナーにしてもらっていい？　あの……リズム感はゼロだけど」

引きこもって研究や勉強ばかりしてきたので、運動神経とはとうに縁を切っている。ダンスフロアでフレイシスの足を踏んだり滑ったりする自分の姿が容易に想像でき戦々恐々とするミラだったが、フレイシスは嬉しそうに彼女の束ねた髪を撫で、形のいい頭頂部に唇を落とした。

「……うん、ありがとう。すごいな、ミラは。僕の中の黒い感情を一瞬で吹き飛ばしてしまうね」

「あー……ええと……フレンはあれだね、清涼感と爽やかさ溢れる見た目なのに、たまにどす黒い感情をむきだしてくるよね？　普段はどこに収納してるの？　心理学の未解決問題に当てはまるんじゃない？」

「何でも研究や問題になぞらえて解こうとするのが科学者のミラらしいな」

ミラの細い金髪を梳き、フレイシスは愛しそうに微笑んだ。

「ずっと、近い将来に死ぬと覚悟していたから生き急いで勉強に励んでいたし、執着しないように生きてきたんだ。だけど、ミラに会って変わった。初めて共に生きたいと……僕だけのものにしたいと思ったのが君なんだ。絶対に手放さないから覚悟して」

「……うん」

少し怖いくらいの熱情だと思う。でもそれが、ミラに安心を与えもした。

だから感謝の気持ちと、手では抱えきれない愛情が少しでも伝わるように、ミラはギュウギュウとフレイシスを抱きしめた。今後リリカに敵意を向けられる不安にも、この瞬間だけは目を瞑る。

だけど――――この腕を離したら、考えなくては。フレイシスと共に生きていくためにも、たとえリリカに恨まれた上でも処刑ルートを回避する手立てを。

愛という尊くて厄介なものに、ミラの処刑ルートは左右されてばかりいる。頑なに滞らせていたエリーテの研究を再開したこともそうだし、今回のパートナーの件もそうだ。

それでも愛を手放す気にはならないのだから、本当に厄介で尊い感情だとミラは思った。


ミラとフレイシスが離れたテーブルでは、あれほど可愛らしく飾りつけられていた飾りが見るも無残に荒らされていた。――――リリカによって。

真っ白なテーブルクロスは引っ張られて芝生の上で丸まり、高価なティーカップはテーブルから薙ぎ払われて令嬢たちの足元で粉々に割れている。テーブルはひっくり返り、飾られていた花は散らばって、リボンは引きちぎられている。

まるで盗賊が荒らしていったような惨状だが、これらはすべて毛を逆立てたリリカの手によるものだ。それだけでは飽き足らず、食いしばった歯の隙間からフーッフーッと荒い息を吐きだし、リリカは椅子をなぎ倒そうとする。

暴れ回る彼女に怯えて涙目の令嬢たちは、リリカの護衛に誘導されて低木の陰に避難していた。護衛の一人が、リリカの腕を押さえる。

「リリカ様、おやめください！」

「うるさいなぁっ！　誰に指図してんの⁉」

こめかみに青筋を浮かべ、羽交い絞めにされたリリカが怒鳴る。細腕に当たった椅子が倒れた。

「リリカは聖女なんだけど！　この世界に召喚された選ばれし聖女なんだけど⁉　なのに何であんなクソダサ女がフレイシス様に誘われてるの⁉」

「お、落ちついてください……！」

声を荒らげるリリカを、どうどうと馬を落ちつかせるように護衛がなだめる。しかしリリカは隅っこで震えあがる令嬢たちをギロリと睨んだ。

「ねぇ……誰ぇ？　誰が、リリカがフレイシス様にパートナーとして選ばれるっていい加減なことを言ったんだっけ？」

「ひ……っ」

ボブヘアの令嬢が耐えかねて悲鳴を上げる。リリカはそれすら気に食わず、護衛を引きはがすと足元に転がるティーポットを拾いあげ、令嬢たち目がけて投げた。

令嬢たちの横を飛んでいったティーポットは、柱に当たって砕ける。そばかすの令嬢は腰が抜けて泣きだした。

それでも怒りが収まらないリリカは、令嬢たちに罵声を浴びせる。

「……謝れよ。謝れ！　リリカに謝れよ！　リリカに恥をかかせて侮辱しただろ‼」

「そんな、私たちは、ただ予想をしていただけで……」

マイラが言った。他の令嬢が救いを求めるように同意する。

「そうです、てっきり殿下は聖女であるリリカ様をお誘いになると……」

「ねぇ」

令嬢たちの言葉を遮り、据わった目でリリカが言った。大股で歩み寄り、泣いているそばかすの令嬢の胸倉を掴む。

「リリカの方が可愛いよね？　ミラ様より」

「え、あ……」

「答えてよ。聖女の言うことが聞けないの？」

「は、はい。リリカ様が一番お可愛らしいです……っ」

そばかすの令嬢がしゃくりあげて言った。

「だよねぇ？　お茶会に白衣で来るようなクソダサ女より、リリカの方が何億倍も可愛いよねぇ!?　だからフレイシス様がミラ様を誘ったのは、どうせ彼が前に言ってた、ミラ様が命の恩人っていう、しょうもない理由のせいだよねぇ」

「き、きっとそうですわ。エリーテで命を救ってくださったミラ様に、恩義を感じているからお誘いになったのだと思います」

「だよね……？　じゃなきゃあり得ないだろ……。あんなブス。フレイシス様は優しいから、ブスを誘ったんだ……」

そばかすの令嬢の胸倉を放し、リリカはブツブツと呟く。解放された令嬢は咳きこみ、他の令嬢たちは波が激しいリリカの気性に怯えきっていた。

「戻る。片づけて」

端で様子を窺っていたメイドへおもむろに言い、リリカは控えていた護衛の首に腕を回した。

「ノーティス、抱っこして」

ノーティスと呼ばれた痩身の護衛は頬に汗を滑らせながら、緊張した面持ちでリリカを抱きあげる。横抱きにされたリリカは、取り残された令嬢たちに冷眼を浴びせて言った。

「アンタたちに不愉快な思いさせられたって、王様に言っちゃうから。アンタたちのパパ、明日から肩身が狭くなるんじゃない？」

「そんな……!!」

マイラが真っ先に嘆く。リリカは令嬢たちを無視し、庭園を後にした。

歩くことすら億劫で投げだした足をイライラとぶらつかせ、リリカは爪を噛む。

「許さない。あのクソダサ女……フレイシス様の何なわけ……。披露式典でもお茶会でもリリカより注目浴びて、挙句フレイシス様からパートナーにも選ばれて……。――ねえ！」

「は、はい」

可憐な顔立ちを悪鬼のように歪めたリリカにビクつきながら、ノーティスが返事をした。

「あのクソダサ女について調べて。あの女の出生から、交友関係、研究内容まで、全部!!」

「み、ミラ・フェルゴール様についてですか？」

「決まってるでしょ!?」

甲高い声を上げてリリカが喚く。

「ねえ、それから国中から格好いい男を集めてよ。リリカの機嫌をとって！」

「わ、私がですか？　そんな……」

「リリカに口答えしないでよ！　異世界でまで我慢したくないの！」

「わ、分かりました……。近日中には必ず……」

ノーティスは頷き、足早にリリカの部屋へと向かう。

不安定で、凶暴で、短気。

そんなリリカの中で確実に燻《くすぶ》りつつある、ミラへ向けた黒い感情。それはポタリ、ポタリと耳にぶら下がるような音を立てて、確実に広がっていた。

第五章　白日、加速する盤上

お茶会の翌日、ミラは本腰を入れて引っ越し準備に取りかかっていた。

昨日はフレイシスと別れたあと、王宮を後にしようとしていた令嬢たちにお茶会のその後の様子を聞きだそうとしたが、どの令嬢にも不自然なくらい口を噤《つぐ》まれた。しかし彼女たちの沈黙こそが、リリカのミラに対する怒りや敵意を語っているようなものだ。

昨夜は恐怖から眠れなかったが、怯えてばかりもいられない。

（エリーテだけは死守しなきゃ……）

リリカにロックオンされたなら、もはやエリーテを守り抜くことが処刑ルートを止める希望だ。そのためにすべきことは……。

山ほどある荷物の中から壊れ物や危険物を分け、重要な計器類を厳重に包む。仲間に指示を出しながら、ミラは鍵のかかった引き出しからリストを引っ張りだした。

エリーテを死守するための鍵となる、運送業者のリストだ。

前回と同じ轍《てつ》を踏まぬためにもエリーテを新たな研究施設に移送することにしたミラは、仲間の中でも特に信頼しているジョットにのみ、エリーテを運びだす運送業者の相談を持ちかけた。

ミラは隣室で作業をしていたジョットを呼び寄せ、リストアップしたいくつかの業者のデータとにらめっこをする。リストを覗きこむジョットに、ミラは意見を求めた。

「ジョットくんはどこがいいと思う？」

「王都で一番有名なのはユーグユーグ運送だろ」

「あそこは……安心感はあるけど、とにかく人手が多いよね？　一般の荷物の搬送はともかく、エリーテは秘密裏に運びだしたいから、あまりそこは利用したくないかな」

「人手なぁ……。以前王宮から応援を頼まれたビスメード運輸は人手が足りていなくて、ドラゴンの移送が杜撰《ずさん》だったぜ？　まっ、そいつは当事者のアンタが一番よく知ってるか」

以前ミラがドラゴンに襲われた件を引き合いに出し、ジョットがからかう。ミラはしかめっ面でジョットの足を踏みつけた。

「論外だよ」

「いってぇ！　冗談だろうが！　思いっきり踏みやがったな。――――それなら、ここはどうだ？　テリトッサ運送。利用したことはねぇが、ここは何代にも亘って家族経営のこぢんまりした業者だ。今までにも危険物の運搬の実績がある。値段も良心的だな」

「使用している荷馬車が古いね……。ティタニアの定める荷馬車ランクではBだし。うーん」

「そこがよくねえか？　誰もボロい荷馬車にエリーテが積んであるとは思わねぇだろ。まあ、俺は華々しく移動させるのもアリだと思うけどな？　警護が多けりゃ何が起きても安心だろ」

頭の後ろで手を組み、気楽そうに言うジョットをミラは半目で睨んだ。

「ダメだよ。エリーテは使い道を誤れば人を害することもできる代物だもの。移送に多くの人が関われば、その中にはよからぬことを考える人も交じっているかもしれないでしょ」

「おいおい、まさか盗まれると思ってんのか？　それなら、真珠塔に置いたままのがよくねえか」

「……可能性の話だよ。それに、真珠塔は陛下に返すからね」

ミラはテリトッサ運送の欄を手の甲で叩いた。

「うん、実績も申し分ない。ジョットくんの勧めるテリトッサ運送にするよ。予約を頼める？」

「おうよ。今日は町に用事があるし、予約を取りつけてくる」

「よろしく」

出ていくジョットを見送り、ミラは荷物の箱詰めにとりかかった。順調ならば、今月中には引っ越しが完了しそうだ。

（移送先の研究施設には、巨額を投じて造らせた厳重なセキュリティの金庫室がある。エリーテの移送が完了したら、そこで保管するのが一番安全だよね……）

出費はかさんだが、背に腹は代えられない。それが王の命のためにもミラのためにもなるのなら、出費なんて痛くも痒くもない。幸い、王に褒賞として与えられた軍資金はまだたんまりある。

ミラはリリカを警戒し、エリーテに万全の対策を講じていた。


午後には大方片づいた真珠塔内部を眺め、ミラは額に浮いた汗を拭う。次は塔の外に出された廃棄物の処理や、借りていた物の返却だ。ミラは借り物と記された大袋と天秤をむんずと掴み、白衣のポケットに返却物リストを突っこんで真珠塔を出た。

「重そうだね。貸してミラ、この荷物はこっちでいいのかな？」

「うん。それは王宮の物を借りていて返却予定だから……って、フレン、どうしてここにいるの⁉

そしてどうして王太子殿下ともあろう方が、荷物を持ってくれるの⁉」

真珠塔を後にして三十分。王宮内で最も煌びやかな宮、金剛宮の廊下を歩きながらミラはたまげて声を上げた。

隣には、布袋に入った荷物をミラから取りあげたフレイシスが並んでいる。そしてその後ろには、鮮やかなピンク髪がトレードマークのガウェインも控えていた。ガウェインはミラが脇に挟んでいた天秤を抜きとる。

「あ、ガロ様までどうもどうも……じゃなくて、何でフレンたちがここに⁉」

フレイシスと交際するようになり、もうすっかりガウェインとも気の置けない仲になったミラは、砕けた口調で聞いた。

フレイシスは道行く人がすべて見惚れるような笑みを浮かべて言う。

「筋肉の欠片もないミラが、荷物を重たそうに抱えているのを見かけたからだね」

「ん……？　今ひ弱と言われた気がしたんだけど……？」

「か弱くて可愛いって言ったんだよ」

満面の笑みで言われては毒気を抜かれてしまう。ミラは尋ねた。

「用事があって金剛宮にいるんじゃないの？」

「済んで自分の宮に戻るところだったんだ」

「……それなら、ありがとう」

ミラはフレイシスとガウェインの厚意に素直に甘えることにした。

しかし――――曲がり角から現れた人物を認めるなり、全身が総毛立つ。リリカだ。

昨日不興を買ってしまったミラは、彼女を真正面から見るのも恐ろしく、つい男性二人の後ろに下がってしまった。

（落ちついて……いきなり刺されたりするわけじゃないんだから……。怯えたら、余計に敵意を向けられるかもしれない……）

明らかに怯えた表情のミラを、フレイシスは横目で見下ろす。ミラは彼からの視線に気付かず、白衣のポケットの中にある薬瓶を握りしめた。

「フレイシス様、みーっけ！　ガウェイン様も！」

真っ青なミラを透明人間のように扱い、リリカはフレイシスの腕に飛びついた。ミラは思わず、彼女に掴まれたフレイシスの腕を凝視して顔を歪める。

リリカの行動から、やはり彼女はフレイシスに気があること、自分が恨まれていることを痛感した。そして、こんな状況下でも嫉妬は脈を打つことも。

「リリカ、すーっごく探したんだよ。ここにいたんだぁ」

「こんにちは、リリカ様。何か御用ですか？」

やんわりとリリカを腕から離して距離を取り、フレイシスが尋ねる。はがされたリリカはリスのように頬を膨らませた。

「えー……冷たぁい……」

「申し訳ありません。荷物を運んでいるので危ないですよ」

「荷物ぅ？」

「ええ。ミラの手伝いで」

フレイシスの口からミラの名が出て初めて、リリカはミラに気付いたような素振りを見せた。大きな杏眼を丸め、大げさに驚いてみせる。

「わっ。ミラ様だぁ！」

「……リリカ様、昨日は突然退席してしまい申し訳ありませんでした」

いっそ、ずっといない存在として扱ってくれてもよかったとはおくびにも出さぬようミラは努めて言った。

「……いいよぉ。あの後、すぐにお茶会はお開きにしたし」

だったらどうして、ミラが聞き取りをしようとした令嬢たちは口を噤んだというのか。ミラはリリカが嘘をついていると分かった。

フレイシスに向き直ったリリカは、やはり腕にしがみついて甘えた声を出す。

「ねえねえ、あのね、リリカ、フレイシス様にお願いがあって探してたの」

「────何でしょう？」

「あのね、リリカね、フレイシス様のことをフレンって呼んでもいい？」

(────なっ……!?)

リリカのお願いを聞いたミラは、心臓が止まるかと思った。おそらく昨日、驚いてとっさに『フレン』と呼んだのを聞かれてしまったのだろうと臍を噛む。

ミラがしているフレイシスの呼び名をリリカも望んでいる。それはつまり、自分に対抗しているのでは。そんな嫌な予感が湧いた。

「それは、どういった理由ででしょう」

フレイシスは笑顔を崩さずに尋ねた。リリカは身体を揺らしながら答える。

「ええー？　だって、あだ名で呼ぶと特別っぽいでしょう？　自慢できるし」

「自慢？」

オウム返ししたフレイシスに、リリカは三日月のように目を細めて言った。

「うん、そう。リリカね、フレイシス様はリリカのものだって自慢したいの。そしたら皆、羨ましがるでしょ？　なんたって国で一番格好いい王太子様だもんね」

リリカの発言に、ミラは絶句した。

（周囲にチヤホヤされたいから、王族のフレンをあだ名で呼びたいってこと……？　それだけ……？　いや、違うでしょう……リリカは……）

王太子のフレイシスを自分のもの扱いしたいなんて不敬極まりないが、要するに――――リリカは自慢できるから、フレイシスを自分の恋人にしたいということでは……？

（フレンを何だと思ってるの。彼は自身をよく見せるためのアクセサリーじゃないよ……！）

焦りと怒りがない交ぜになって頭を煮立たせる。リリカに恨まれているという焦燥と、彼女がフレイシスに向ける感情の稚拙さにガンガンと頭が痛んだ。

何より優先すべきは処刑ルートの回避だ。それは分かっている。リリカの恨みをこれ以上買うことは是が非でも避けたい。

けれど、周囲から羨まれるために……自分を着飾るためにフレイシスを利用しようとする身勝手なリリカの考えは――――それを当然のように押し通そうとする姿勢は、ミラには許しがたかった。

フレイシスはミラにとって、自身を変えてくれたかけがえのない存在だ。そんな彼を、アクセサリー扱いするような子供に取られたくはない。

怒りと嫉妬に身を任せてはいけないと必死の思いで我慢の糸を張るが、焼き切れそうだ。もし処刑ルートの心配さえなければ、きっとリリカのことを一喝しているに違いない。

（落ちついて……冷静になって、私……落ちついて……）

「リリカ様。殿下がご自分から仰られるならともかく……そのようなお願いをすることは不敬に当たります。お控えください」

珍しく厳しい口調でガウェインがたしなめた。物腰の柔らかい彼がきつい雰囲気を放ったことで、リリカは目尻の下がった目を瞬かせた。

「ええ……何でぇ……」

「申し訳ありません、リリカ様。貴女は聖女であり、僕は王太子だ。特別な関係でもない限り、節度ある距離感が大事だと思っています。呼び名はこれまで通りでいてください」

丁寧に断ったフレイシスに、リリカは食い下がった。

「でも！　ミラ様はフレンって呼んでたじゃない！　命の恩人だから許してるの？」

「それは……」

やはり聞かれていたのか。ミラが口ごもると、リリカは勢いを増して言った。

「ミラ様がフレンって呼んでもいいなら、リリカはもっといいでしょ？　リリカ、聖女だもん！何でも許されるはずだよ！　特別扱いしてよ！」

「リリカ様、聖女様だからといってすべてが許されるわけではありません。いい加減になさいませんと……」

聞き分けのない子に言い聞かせるようにガウェインが咎める。リリカはいやいやと首を振って駄々をこねた。

「じゃあ……あだ名は諦めるから、代わりにリリカをダンスのパートナーに選んでよ。リリカ、フレイシス様が好きなんだもん……‼」

廊下にリリカの喚き声が反響する。

ガウェインは呆気《あっけ》にとられた顔をし、フレイシスは眉を寄せた。

（――……ああ……）

とうとう、リリカの口から聞いてしまった。彼女が再び召喚された当初から、ミラがずっと恐れてきたもの、言葉が、とうとう形を成してリリカから外に吐きだされていく。

ジョットの予想に縋り、愚かにもリリカは男好きなだけだと思いたい時もあった。けれどリリカの言葉や行動を見聞きする度にフレイシスへの好意が透けて見え、疑心が確信に変わりつつあった。

それが今――彼女の口から出たことで、事実となる。

ミラは白衣のポケットの中で、お守り代わりの薬瓶を握り直した。

「ねえ、いいでしょう？　ミラ様」

今度はミラへ、リリカのおねだりが始まる。

「ミラ様は命の恩人だからダンスのパートナーに誘われただけなんだよ？　でもミラ様じゃフレイシス様には釣り合わないから、リリカに譲ってよ。ね？」

「…………っ」

我慢と理性で紡がれていた糸が、焼き切れる音がした。

仰る通り恩人だからパートナーに選ばれただけなので、リリカ様に譲ります。そう言えば彼女の溜飲《りゅういん》も少しは下がるだろう。けれど、フレイシスをアクセサリーとしか見ていない彼女に、彼の隣に並んでほしくないと思った。フレイシスの上辺だけにしか興味がなくて、彼の努力や苦悩を理解していない彼女には。

（譲ると言わなきゃ）

穏便に済ますためには。

（これ以上恨まれないためにも言わなきゃ）

生き残るのが目的だ。盲目になってはいけない。

（言わなきゃ……!!）

「何を、めちゃくちゃな……」

弱り果てた声でガウェインが言う。

固まるミラを横目で見たフレイシスが、助け船を出そうとする。だがそれよりも早く、ミラは搾りだすように言った。

「……お断りします。殿下の恋人は私ですから」

ぼそりと、蚊の鳴くような声だ。しかし、廊下にいた全員がしっかりと聞きとった。

思い描いていた台詞とは違う言葉を放った瞬間、ミラは愕然とする。その直後に、頭を掻きむしりたいほどの後悔に襲われた。

（言ってしまった……！　堪えなきゃいけなかったのに……！）

今この場でミラの脳内を占めるのは、紛れもない嫉妬だ。リリカに、フレイシスを取られたくない。これほど強い気持ちが胸の中でほとばしり想定外のことを口走ったことに、ミラは自分で一番驚いた。

(どうしよう、どうしよう、どうしよう……⁉　いや、覚悟を決めろ！　私！)

ミラの頭頂部に、フレイシスから痛いくらいの視線が突き刺さる。ガウェインは前日の令嬢たちを彷彿とさせる浮ついた歓声を上げた。

「……何それ」

リリカはガウェインと対照的に仄暗い表情で呟くと、次の瞬間気炎を揚げた。

「昨日のお茶会では二人が付き合ってるなんて言ってなかったじゃん！」

「申し訳ありません。聞かれませんでしたし、あまり人に言いふらすことでもないかと思いまして。ただ、今はパートナーをお譲りできない理由を説明しなくてはと思い、お答えしました」

挑むようにミラは言った。

思えばリリカが転移してきてから、初めてここまで真っすぐに彼女を見据えた気がする。

リリカから溢れる物々しい雰囲気に気がくじけそうになったが、ふと頭にフレイシスの手がポンと乗り、意識がそれた。見上げれば、陽だまりのような眼差しのフレイシスがこちらを見下ろしていた。

嬉しいと彼の顔に書いてある。フレイシスは子犬を慈しむような優しさでミラの髪を存分に撫でてから、そのままミラの肩を引き寄せリリカに向き直った。

「そういうことです。だから僕はミラにだけ特別な呼び名を許しているし、パートナーに選んだ」

「は？　そんなの納得できるわけ……っ」

「ミラ！　例の予約、無事に取れたぜ！　っとぉ……」

リリカが現れた方とは逆の曲がり角から、ジョットが走ってきた。しかし取りこみ中と分かるなり振っていた手を下げ、その場で急ブレーキをかける。

「お邪魔しましたか……って、え？」

フレイシスに苦手意識のあるジョットは彼の姿を認めるや否や大柄な身体をペコリと折ったが、上機嫌なフレイシスを二度見した。それから小声で呟く。

「え……怖……。鼻歌を歌いそうな殿下は初めて見るわ……」

「じょ、ジョットくん、わざわざありがとう」

エリーテの移送の件についてリリカに知られるわけにはいかないミラは、焦ってジョットの腕を摑みリリカから遠ざけた。

「私が金剛宮にいるってよく分かったね？」

「ああ、真珠塔に戻ってきてから報告してもよかったんだが、アンタが大荷物でへばってるんじゃねえかって、真珠塔の奴らが心配してたからよ」

「ああ……大丈夫。殿下とガロ様が手伝ってくれたから」

「殿下と騎士様に何させてんだ、アンタは」

取りこみ中と察したジョットがフレイシスとガウェインから荷物を受け取り、代わりに返却してくれることになった。彼が去っていくのを見届けてから、フレイシスはガウェインを振り返る。

「ガウェイン、リリカ様をお部屋までお送りしろ」

「承知しました。リリカ様、参りましょうか」

「……っ納得いかない！　リリカ、フレイシス様とミラ様の関係に納得してないって王様に言うから！」

ガウェインの手を弾き、リリカは昂《たかぶ》った声で言った。

「ご自由に。……ですが……言ってどうなさるおつもりですか？　父上に言ったところで、何も変わらないと思いますが」

フレイシスがすげなく言うと、リリカは顔を真っ赤にして怒った。

「……変わるわよ！　だってフレイシス様にはリリカのがいいに決まってるじゃん！　リリカ、聖女だよ⁉　それにずるい！　フレイシス様といい、ガウェイン様といい、さっきのジョットさん？だって……ミラ様の周りにばっかりいい男が集まって、チヤホヤされててずるい！」

「へ……」

思いがけない発言に、ミラはつい開いた口が塞がらなくなった。ずるいって何だ。

「別にチヤホヤなんて……」

「ミラ様よりリリカの方が可愛いのに！　リリカの方が若いし、ＪＫだし、聖女なのに、何でアンタみたいなダサい女に……！」

「リリカ様」

首筋に刃物を押し当てるような冷たい声が、フレイシスから降ってきた。氷塊を喉に詰められたような心地すらする冷たさに、さすがのリリカも押し黙る。

これは、あの時と同じ声だとミラは思った。ミラに断罪を言い渡した時と同じ鋭さをたたえた、容赦のないフレイシスの声。

「たとえ聖女様であっても、それ以上ミラを侮辱する発言は許しませんよ」

「あ……」

言の葉を紡ごうとするリリカを睥睨し、フレイシスはミラの肩を抱いて踵を返す。

「ミラ、行こうか。ガウェイン、後は任せる」

「え、あの、殿下……」

躊躇うミラの隣で、ガウェインが一礼しリリカの背中を押す。無理やり引き離され、ミラはフレイシスに肩を抱かれたままリリカとは逆の方向に歩かされた。振り返ってみたものの、俯いたリリカの表情は見えない。

震える両手に視線を落とし、今度こそ本当にヤバイとミラは思った。

あんなにリリカを警戒していたのに、その努力も一瞬で水の泡だ。もう一度時間逆行の魔法が使えるなら、時を戻したい。

けれど――時を戻しても、また自分は怒りと嫉妬を止められない気がする。フレイシスのことになると平静を失ってしまう自分は、リリカにフレイシスとの関係を告白するという愚行を、きっとまたしてしまう。彼のことを愛している限り。ミラはそう思った。

(いつの間にこんなにもフレンのことが好きになってたんだろう……)

タイムスリップしてから時間をかけて、彼の優しさや努力を目にしてきた。そして培われた愛は、自分をよく見せるためにフレイシスを利用し、恋人にしようとするリリカの根性を許せなかった。

堪えなきゃいけないと頭では理解していたのに、そんな子に、彼は絶対に渡したくないと思ってしまったのだ。

（恋って、人を馬鹿にするなぁ……）

まさか自分の弱点が恋とは思わなかった。恋は盲目と言うが、それによって自らを窮地に追いこむなんて、愚かにもほどがある。自分の命の砂時計がサラサラと流れていく感覚に、ミラは怯えた。

（唯一の救いは、現状陛下とリリカの仲が良好であること……。何としても今のうちに、エリーテの移送を済ませなきゃ……）

リリカの姿が完全に見えなくなってから、ミラはフレイシスを盗み見る。フレイシスの眉間には珍しくしわが寄っていた。彼もまた、ミラとは別の意味でリリカに怒っているのだろう。

ミラは立ち止まって口火を切った。

「……フレン、何か複雑な顔してるね……」

「言わないで。ミラが僕を恋人だって宣言してくれて嬉しい気持ちと、僕の大切な恋人が罵られた怒りが、ない交ぜになってるんだ……」

立ち止まったフレイシスは壁に背を預け、片手で顔を覆って言った。

彼らしくない仕草だ。しかし、ミラはフレイシスの言葉を受けて温かい気持ちになった。顔を覆ったままの彼を、下から覗きこむ。

「私の代わりに怒ってくれて、ありがとう。それから……嬉しいって言ってくれて、嬉しいよ」

十代で科学者になりエリーテを発見して一躍時の人ともてはやされた自分が、ここまで愚かな行動を取ってしまったことに失望した。が、それによってフレイシスが喜んでくれたのなら不幸中の幸いだ。

「あはは……馬鹿だね、私。リリカ様にフレンを取られたくないって嫉妬しちゃって」

首の後ろを掻き、照れ隠しに苦笑を浮かべる。と、次の瞬間、ミラの背後の壁がパクリとドラゴンの口でかじられたように消えさった。魔法陣の浮くフレイシスの手によって。

「……へ？」

何が起きたのか分からず、ミラの頬を冷や汗が流れ落ちる。フレイシスが、らしくもなく慌てて言った。

「ご、ごめん。気持ちが昂ってつい魔法が出た……。ミラが初めて嫉妬してくれたのが嬉しくて」

そう言うフレイシスの頬は、緋色に染まっている。どうやら嬉しさのあまり魔法を発動して、壁を吸いとってしまったようだった。

「……そんな気軽に壁って吸いとれるものだっけ……？」

相変わらずの魔力だ。ミラはフレイシスの魔法の威力に若干ぞっとしたものの、同時に真っ赤になった彼を可愛いと感じる自分は重症だとも思った。

「フレン、魔法を使ったならあとでエリーテを摂取してね」

「……かっこ悪いな」

「ちょっとね。でも可愛いよ」

最初は恐怖の対象だったフレイシスを、まさか可愛いと思う日が来るなんて。魔法陣の光が消えたフレイシスの手を握ってミラがクスクス笑うと、彼はミラへ顔を寄せた。

フレイシスの不満を表すように、カプリと下唇に嚙みつかれる。そのまま啄《ついば》み吸いつかれると、ミラに彼を笑う余裕は一瞬でなくなってしまった。

今度はミラが熟れたリンゴのように真っ赤になる番だった。赤くなったミラの目元を愛しげに指で擦りながら、調子を取り戻したフレイシスが言う。

「でも意外だったな。ミラは誰にも付き合っていることがバレたくないみたいだったから、嫉妬しても自分からリリカ様に僕との交際を打ち明けるとは思わなかった」

「……私も予定にはなかったよ」

ミラは胃が痛くなりながら言った。

（タイムスリップ前とは違う私の発言が、どれほどの影響をリリカに与えてしまったんだろ……）

今後の展開にひどく響く気がしてならない。前回陥れられた時だって、特に関わりがなくても一方的に嫌悪されていたくらいなのだから、今回の失言は明らかにリリカの憎悪を駆り立ててしまったに違いない。

怯えるミラへ、フレイシスは腕を組んで逡巡《しゅんじゅん》してから言った。

「……杞憂《きゆう》かもしれないけど、リリカ様に何か言われたらすぐに教えるんだよ、ミラ。彼女は——何か、危うい感じがする」

ミラは弾かれたようにフレイシスを見た。フレイシスから見ても、リリカはそう見えるのか。背中を押された気分になり、ミラは口を開きかける。

「あの、フレン……っ！」

言ってしまおうか。リリカが、タイムスリップ前にした悪行を。

しかし、証拠もないのにどうやって信じてもらえばいいのかがミラには分からなかった。どんなに言葉を尽くして伝えても、この時間軸でのリリカはまだ王を暗殺していないし、するつもりなのかも分からないのだ。確証なんて一つもない。

だからまだ起きてもいない事件をフレイシスに伝えることなんて、できない。

（タイムスリップしてきたの、だから分かるのって、私の言うことを信じてなんて……）

根拠と証拠がなければ理論は証明できない。科学者のミラが、常々苦しんでいることだ。

「ミラ？　どうかした？」

「ううん……何でもない」

ミラは迷ったが、結局口を噤んだ。フレイシスは黙りこんだミラを思うところがある様子で少しの間眺めていたが、顎に手を当てて言った。

「昨日のお茶会では、リリカ様にさっきみたいな暴言は吐かれなかったかい？　子供っぽい方だとは思っていたけど、まさかあそこまでとは思わなかった……」

「いや、そんな……」

リリカからの暴言なんて、いくらでも我慢できるし気にもしていない。

気になるのは、彼女の今後の動向のみだ。

これ以上の愚策は許されない。気を引き締め直さねばならないと、ミラは己に戒めるように言い聞かせた。


金箔やダイヤモンドでふんだんに装飾された金剛宮をリリカは走り抜ける。ガウェインの制止が飛んだが、怒りに任せた足は止まらなかった。

「リリカ様、お止まりください！　その先は陛下の執務室です！　いくら聖女様といえど、そこへの勝手な立ち入りは禁じられています！」

「だったらどうするの？　リリカの言うこと聞かなきゃ、リリカ、聖女の役目を果たさないよ」

憤激したリリカはガウェインを脅し、勝手に執務室の扉を押し開けた。

樫の扉の向こうで、大きな執務机にかけた王がゆったりと目線を上げる。

「これはこれは……リリカ殿、何の用か」

「王様ぁ。お願いがあって来たのぉ」

リリカは猫撫で声でおねだりをした。彼女の変貌ぶりにガウェインがぎょっと後ろに下がる。

「も、申し訳ありません。陛下……。お止めしたのですが……」

「よい。煩わしいからと扉の前に警備の者をつけておらぬ我が悪かった」

「陛下も殿下も、護衛がいなくともご自分の固有魔法で大方解決できますもんね……」

ガウェインは少し寂しそうに言った。王はライオンのような見目で豪快に笑う。

「外での公務以外は、護衛がいると肩が凝るのでな。して、お願いとは何だ？　リリカ殿」

インク瓶につけていたペンを置き、王は両手の指を組んで尋ねた。リリカは待ってましたとばかりに執務机まで近寄ると、あざとい上目遣いで訴える。

「ねえ、王様は知ってたの？　フレイシス様とミラ様が付き合ってるって」

「ああ。報告は受けておる」

「……そう。じゃ、別れさせてよ。リリカもフレイシス様が好きなの」

「な……っ。リリカ様！」

扉の前で控えていたガウェインが思わず口を挟む。しかし、王の鷹《たか》のような視線を受けて押し黙った。王は特に驚いた様子もなく聞いた。

「リリカ殿は、どういった意味で我が息子を好いておるのかな？　横に侍《はべ》ることができれば自慢できる故？　それとも、異性として好いておるのだろうか？」

「どっちもに決まってるじゃん！　自慢できるから隣に置きたいし、格好いいから異性として好きなの！　ねえ王様……」

リリカは王様の逞しい腕に縋った。

「王様からもフレイシス様に言ってぇ。ミラ様と別れて、誕生パーティーではリリカをパートナーにするようにって！」

「交際はともかく、パーティーにはリリカ殿と出席するようフレイシスには言ったが……もしやフレイシス、我に黙って先手を打ったか。ミラはパートナーとして出席すると受け入れたのか？　目立つのは好まなさそうだが」

王は少し意外そうに言った。

「そうだよ！　リリカを差し置いて……あり得ないよねぇ⁉」

「まあ……ミラ本人が承諾したのであれば……パートナーはミラでもよいか」

腕を組んだ王は、うんうんと何度か頷いて言った。リリカは眉間にしわを寄せる。

「王様！」

「ミラは王家の救世主として、国民人気も高いからな。フレイシスがリリカ殿を選ばぬというなら、ミラでもよかろう。ガウェイン、一度ミラと二人でゆっくり話す機会を設ける。あやつは引っ越し準備に追われているようであるし、我もしばらくは仕事が立てこんでいる故難しいが……。見よ、この書類の山を。エリーテ関連で保護する魔法動物の認可や各領でのエリーテによる魔物の討伐報告。目を通す書類で執務室が埋もれるわ。魔法動物についてはお主にも手伝ってもらうぞ」

「承知しました」

グリフォンやサンダーバードの絵が描かれた書類を見下ろし、王はげっそりした様子で言った。

ガウェインが答えると、王はリリカに向き直った。

「――――時に聖女殿」

「な、何……？」

王の声色が変わったことに気付き、リリカは王から半歩離れた。王は笑みを携えて尋ねる。

「聖女の力を発揮するのは、いつだろうか？」

「え……でも、まだリリカが来て、五カ月も経ってないよ……」

「逆だ」

肺腑《はいふ》に響くような声が言う。ビリッと電流が走ったような威圧感に、リリカは背筋を伸ばした。

「もうそれほど経っている。歴代の聖女は転移してきた初日や、遅くとも三カ月以内に何かしら聖女としての力を示してみせたと記録に残っているが……リリカ殿はいつになったら聖女の力を我に示してくれるのか」

「そ、んなの……まだ分かんない。そんなすぐに開花するものじゃないよ、ねえ」

「では、まだ自分の秘めた力が何なのかも分かっていないと？」

「だ、だって」

「何か努力はしたのか？」

畳みかけるように言われ、リリカは胸の前で両手を組んだ。

「ど、努力？　まぁ頑張るとは言ったけど、だって、聖女の力なんて、ある日突然使えるようにな
るんじゃ……」

「そのある日、とは、いつだろうか。あとひと月も待てば使えるのか？」

「そんな確証あるわけないじゃん！」

「ならば」

王の三白眼が細められる。リリカは肌に霜が降りるような心地がした。

「我は、努力もしないただの小娘に散々投資したというわけか？」

「――――は……」

リリカはドレスの裾を握りしめて言い返した。

「だ――だって、王様が勝手にリリカに貢いだんでしょ！　リリカが聖女だから！」

「勘違いをするでないぞ、聖女殿。我はお主が聖女だから投資したのではない。聖女の役目を果た
してもらうために投資したのだ。見返りがないなら、小娘相手に血税を無駄になどしない！」

キッパリと言い捨てられ、リリカは飼い犬に手を噛まれたような顔をした。二の句が継げないリ
リカへ、王は追い打ちをかける。

「……リリカ殿、このままでは、お主を聖女とは呼べぬな。これではむしろ――――偉大な発見を
したミラの方が、よっぽど聖女という称号が相応《ふさわ》しい」

「――――あの女が聖女？」

喉元で散らばっていた言葉を拾い集め、ようやくリリカが声を発した。奇妙に掠れた声だ。

「リリカじゃなくて、あの女が……？」

「どうか我や民から失望される前に、聖女としての成果を上げられよ。リリカ殿、ティタニアの民は皆、リリカ殿に期待しておる。でなければ――――我の固有魔法『次元転移』で、リリカ殿を元の世界に戻す羽目になるだろうて」

王が静かに言う。この五カ月近く、もう十分に甘やかしてきたのだから、そろそろ真価を示す時だ。王は葉っぱをかけたが、リリカが返事をすることはなかった。

ただ、底の見えない射干玉の瞳で、リリカは織の細かい絨毯を見つめる。リリカの胸の中で静かに――――けれど大きく、黒いシミが広がった。王と、ミラを塗りつぶすほどの。


勉強なんて可愛ければできなくてもいい。嫌いなことなんて何一つしたくない。好きなことを好きなだけして、誰からも甘やかされたい。

生まれてから十七年、そう思ってリリカは生きてきた。

小説や漫画でよく読む異世界転移の話では、登場キャラは努力しなくても特別な力を得ていたし、チヤホヤされていた。それが羨ましくて、何度自分も異世界転移を夢見ただろうか。

だから実際にそれが叶った時、世界は自分を中心に回っているのだと確信し、歓喜した。

聖女という称号も苦労せず手に入れることができたのだ。だから、自分は特別で敬われて当然で、自分のために周りが存在しているはずだ！　そう信じて疑わなかった。

「……なのに、あのオヤジ……許せない……。リリカより、あのクソダサ女の方が聖女に相応しい？　耄碌《もうろく》してるんじゃないの……。リリカこそが一番に決まってるじゃん……」

噛み続けて肉の盛りあがった親指の爪をむしり、リリカが呟く。

王の執務室で叱責を受けてから一週間。リリカは紅玉宮の自室で、金箔押しのドレッサーの前に座っていた。曇り一つない鏡には、こめかみを引きつらせたリリカが映ってこちらを睨んでいる。

「ちょっと、いつまでリリカのこと待たせるの⁉　さっさと髪を梳《と》かしてよ！」

ブラシや髪飾りの準備をするメイドを怒鳴りつけ、八つ当たりする。金糸を織りこんだリボンを手にしたメイドが、慌ててリリカの艶やかな黒髪を掬った。

「て、手間取ってしまい申し訳ありません、リリカ様……」

「いたっ。もっと丁寧に触ってよ！　もういい、このグズ女。ねえ！　他の人がして」

叱り飛ばされたメイドが下がる様子を、鏡越しにねめつける。メイドは何度も何度も深く頭を下げてその場を後にした。

しかし、リリカと距離が開いたから油断したのだろう。続きの間を横切って扉を開けた彼女は、外で控えていたメイド仲間へぼやいた。

「我儘すぎ……。何が聖女様よ。まだ何も聖女らしい手柄を立てていないじゃない」

「このまま聖女として役に立たないなら、陛下が追いだしてくださらないかしらね……」

扉が閉まりきる前に、メイドたちのそんな会話が滑りこんでくる。

「そういえば聞いた？　フレイシス殿下が、ミラ様をダンスのパートナーにお誘いになったって話。

お似合いよね、ミラ様って化粧っ気がないけど美人だし」

「分かる！　気取ってないし、リリカ様よりずっといいわ！」

扉が閉まって声が聞こえなくなるなり、リリカはドレッサーの鏡に拳の側面を打ちつけた。パリンッと音を立てて鏡が砕け、部屋に残っていたメイドたちは悲鳴を上げる。

「リリカ様……！　お怪我はございませんか⁉」

「大変申し訳ございません。先ほどの者たちは、リリカ様のお世話係から外させますので……！」

リリカの拳から鮮血が滴り、絨毯に点を描く。ジクジクと痛む手から血が滴る度、リリカの中で憎しみが増していった。頭がガンガンと痛み、熱い。

（リリカをせっつく王様も、リリカより人望のあるミラ様も……死んじゃえばいいのに……）

そんな願望が、頭の中で何度も木霊《こだま》する。そうだ、二人が死ねば、自分の心は穏やかでいられる。王に手柄を立てろと急かされることもないし、ミラにフレイシスを取られることもない。

胸の中に芽吹いた凶悪な感情は、ゆっくりと、しかし着実に花開く。

（そうよぉ……二人とも死ねばいい。王様が聖女に対して国が傾くぐらい貢ぐのは当然でしょ？　リリカの我儘を聞いて当たり前でしょ？　リリカがもてはやされるのは必然のはずでしょ？　好かれるべきはミラ様じゃない。リリカなんだから‼）

絨毯に散らばった鏡の破片が、聖女とはほど遠い凶悪な表情をしたリリカを映しだす。

年若いメイドは、破裂寸前の風船に触れるような手つきでリリカの手を取り、消毒を始めた。どのメイドも、次は自分が叱られるのではないかとビクビクし、リリカと目を合わそうとしない。それがまたリリカの癇《かん》に障った。

「何で元いた世界でもこっちの世界でも、リリカの思い通りにならないの……。リリカの何がいけないって言うのよ……」

己の性格を棚に上げ、リリカが呻く。そんなリリカの機嫌をとろうと、手当てをしながら若いメイドが言った。

「リリカ様。護衛のノーティス様に以前、国中の美男子を集めるよう命じておられましたよね？」

ノーティスはリリカが顔だけで採用した護衛の一人だ。先日のお茶会で機嫌を損ねたリリカを抱きあげ部屋まで送った、痩身の男である。

「それがどうしたの」

「方々《ほうぼう》に声をかけ、魅力的な殿方たちを集めてくださったそうです。すでに王宮内に招いておりますので、リリカ様のご支度が整えばいつでもお呼びできますが……」

「本当？　イケメンを集めてくれたなら早く言ってよぉ！　さっさと手当てを終えて、早くリリカをいつも以上に可愛く仕上げて」

リリカは足を揺らして機嫌を上向ける。そうだ、自分はチヤホヤされるべき存在なのだ。止血された手をまっさらな包帯で巻かれながら、リリカは思った。

しかし――――胸の中で花開いた、憎しみは枯れない。それは嫉《そね》みや妬みを養分にして、大きな毒の花を咲かせている。その黒く禍々しい感情は、王とミラがいる限り、永遠に咲き続けるのだ。

気を取り直して、自室にお茶の用意をさせ、リリカは三人掛けのソファの真ん中にかける。ツヤツヤのツインテールを揺らし、彼女はノーティスが集めたイケメンたちの入室を待った。

「そうよ、リリカは特別なんだから周りを華やかなイケメンに囲まれてないとね。フレイシス様クラスの正統派美男子は中々いないとしても、爽やかなガウェイン様とか、ワイルドなジョットさんレベルのイケメンは当然いてくれないと……」

ひとりごちて、リリカはティーカップのお茶をすする。ノックの音がしたので入室を促すと、ノーティスが七人ばかりハンサムな男を伴って入ってきた。

どの男性も系統はバラバラだが、確かに顔が整っている。姿勢がよく小麦色の肌が魅力的な偉丈夫や、リリカが元いた世界のアイドルのように甘い容貌の美男子、目元が涼しげでクールな青年、寡黙でメガネがよく似合う貴公子などが、リリカの目を楽しませた。

部屋に通された男性陣は、聖女のリリカに対し畏れ多そうに、しかしうっとりとした目を向ける。招かれた男性たちは皆、噂の聖女に呼ばれたことをこの上なく光栄に思っている様子だった。

男性たちはソファにかけるなり、時計回りに自己紹介と挨拶を述べていく。

「ティタニアの光である聖女様にお招きいただき光栄です。私はディスドーニ家の……」

「リリカ様。私はレッテ領の統治を任されております、ハーベルと申します。リリカ様のお声は、天上の調べのように耳に心地よいですね」

「宝石よりも輝き魅力的と聞き及んでおりましたが、噂以上の美貌に恐縮しております。私はアメリア学院の首席で、卒業後は王宮の……」

王宮直属の魔法士や名門貴族の公子など、肩書も優れた者ばかりだ。

そうそうたる男性たちが、皆自分に夢中な様子で自己紹介してくるのが楽しく、リリカは上機嫌で聞き入った。最後に、リリカの隣に座る青年の番になる。

その青年は堂々と自己紹介した他の男性たちと違い、明らかに緊張している様子だった。ソファに背を預けることもなく、両手は膝の上に置いたまま口を結んでいる。生真面目で不器用そうだが、オリーブブラウンの髪を一つに束ねた横顔は、鼻筋が通っていて美しかった。

「貴方のお名前はぁ？」

リリカはその青年の手に自分の手を重ね、甘えるように尋ねた。リリカの手が触れただけで、初《う》心《ぶ》な青年は頬を赤く染めて飛びあがる。その反応に、リリカは気をよくした。

「あ、ぼ、僕……いや、私は……」

「話しやすい口調でいいよ？　リリカも敬語上手じゃないから、王様相手にもタメ口だし」

「いえ、そんなわけには……。あの、でも、はい……僕は、ヨルクです。ヨルク・テリトッサ」

「ヨルクは何してる人なの？」

「僕は……」

ヨルクは周囲の高貴な男性たちを遠慮がちに見てから、恥じ入ったように視線を下げた。

煌びやかで仕立てのよい服やティタニアの紋章が入った制服を着ている他の男性たちとは違い、ヨルクの服装は襟が伸びたシャツと色の褪《あ》せたズボンだ。顔が整っているため清潔感こそ保たれているものの、高貴な身分とは思えない身なりをしている。

おそらく、リリカに会うために持っている服の中でも一番小綺麗なものを選びはしたのだろうが、それがこれでは、彼が庶民だと物語っていた。

本当に、顔だけが整っているためこの場へ連れてこられた様子だ。

「ねえ、聞いてるんだけど？」

痺れを切らしたリリカが急かすと、ヨルクは観念したように言った。

「あの、運送業を営んでいます。テリトッサ運送っていう」

「うん？　社長的な？　それともオーナー？」

リリカが問うと、最初に挨拶したディスドーニ子爵が失笑した。目を細めたリリカに、子爵は目尻を濡らす涙を指で拭いながら謝った。

「申し訳ありません。リリカ様。彼の言うテリトッサ運送とは、家族経営の小さな店ですよ。私も一度利用したことがあります。有名でもなければ王室の御用達でもないので、リリカ様がご存じなくて当然ですね」

「その節は、ご利用ありがとうございました……。ディスドーニ様の仰る通り、僕は荷物の運搬を請け負っています」

首元まで真っ赤にして、ヨルクは細々と言う。リリカは白けて言った。

「何それぇ、しょぼくない？」

同席していた他の男性たちからも嘲るような笑いが漏れる。ヨルクは眉を下げて言った。

「……しょぼい、ですか……。確かに僕の職業は、他の方々のように立派でも、華やかでもありません。でも、うちは代々……」

「家族で営んでるんでしょ？　リリカ、そういうパパにぶら下がってる的なの嫌いだな」

「違います。うちは何代も家族全員で支え合って……」

「顔はいいのに、残念。ダサすぎ。ノーティス、連れていって。リリカこの人もういい〜〜〜」

扉の前で後ろ手を組み控えていた護衛に、リリカは振り返って言う。

馬鹿にされたヨルクは、ノーティスが動く前に拳を固く握って叫んだ。

「ですが、ミラ様は！　かの有名なミラ・フェルゴール様は、うちを買ってくれています。ジョット様から、ご依頼が入った時にそうお聞きしました！」

「あのエリーテを発見したミラ・フェルゴール様か……？」

子爵はたまげた様子で言った。リリカは柳眉をひそめ、低く唸るように言う。

「ちょっと、何でこのタイミングであの女の名前が出てくるわけ」

「それは、王家の救世主様であるミラ様から、エリーテ移送の依頼を受けたからです！　同僚のジョット様を通してですが……真珠塔から新しい研究施設へのエリーテの移送を、ミラ様は他でもないうちに依頼してくださったんです！　うちの実績を認めてくださったからです」

家業を馬鹿にされてよほど悔しかったのだろう。本来ならば客の個人情報を漏らすことはご法度だが、ヨルクは胸を張って誇らしげに言い放った。

室内にいた男性たちは、いまやエリーテの発見者として名を知らぬ者のいないミラの選んだ店と聞くなり、ヨルクを見る目を変えた。しかし、リリカだけは違う意味で目の色を変えた。

「ミラ様が、エリーテの移送をアンタに……？」

ややあってから、リリカは囁くように尋ねた。ヨルクは勢いづく。

「ええ。とても光栄なことです。何せエリーテは、魔力と結びつけばその魔力を無効化する危険物質でもある。危険物の運搬に慣れたうちの実績を見こんで頼んでくださったんですよ」

「……ああ。フレイシス様に効いたってやつね。魔力の無効化ってことは、フレイシス様だけでなく、魔法が使える人間なら誰にでも効くんだよねぇ？」

「え……？　ええ。おそらく」

ヨルクが答える。他の男性陣が口々に、

「先ほどの非礼を詫びるよ。見直した」

「エリーテの移送を任されるなんて素晴らしいことだ」

と言い始めたので、ヨルクは溜飲を下げた。

「極秘なので、ご内密にお願いします……」

部屋の中にいた全員に、ヨルクが秘密を守るよう頼む。リリカはそんな彼らの様子を眺めることもなく、俯いて思案を巡らせた。

ある程度思考が固まると口元に嫌な笑みを浮かべ、ノーティスへ声をかける。

「ノーティス！　もう一つ頼んでいた情報はゲットしてる？」

「はい。茶会の日にリリカ様から頼まれました、ミラ・フェルゴール様の情報ならここに」

ノーティスは制服の懐から、書類を取り出して言った。

受け取ったリリカはそれに視線を落とす。自身の聖女の能力については米粒ほども分かっていないリリカだが、言語能力だけは転移時に授かっていたため文字を読むのに苦労はしなかった。

書類の隅から隅まで目を通し、リリカはぽってりとした女性らしい唇の口角を上げる。聖女とは言い難いが、毒のように危険な魅力を孕《はら》んだ笑顔だ。男性たちはリリカに釘づけになった。

リリカは書類をテーブルに投げだし、丈の短いドレスから覗く白い足を組んだ。

「ノーティス、じゃあ次。王様がミラ様と話し合うそうなの。それがいつなのか調べて」

ノーティスが承ると、リリカは歌うように言った。

「うふふ。いいこと思いついちゃった。――――ねえ、ヨルク」

リリカはヨルクを横目で見ると、彼の整った輪郭を意味ありげに撫でた。清楚《せいそ》な見た目のリリカには似つかわしくない妖艶さを感じ、ヨルクはぞくりとした興奮に唾を飲みこむ。

ヨルクにとってリリカは自分を馬鹿にした女性であると同時に、これまで出会った中で一番蠱惑《こわく》的《てき》で、目を奪われる魅力の持ち主だった。

「お願いがあるの。二人だけで話したいなぁ」

「僕と……ですか……？」

ヨルクは目を丸め、ドギマギした様子で言った。

他の男性たちは、招集されたメンバーの中で一番ステータスの低いヨルクをリリカが気に入ったことにどよめく。ヨルク自身信じられないのか、何度も目を瞬いた。

「ノーティス、二人だけにして。アンタも出ていってね」

「しょ、承知しました。では、皆様……」

聖女のリリカに逆らう者はいない。リリカの蝶のような魅力にあてられ名残惜しそうな者もいたが、皆粛々とリリカの指示に従った。

広い部屋に二人残され、ヨルクは借りてきた猫のように大人しくなる。

自分より上背のあるヨルクに跨《また》がり、リリカは彼と向かい合って微笑んだ。

「さっきは意地悪を言ってごめんね？　リリカ、聖女だもん。許してくれるよね」

ヨルクの首元がよれたシャツを細い指でなぞり、リリカは彼の唇ギリギリまで自身の唇を寄せて囁く。ヨルクの喉が鳴る音を聞き、リリカは不敵な笑みを浮かべた。

「……リリカは聖女なんだから、功績を上げないとね」

距離が縮まると、リリカの甘美な匂いに脳が痺れてヨルクの思考は追いつかなくなる。仕事一筋で女性への耐性がないヨルクには、正常な判断ができないほどリリカの誘惑は刺激的だった。

紅茶に混ぜた蜂蜜よりも甘い声で、リリカはヨルクに願い事を告げる。蜘蛛の巣に捕らわれたように身じろぎ一つできないヨルクは、リリカのお願いを引き受けた。

熱に浮かされたようなヨルクを帰すと扉を閉め、リリカはそこに背を預ける。それから「うふふ、やばぁい」と、こみあげる笑いを殺せずに腹を抱えた。

「リリカにひどいことを言った王様なんていらないし、リリカの価値を下げてるミラ様もいらない。じゃあ、二人ともいなくなれば、リリカって、幸せなんじゃない？」

リリカの高笑いが響く。ミラのあずかり知らぬところで、死への歯車が一層大きく回り始めた。


王都を彩っていた桜が週末から続く雷雨でとうとう散り、いよいよ新緑の匂いが身体に染み渡る季節がやってくる。

髪をさらう涼風が心地よく、一年で最も過ごしやすい時期だが、ミラにとっては緊張を強いられる時期だ。タイムスリップ前に王が暗殺された日、そしてミラが処刑になった日が、刻々と近付いている。

そんな中、エリーテの移送日が王の謁見と被ったのは、ミラにとって誤算だった。

「急すぎるよ……」

王の印が押された手紙をヒラヒラと振り、ミラは肩を落とす。手紙にはフレイシスの誕生パーティーについて話があるため謁見の間へ馳せ参じるように、と記されていた。なんてタイミングだ。

しかし、移送日は以前より決めていたため急にキャンセルはできない。

謁見があるならエリーテの受け取りは別の者に任せて真珠塔にいるようジョットに勧められたが、こればかりは自分で全うしたかった。

何しろタイムスリップしてから約三年、ずっとエリーテのことで気を揉んできたのだ。無事に移送が完了するのを研究施設で見届けないと、ミラの気が済まない。

幸い、エリーテの移送は午前で、王との謁見は午後だ。研究施設でエリーテを受け取ってから王宮へ向かっても間に合うだろう。そう踏んだミラは現在、エリーテの到着を待っていた。――ガウェインと二人で。

ひっそりとエリーテを移送したいが、自分一人だけで受け取るのは何か起きた時に対処しきれなくて不安だとフレイシスに漏らしたところ、

「ガウェインを貸すから好きに使っていいよ」

と快く言われたのだ。

ガウェインに会うのは、金剛宮でリリカと鉢合わせした時以来である。多忙な彼に受け取りの立ち合いを頼むのは気が引けたが、リリカを金剛宮から部屋に送ったガウェインが何か情報を持っているかもしれないという下心が湧き、ミラはフレイシスの言葉に甘えてしまった。

「初めて足を踏み入れましたが、立派ですね」

施設の内部を見学し終えたガウェインは、少年のようにキラキラした面持ちで言った。

完成した研究施設は大聖堂のような見た目をしており、いくつものアーチ型の窓と左右対称の尖塔が目を引く建物に仕上がっている。建物内は実験室や材料の保管庫、研究員の休憩室に仮眠室まで揃っており、エリーテの保管場所は地下の隠し通路のさらに奥を予定していて、セキュリティも完璧だ。

そして茨模様の高い柵がめぐらされた敷地内には、建物まで馬車道が続いていた。

ミラは休憩室のアーチ型の窓から、馬車道を見下ろす。荷馬車の到着が今か今かと待ち遠しい。先ほどから机上に置いた小瓶の角砂糖をかじっては、落ちつきなく窓の外を見つめるのを繰り返していた。

ちなみにスタート地点の真珠塔では、ジョットがエリーテを業者に引き渡す役目を担っている。

(まあエリーテの移送は、私とジョットくんとフレンとガロ様、あとは頼んだ運送業者しか知らないから、途中の荷馬車が事故に遭わない限り大丈夫とは思うけど……)

実際に届くまでが不安だ。やはり自分の手で移送すべきだったか。だが、最近のミラは有名になりすぎたせいで馬車に乗るにも歩くにもとにかく目立つ。研究施設に着くまでにも散々注目を浴びたので、どのみち自力で秘密裏にエリーテを移送させるというのは不可能だった。

しかし——幸い研究メンバーの中でリリカと接触したことがある人間はジョット以外いないし、彼がリリカと特別な関係でないことも把握している。とにかく、研究施設までエリーテを移送させてしまえば安心だ。ミラはそう考えていた。

「梅雨はまだ一カ月以上先だろうに、天気が悪いなぁ」

曇天の空を見上げながら、ミラはぼやく。

「あ、そうだ、ガロ様。先日、金剛宮でリリカ様を送った際のお話をお聞きしたいんですが……」

その時のリリカに、何か異変や不穏な出来事はなかっただろうか。

が、ガウェインから話を聞く前に、窓の外から蹄が石畳を蹴る音がした。馬のいななきが風に乗って休憩室まで届く。エリーテが到着したと分かるなりミラは質問を切りあげ、逸《はや》る気持ちで玄関へ続く螺旋《らせん》階段を駆けおりた。

黒塗りの扉を押し開け、ガウェインを連れて外に出る。遠くで雷鳴が響く曇天の下、荷馬車が到着し、荷台からクリスタルのケースに入ったエリーテを業者の人間が取り出していた。

襟元をリボンで結んだ白いブラウスに深緑のロングスカートを穿《は》いたミラは、その上から羽織った白衣をひらめかせて業者の男に近寄る。

「ご苦労様」

ミラが声をかけると、オリーブブラウンの髪を一つに束ねた男――ヨルクは緊張した面持ちで顔を上げた。

「は、はい……。頼まれていたお荷物をお持ちしました」

「ありがとう――その天秤の皿に置いてくれる？」

大理石の玄関に置かれた男性の像を指さし、ミラが頼む。銅像は天秤を掲げており、その天秤の片側の皿に置けということだ。

「え……ここに、ですか？」

「その像、本当の秤《はかり》になっているの。エリーテをそこに置いてほしいな。重さを量るから」

「な、何のためにですか？」

ヨルクは両手に載るサイズのケースに入ったエリーテを、ギュッと抱えて慎重に尋ねた。ミラは白衣のポケットから取り出した手袋をはめつつ、眉をひそめる。

「何のためって……真珠塔を出た時と、ここに着いた時でエリーテの質量が変わっていないか確かめるためかな。もしも運搬中に飛び散っていたら危険でしょう？」

というのは理由の一つで、リリカに盗まれていないかの確認も兼ねている。リリカがこの世界に来てから毎日、ミラは朝昼晩とエリーテの質量を量っていた。

そして今朝は、ジョットに量るのを任せ、前日と変化がなければ予定通り業者に引き渡すよう口酸っぱく忠告してきた。そのため、ジョットはミラの言いつけを守り、エリーテに何も変化がないことを確認した上で業者に引き渡したはずだ。

なのでもし質量に変化があれば、ジョットがミラに嘘をついたか、移送中に何か問題が起きたことを示している。

「……そ、そうなんですか……。慎重なんですね」

「慎重に越したことはないと思って。何せエリーテはまかり間違えば危険な物質だし」

「そうですよね」

「……今日は陛下と謁見の用事もあってね。申し訳ないけど、早くしてもらっていい？」

中々皿の上にエリーテを載せないヨルクを、ミラが急かす。いよいよヨルクの顔色が悪くなり、彼の髪色と同じになった。躊躇いを見せるヨルクに、ミラの中で不信感が首をもたげる。

厚手の手袋をはめた手で、ミラは多少強引にヨルクからエリーテのケースを奪った。

「…………あっ」

「ごめん。量るね」

ミラはあらかじめケースの重さを加味してエリーテを量る。天秤がグラグラと傾いて不安定に揺れるのを、ヨルクは断罪を待つ処刑人のような顔で見守った。本来ならば、片側に重りの載った皿とエリーテの載った皿の重さは釣り合うはずだ。

しかし――――天秤は傾き、エリーテを載せた皿がわずかに持ち上がっていた。ミラは目を見張る。何度見ても、天秤は傾いたままだ。

ミラの全身から血の気が引き、途端に焦燥と混乱が身を焼いた。

「減ってる……？」

(何で……何で？　まさかリリカが……？　どうやってエリーテが移送されることを知ったの？)

「……傾いてますね……ミラ様」

そう言うガウェインの隣で、ミラは口元を覆った。

「エリーテの量が十グラム減ってる……。どういうことかな？　道中に何かあった？　荷馬車の中で零れたとか？」

ただの運搬ミスであってほしい。ミラは焦りを滲ませてヨルクに問う。

詰問されたヨルクは、唇を引き結んで押し黙った。その様子を見たミラは確信した。

眼前の整った顔の男は、エリーテの量が減っている理由を知っているに違いない。そして、それをあえてミラに隠しているに違いないと。

「……答えない気なら、貴方は私の信頼を裏切るということだよね。――――ガロ様」

騎士団の黒い制服を着たガウェインが一歩前に進み出る。ヨルクはいよいよ真っ青になった。

「――――も、申し訳ありませんっ」

ヨルクは結んだ髪を揺らし、大きく頭を下げた。仕事で鍛えられた身体は、哀れなほど震えている。ミラはヨルクを警戒し、白衣のポケットに入ったお守り代わりの薬瓶に手をかけて尋ねた。

「エリーテをどうしたの。量が減ってる。……貴方が盗んだの？　何のために？」

「……申し訳ありません……！」

「謝罪は肯定と取るよ。くすねたエリーテはどこにあるの？」

「……運送の途中で、リリカ様にお渡ししました」

言い逃れできないと思ったのか、それとも元来の生真面目な性格か――――ヨルクはギュッと目を瞑り、正直に白状した。

ミラは内臓がガクッと下がったような気がした。最悪のシナリオの幕が上がってしまう、そんな感覚だ。

「――――!?　リリカ様が……!?　何故だ!?　本当なのか!?」

言葉が出てこないミラの胸中を代弁するように、ガウェインが驚きの声を上げた。

「申し訳ありませんっ！　リリカ様が、どうしても実物のエリーテをご覧になりたいと……。綺麗だったら部屋に飾りたいと仰ったので……。つい、いけないことだとは分かっていたのですが、リリカ様に頼まれると、どうにかお願いを聞いてあげたくて、抗《あらが》えなくて……」

ヨルクは両手のひらを見つめ、呻くように言った。

後悔から髪をグシャリと握るヨルクに、ミラは彼らの接点が分からず問い詰めた。

「何で運送業者の貴方とリリカ様が……？　それにどうして彼女は、エリーテを移送することを知っていたの!?」

「先日とある件で王宮に招かれて、その時にお話ししてしまいました……」

「守秘義務は……っ。いや……リリカ様と面識があったってことだよね!?　一体いつから」

「つい最近です。移送の予約をミラ様からいただいたあとでした」

ヨルクが白状するのを、ミラは吐きそうな面持ちで聞いた。動悸が大きくなりすぎて、ヨルクの声が聞きとりづらいくらいだ。

（最悪だ。何のために無名の運送業者に頼んだと……王宮の御用達でも有名でもない一介の運送業者とリリカが知り合う可能性なんて、万に一つもないと思っていたのに……っ）

もし移送の現場をリリカに見られたら道中盗まれる可能性は危惧していたが、まさか運送業者のヨルク自身が籠絡されているなんて夢にも思わなかった。

ガウェインは冷たく言い捨てる。

「……貴様のしたことは重大な窃盗だ。王宮まで連行する。いいな」

「はい……」

項垂れるヨルク。しかしミラは、ヨルクに構っている暇はなかった。盗まれたことに気付けたのは不幸中の幸いだ。そして、不幸はこれから起こるに違いない。

（どうしよう、止めなきゃ……）

ガウェインはどこからともなく縄を取り出して言った。

「リリカ様には本当に手を焼かされますね……。可愛い物や綺麗な物がお好きな方ではありますが、人を使って盗ませてまでエリーテを飾りたいなんて……陛下にきつくお灸《きゅう》を据えていただかないと」

「……違う、そうじゃありません。彼女の狙いは……」

（陛下の暗殺だ!!）

ガウェインの言葉を反射的に否定し、ミラはヨルクの胸倉を両手で掴んだ。

「リリカはどこにいるの？　いや、いい。目星はついてる」

エリーテを手にしたリリカが向かう場所は、タイムスリップ前と同じルートを辿るなら王のところだろう。前回王が暗殺された日よりも時期が早いが、仮に——もしもリリカが何らかの方法で今日ミラが王と謁見することを知っているとしたら、きっとそのタイミングを逃さないはずだ。

「ガロ様、今すぐ王宮へ向かいます！」

「分かりました。この男を縛りあげるのでしばしお待ちを——」

「彼よりも今すぐ王宮へ!!　エリーテを早く取り返さないと！」

「盗んだことへのお叱りなら、謁見の際に陛下にご報告された方がリリカ様には堪《こた》えると思いますよ？」

「それじゃ遅いんです!!　お願い、今すぐ王宮に戻って!!」

ミラは蒼白になって言った。

ミラが王と謁見する頃にはすでに、王は冷たくなって床に横たわっているに違いない。ミラの剣幕を目にしたヨルクが崩れ落ちる。

「申し訳ありません。本当に、本当に……っ。なんて馬鹿なことを……。どうしてもリリカ様にいいところを見せたくて、喜んでほしくて、正常な判断ができませんでした……。僕は最低です」

「そうだね、最低だよ」

ミラは取りつく島もなく言った。

「貴方の無責任な行動で、家族で大切に営んできた店の名に傷がつくとは思わなかったの」

ヨルクは綺麗な顔を歪め、わっと身も世もなく泣きだした。いい年をした青年が泣きだす様と、ひどく焦ったミラを交互に見て、ガウェインは詰襟の中から金の笛を取り出した。

「……分かりました、ミラ様。急ぐなら、道を馬で走るよりも空を行った方がいいでしょう。緊急事態と言えば陛下もお許しくださるはずです」

「どういうことですか？」

ミラの言葉に被せるようにして、鉛色の空に向かってガウェインがピィイイッと大音量で笛を吹く。それから、彼は瞬く間にヨルクを縛りあげた。

「ガロ様、私、運動音痴なので馬には乗れないんです。馬車を……」

急かすミラに、ガウェインは空を見上げて言った。

「いえ、馬車より……。ああ早速来ましたね。ミラ様、こっちの方がずっと速いですよ」

「え……」

雷鳴に交じって、羽ばたきがすぐ近くまで聞こえてくる。視界が陰ったので空を見上げると、ミラはあんぐりと口を開けた。頭上でギョロリとした黄色い目玉が二つ、ミラを睥睨している。

五メートルもの大きさをした鷲《わし》のような鳥が、羽ばたきを繰り返していた。大の男を容易に咥《くわ》えられる嘴《くちばし》に度肝を抜かれながら、ミラは図鑑でしか見たことのない鳥の名を発した。

「さ、サンダーバード……!?」

「正解です」

ガウェインは魔法陣を足元に浮かびあがらせて言った。

獰猛に吊り上がったサンダーバードの目が、ガウェインの視線と合うなりトロンと優しくなる。猛獣使いのガウェインの魔法により、彼に懐いた証《あかし》だ。

「この子は最近陛下から認可が下りて、王宮で保護したばかりなんです。魔力過多で弱り、私が魔法で操らないと雷の制御ができないので、エリーテを摂取させるために保護しました」

「だから梅雨でもないのに週末から雷雨が続いていたんですね……⁉」

サンダーバードは雷の精霊であり、本来なら雷を自在に落とすことができる。ミラは雷雨の理由に合点がいった。が、今はそんなことどうでもいい。ミラはガウェインに向き直って言った。

「……ガロ様、まさか」

「お急ぎなら、地を行く馬よりも空を駆けるサンダーバードの方が速いですよ。さあ、乗って！」

「あああああ‼　やっぱりぃぃぃっ」

石畳に降りたったサンダーバードが、頭を下げる。ガウェインに腰を抱かれたミラは、軽々とサンダーバードの背に乗せられた。フワフワした羽毛とお尻に温かい体温を感じると、生き物に乗っている感じがまざまざと分かる。

「わ、私、運動神経が切れているんですよ？　サンダーバードなんて乗ったら振り落とされます」

「ご安心を。私がサンダーバードを操りますので」

「うわあああ。くそう、変なところで有能ですね、ガロ様！」

「前から感じてましたけど、殿下といいミラ様といい、私の扱いがひどいですよね⁉　はっ」

ヨルクを俵のように担いだガウェインは、足にバネでもついていると疑うような跳躍力でサンダーバードの背に飛び乗った。

「ミラ様、急ぐんですよね？　馬車でも私はいいですが」

「急ぎます……」

ミラは泣きそうな声で、前に乗ったガウェインの腰にしがみついた。

「でも絶対に落とさないでください……！」

「ミラ様。あまりしがみつかれると、フレイシス様に見られたら私、僻地へ左遷させられます」

今度はガウェインが情けない声で訴えた。

ピシャンッと轟音を立てて雷が落ち、ぐずっていた空からとうとう雨が降りだす。青白い稲妻が空を割る中、サンダーバードが優雅に飛翔する。

ミラは必死でガウェインの腹に腕を回し、しがみついた。大きな雨粒が頬を打つ。胃が浮くような浮遊感も耳元で鳴る風の音も恐ろしかったが、それ以上に恐ろしいのは、手遅れになることだ。

(間に合って、どうか、どうか、どうか……！)

どうかリリカの身勝手で、王の命が潰《つい》えませんように。再び処刑の道を進みませんように。

灰色の町を、サンダーバードに乗り矢のような速さで駆け抜ける。眼下で道行く人が自分たちを指さしているのに目もくれず、ミラは祈った。

一日千秋の思いで王宮に着くと、ミラは濡れたままの格好で廊下を疾走した。実際にサンダーバードに乗っていた時間は三分足らずだろう。それでもミラには十分長く感じたし、やきもきさせられた。

　ヨルクの引き渡しをしていたガウェインは、濡れているせいで廊下に点々と水たまりを作りながら走るミラの背にすぐさま追いつき、並走して言った。

「ミラ様、リリカ様の住まう紅玉宮は南ですよ？　ここは中央の金剛宮へ向かう廊下ですが……」

「それでいいんです、陛下のいるところにきっと彼女の姿はあるはずだから」

「どういうことです？」

　訝しそうなガウェインに答えず、ミラはひたすら足を動かした。

　焦燥ばかりが募って足がもつれそうになる。濡れた身体が冷えを呼んだが、それが寒さによるものなのか、恐怖によるものなのか、ミラには境界が曖昧だった。

（どうしよう、どうしよう、もし間に合わなかったら……。サンダーバードでかなり時間は短縮できた。でも、もしヨルクがリリカにエリーテを引き渡してから随分時間が経っていたら……？）

　そう思うと震えが止まらない。頭に浮かんだ王の冷たい亡骸が嫌で、ミラはギュッと目を瞑った。

　嫌だ、どうしよう、助けて！　助けて‼

「────ミラ？　どうしてずぶ濡れなんだい？」

　目を瞑った瞬間、曲がり角から現れた人物にぶつかり、ミラは薄目を開けた。豪雨の中でもよく通る凛と澄みきった声、そしてミラの濡れた肩にかかった大きな手は……。

「フ、レン……？」

「泣きそうな顔をしてどうしたの？　今日はこの時間、エリーテの移送じゃなかった？　どうしてこんなに濡れて……」

かいがいしく世話を焼こうとするフレイシスの胸に縋り、ミラは必死の形相で叫んだ。

「フレン！　陛下……陛下はどこにいらっしゃる？」

「父上なら先ほどは執務室に。でももう謁見の間に向かったかも……」

「そんな……急がないと……！」

謁見の間への最短ルートを思い浮かべながら、ミラはうわ言のように呟く。濡れて前髪の貼りついたミラの腕を、フレイシスが摑んだ。

「急がなくても、謁見の予定時刻にはまだ少しある。先に着替えた方がいい」

バケツの水を被ったように濡れて頭のてっぺんから足の先まで震えるミラにフレイシスが言う。同じく濡れ鼠《ねずみ》のガウェインが口を挟んだ。

「それが、火急の用で。実はエリーテが一部、リリカ様に盗まれたんです」

「リリカ様がエリーテを？」

目をむくフレイシスに、ミラは白衣のポケットに押しこんできたエリーテをケースごと見せた。

「……摂取すれば魔法士の致死量を超える十グラムも盗まれたの……！　このままじゃ陛下のお命が危ない。早く止めないと、リリカに陛下が……！」

王が殺されてしまう、とは口に出すのも恐ろしい。しかし行間を読みとったフレイシスは、眉根を寄せて言った。

「どういうことだ？　落ちついてミラ。父上の命が危険って……まるでリリカ様がエリーテを使って父上を襲うかのような口ぶりだ」

「それは……っ」

フレイシスの疑問はもっともだ。タイムスリップ前にリリカが王を暗殺したことを知っているミラだからこそ、エリーテが盗まれたイコール王の命が危ないと状況を結びつけられるけれど、事情を知らないフレイシスからすればミラの主張は訳が分からないだろう。

何故リリカが王を殺そうとするのか。

「それは……今回は分からない。陛下とリリカ様の仲が良好でなくなったのかも……」

(分からないけど、タイムスリップ前では、リリカは陛下を恨んでた。だから今回ももしかしたら、お茶会の日から今日までの間に陛下とリリカの間で何か溝が生まれたのかもしれない)

「今回、は？　前回があったのか？」

耳ざといフレイシスに、ミラは詰まって俯く。

どう説明すればいい？　彼に。時は一刻を争うのに。

「仲が良好かといえば、先日、リリカ様は聖女のお力を中々発揮せずに我儘の限りを尽くしていると陛下からお叱りを受けていましたね」

ガウェインが思い出したように言った。ミラは弾かれたように顔を上げる。

「それです、きっと……！」

(リリカは陛下に前回同様、『早く聖女として役目を果たせ』とせっつかれたに違いない！)

「しかし、叱責を受けたからといってそんなことで陛下をお恨みになるなど……まさか……」

ガウェインは信じがたい様子で言う。

しかし、ミラは知っている。常人ならば不愉快なことがあった時、健全にストレスを発散して済ませるだろうが、リリカにはそれができない。自分を馬鹿にした相手や侮辱した相手を徹底的に陥れ、懲らしめないと気が済まないのが彼女だ。

このままでは、リリカは間違いなく王を殺す。

「……っ行かなきゃ。早くしないと本当に手遅れになる……！」

「ミラ」

フレイシスに掴まれた手を引きはがし、ミラは焦って言った。

「ごめん……っ。フレンもガロ様も信じられないよね。どう説明したらいいか分からないし、納得させられる証拠もない。でも早く行かなきゃ、私一人でも」

「……『証拠』ね」

自分一人でリリカを止める自信はない。フレイシスたちの手を借りたいし、一緒に来てほしい。けれど、リリカが王の暗殺を目論んでいるとどうやって信じてもらえばいいのか分からない。「とにかく来て」と無理やり引っ張ればいいのか。

「とにかく、私急ぐから……っ。一緒に来てほしいけど、無理なら――」

「僕は君の言葉なら、証拠も理論もなくたって信じるけど？」

先を歩いていたミラは、フレイシスの一言に足を止めた。目から鱗が落ちる。

驚倒して声も出ないミラの隣に並び、フレイシスは諭《さと》すように言った。

「何を隠しているんだい？」

「……っ」

「ミラ。科学者としての君の理性的なところ、すごく好きだよ。相手を納得させようとして、沢山の論や証拠を提示してくれてとても安心する。エリーテが僕に効くって証明してくれたこともそうだった。発言には根拠が、理論には証明が確かに必要だ。でもね、ミラ」

フレイシスはミラの冷えきった繊手を、体温を移すように優しく握った。

「君はとても大事なことを失念しているよ」

「……大事な、こと？」

（何だろう。まだ自分は何か――……）

ミラは視線を泳がせて考える。答えはすぐにフレイシスがくれた。

「僕は君の言葉なら、それがどれだけ突拍子がないことでも、世界中の誰も信じなくても、絶対に信じるってこと」

急に、視界が開けた気がした。

「――……っあ、あぁ……」

思わず、溺れたような声が出る。外は相変わらずの雷雨なのに、嵐が去ったような、雲間から光が差しこんだような感覚がミラを駆け巡った。そうだ、そうだった。フレイシスはいつも……！

「ミラ？」

「っ……助けて、フレン。お願い、私を信じて。陛下のお命が危ない」

言おう。すべてを伝えよう。助けを求めよう、フレイシスに。ミラはそう思った。

何を些細なことにこだわっていたのだ、自分は。

証拠がないから信じてもらえない、じゃない。それは、単なる自分のこだわりだ。自分が単に、理論を証明するには根拠と証拠が必要だと思いこんでいただけだ。きっとフレイシスなら、証拠がなくたって、信憑性《しんぴょうせい》がなくたって、ミラの言うことなら信じてくれるのに。

現に、彼は何度も自分を信じてくれたじゃないか!!

(――――馬鹿だ私は……っ。もっと早くフレンに打ち明けるべきだった……!)

これは科学の理論じゃない。研究論文でもない。証拠は必要ないのだ。気持ちさえあれば!

フレイシスはとっくに、無条件でミラの味方だ。

ミラは足を止めずに、フレイシスと後ろを歩くガウェインへすべてを打ち明けた。自分がタイムスリップをしてきたこと、タイムスリップ前の世界で起きた出来事を何一つ包み隠さず。

フレイシスもガウェインも、やはり驚いた顔をした。しかし、ミラはそこで言葉を切らずに話し続けたし、フレイシスも話の腰を折らなかった。ガウェインが途中何度か口を挟みたそうな顔をしたが、フレイシスがそれを制してくれたのでとても助かった。

金剛宮を走り続けながら話したせいで、脇腹が痛む。そこに手を当てて駆けるミラへ、フレイシスは確認の意味を込めて聞き直した。

「――――首をはねられる直前で、タイムスリップした?」

「う、うん。ごめん、証拠はないんだけど……『時間逆行』の魔法を見せようにも、私の弱い魔力じゃ二度と同じことはできないし……信じてくれるの?」

「当然だ」

フレイシスは即答した。ミラは言うのを躊躇っていた自分が馬鹿らしく思え、同時に即答してくれたフレイシスに胸が温かくなった。

タイムスリップ前の世界なら、あり得なかった。でも、今のミラとフレイシスの間には培ってきた信頼がある。だから大丈夫だったのだ。大丈夫に、なれたのだ。

けれど、王は危険にさらされたままだ。手遅れになる前にリリカを止め、王を助けなければ。

「……タイムスリップ前の世界で父上が亡くなっているなら、ミラの処刑を決めたのは僕だね？」

フレイシスは鋭く言い当てる。

彼なら気付くと思った。ミラが真実を話すことを躊躇った理由の一つには、実はこれもある。ミラは角を曲がりながら言った。

「それは――――うん……」

「自分を殺してやりたい気分だ」

自らを罵倒し、フレイシスは拳を握りしめて言った。本当に自死を選んでしまいそうな面持ちに、ミラとガウェインは不安になる。フレイシスはミラを見下ろした。

「――――君は、自分を殺そうとした最低な男の命を救ってくれたの？」

「……違うよ。変わりたいと思わせてくれた相手を救いたくて助けたの。フレン、私が助けた命だよ。勝手に殺さないで」

「……ありがとう、生きるよ。ミラが助けてくれた命、これはもう君のものだからね」

償いの言葉を探すフレイシスに、それは必要ないとミラは諭す。確かに以前の彼には絶望を与えられたが、今の彼にはそれ以上の希望を貰《もら》った。そして何より、現在の最優先事項は王の救出だ。

手遅れでないことを祈りながら、ミラたちは謁見の間を目指した。

鼻歌を口ずさみ、リリカはスキップする。手には食糧庫から失敬したワインとグラスがあった。

エリーテがあっさり手に入り、こんなに何もかも首尾よく運んでいいものかと、腹からこみあげる笑いを上手く殺せない。

さらにリリカにとって笑いが止まらないのは、エリーテの移送と、王とミラの謁見が同じ日に重なったことだ。別に日が違っていても問題ないが、手に入れたエリーテで一刻も早くうるさい王を永遠に黙らせたいリリカにとって、今日ミラが王と会う約束をしているなら暗殺の罪をなすりつけるこれ以上ない好機だった。

「これを逃す手はないよね？　リリカってば、頭いい」

用意したワインには、すでに注射器でエリーテを仕込んである。王とミラの謁見時間まであと三十分足らず。あとはこれを王に飲ませ、ミラに発見させる。そうすれば、ミラの悲鳴を聞きつけ青く発光した王を見た別の者たちが、エリーテの発見者であるミラを疑ってくれる寸法だ。

謁見の間の入口を警備する兵士二人に、リリカは朗らかに声をかけた。ふんわりと傘のように広がるフリルスカートは、物を後ろに隠すにはもってこいである。

二人から見えぬよう背にワインを隠し、ミニスカートを揺らして近寄れば、リリカの愛くるしさに警備の二人は鼻の下を伸ばした。リリカはほくそ笑む。

「王様にちょっとだけ呼ばれてるの。通して？　いつも通してくれるもん。いいよね？」

「これはこれは聖女様！　そうでしたか。さあどうぞ」

「うふふ。ありがとぉ」

観音開きの金でできた扉を押し開けてもらい、リリカは謁見の間へ入室した。

ここは吹き抜けになっており、扉から玉座までは五十メートルも距離がある。アーチ型の高い天井にはふんだんに金の細かい装飾があしらわれ、天井に飾られたいくつもの天使の像が咎めるようにリリカを見下ろしていた。

見渡す限り、白と金の二色の世界だ。異質なのは、ワインレッドと黒のドレスを身に纏ったリリカと、玉座にゆったりとかける猛々しい王のみ。いつもは陽の光をたっぷりと取りこむ大きな窓は、激しく打ちつける雨で外の景色が見えなかった。

「リリカ殿か、いかがした？　お主と謁見の約束はなかったように思うが」

肘掛けに腕を預けた王は、いつも突然押しかけてくるリリカへ慣れた様子で言った。

リリカは落ちつきのない子供のように身体を横に揺らしながら答える。

「そうなんだけどぉ。リリカ、聖女の力についてちょっと分かったことがあって。その報告に来たのぉ。今って大丈夫？」

「それはよい知らせだ」

獅子のような容貌を綻ばせ、王はリリカを歓迎した。

「近くに寄ってぜひ話してくれ」

「うん。あ、内緒でお酒を貰ってきたの。王様飲むでしょ？　お酒飲みながらリラックスして聞いてほしいなってリリカの心遣い、受け取ってほしいなぁ」

「じゃんっ」と言いながら、リリカは隠していたワインとグラスを王に見せびらかす。窓から差しこむ雷光がチカチカと眩しい中、王は苦笑した。

「公務の最中だが？」

「いいじゃーん。黙っておいてあげるからぁ。息抜きは大事だよ?」

猫のように擦り寄り、リリカは王の手にグラスを押しつける。そのままトクトクと、グラスへ赤黒い液体を注いだ。

「さ、飲んで飲んで?」

「聖女の力についての説明が先ではないか?」

なみなみと注《つ》がれたワインを一瞥した王は、玉座の肘掛けにグラスを一旦置いて言った。

その間にも大きな窓から雷光がひっきりなしに謁見の間を青白く浮かびあがらせ、リリカの苛立ちを募らせる。激しい稲光は目を開けているのが辛いほどだ。特に大きな雷が落ちると、鬱陶《うっとう》しい稲妻がいくつも走る窓の外を睨んでから、リリカは王へ視線を戻した。

早くしないとミラが来てしまう焦りに駆られ、リリカは若干イラついた口調で言う。

「んもうっ。堅いなぁ。改まって聞かれると緊張しちゃうから、飲みながら聞いてほしいのぉ。話すから、ねっ?　グイグイいこー!」

リリカは肘掛けに置かれたグラスを摑むなり、王の手に握らせた。さらに彼の手に自身の手を重ね、半ば無理やりグラスを口元に持っていく。仕事中のため王は少し渋った様子を見せたが、やれやれとグラスに口をつけて呷《あお》った。

王の浮きでた喉仏が、大きく上下する。一回、二回と。リリカは舌なめずりをした。

「あのね、王様。リリカが聖女として何の功績を上げるかだけどねぇ……」

血の色をした液体がグラスの中で傾く様子を凝視し、リリカはまるで病床に就く人に語りかけるように優しく言った。

「それは意地悪な王様を殺して、その罪をミラ様に押しつけてあげること」

王が琥珀色の目を見開く。次の瞬間、彼は痙攣《けいれん》を起こしガクガクと震えだした。ワインを吐きだそうとする王を押さえつけ、リリカはワインを無理やり呷らせる。

「あ、叫ばないでね？　さすがに扉の外にいる兵にバレちゃうからさ。ほら、飲んで飲んでぇ」

グラスが空になったところでリリカが手を離すと、力をなくした王がそれを手から滑らせた。グラスが床に当たって砕ける音を、織の細かい絨毯が吸いこむ。稲光が謁見の間を青白く染めた。

痙攣して魚のように跳ねた王は、口元を押さえ床に倒れこんだ。シトリンの双眼は血走り、苦しいのか末期のような息を吐きだしている。

「貴様……何、を……」

カラカラに干上がった声で王が唸ると、リリカは残酷な笑みを浮かべて王の頭の方にしゃがみこんだ。

「あははっ。やっぱぁい！　ねえ王様、そしたらどうなると思う？　皆、王様がいなくなったら悲しむでしょう？　犯人を見つけてほしいと望むでしょう？　フレイシス様だってきっとそう。だからね、リリカが犯人を見つけてあげるの。リリカはミラ・フェルゴールっていう犯人を仕立てて、彼女の王殺しの罪を明らかにするためにこの世界へ召喚されたって宣言するの」

まるで蝶の羽をむしったと告白する子供のような残酷さだ。リリカは背が粟立《あわだ》つほどの無邪気さを孕んで続きの言葉を放った。

「そしたらさぁ、リリカは一躍英雄じゃない？　だって王様殺しの犯人を明らかにしたんだもん。国民は大喜び間違いなしだし、リリカの聖女としての地位も盤石になる。フレイシス様だってあの女からリリカに乗り換えちゃうよね」

ゼーゼーと肺から苦しそうな息を吐きだす王の頬を指で突《つつ》き、リリカは破顔して言った。

「人間って悲しみや怒りで一致団結するんだよ？　きっと皆、リリカの告発に賛同してくれると思うなぁ」

「……貴様は、我を殺し非のないミラに罪を押しつけるというのか……聖女でありながら……！」

しゃがれた声で怒りをあらわにする王の頬を、リリカは皮膚越しに歯が当たるまでグリグリと突いて残忍な笑みを浮かべた。

「十分聖女じゃん。だってリリカの行動で、国は一致団結！　リリカの功績もできあがり！　邪魔なミラ様と意地悪な王様以外、みーんなハッピーになれるんだよ」

「――――だけどその計画は頓挫《とんざ》する。そう思いませんか」

玉座の背後にある天井まで伸びた大きな窓に、神の鉄槌のような稲妻が走る。地を割るような雷鳴に負けぬ声で放ったミラの言葉は、謁見の間に気持ちよく響いた。

青白く照らされた玉座の陰から、ヒールの音を響かせてミラが姿を現す。黒曜石をはめこんだリリカの両眼に白衣姿のミラが映り、こちらを睨んでいた。

第六章　この宵に紡ぐ未来を

白衣から滴る水滴が、玉座の裏手に水たまりを作っている。ミラは一歩、また一歩とブーツのヒール音を響かせて玉座の階段を下り、動揺するリリカと同じ目線に立った。

冴え渡るアイスブルーの瞳で倒れた王の姿を認め、それからリリカを睨む。

「ミラ様……？　え、謁見はもう少しあとのはずでしょぉ……。どうしてここに……何で玉座の裏から……？」

「貴方がテリトッサ運送の若者を利用してエリーテを盗んだと知って、追いかけてきたんです。エリーテを私欲のために使ったようですね」

ミラの登場に、リリカは一瞬焦った様子を見せた。しかしすぐに持ち直した彼女は、国民から可憐と評される顔を邪悪に染める。すごむミラへ、リリカは悪びれもせずに言った。

「――――は？　何、あの男しくじったわけ？　せっかくリリカが駒として使ってあげたのに、パッとしない顔だけの男だったなぁ」

飄々《ひょうひょう》と言ってのけるリリカに対し、ミラは怒りがこみあげる。感情のまま怒鳴りたいのを必死で抑えこむミラを、あろうことかリリカは挑発してきた。

「で？　追いかけてきてどうすんの？　エリーテを取り戻しに来た感じ？　ごめんねぇ、ミラ様。

リリカもう使っちゃったの。王様にさ。とんだ無駄足でごめんね？　っていうか、玉座の後ろに潜んで一部始終見てたわけ？　止めもせずに？　何で？　馬鹿じゃん。趣味わっるぅ」

呪詛《じゅそ》を諳んじるようにつらつらとリリカはミラを罵る。一欠片の反省も見せずに彼女は続けた。

「でも来てくれてよかったよぉ」

「どういう意味……？」

顔をしかめるミラへ、リリカはガマガエルのように口角を引きあげて言った。

「だぁって、これでリリカ、扉の外の兵士に堂々と言えるもん。『玉座の裏に潜んでいたミラ様がエリーテを盛って王様を殺しちゃった』って。今叫んだらどうなるかな？　現行犯で捕まっちゃうんじゃゃない？」

腸《はらわた》が煮えくり返り、感情を殺すのがいよいよ難しくなる。ミラは奥歯を噛みしめて言った。

「……そうはなりません」

「なるよぉ。実践してみよっか？」

「なりません！　……私が潔白だと証明してくれる人がいる」

「あはっ。誰がぁ？　もしかして、王様？　王様なら……ほらもう死んじゃったよ」

うつ伏せて動かなくなった王の腕を爪先で蹴り、リリカは薄ら笑う。一切の反省も後悔も見られないリリカの嘲笑は、しかし次の言葉で止まった。

「僕だ」

巨大な玉座の陰から磨きあげられた革靴が覗く。雷鳴が響く中――群青のマントを揺らめかせて姿を現したのはフレイシスだった。

天井画の天使より美しく迫力のある彼は、膜が張ったような蒼の光を纏い、リリカを睥睨する。

「……フレイシス様!?」

今度こそ、リリカは愕然とした声を上げた。後退《あとずさ》った細い足が、地に伏した王の胴にぶつかってよろける。

「隠れているのが私一人だと、いつ言いましたか？」

ミラが冷たい声で言った。リリカは悪夢を振り払うように首を横に振る。途端に彼女の薔薇色の頬は血の気を失い、汗が一筋流れていった。

「ま、待って……。嘘、フレイシス様……いつからそこにいたの？　え……」

「もちろん、貴女が入室する前からだ。すべて見ていたよ。……ガウェイン！」

フレイシスが吠えるように叫んで呼ぶと、重厚な観音扉が外側から大きく開く。ぐっしょりと制服を濡らしたままのガウェインが、扉を押し開けて入室した。

「お呼びですか、殿下。ちゃんとリリカ様が逃げないように入口を見張っていましたよ」

「何それ……逃げられないってどういう意味……？　それに何でフレイシス様がいるの……。こんな、こんなの、まるでリリカが……」

「エリーテを我に盛ると知っていて、待ち構えていたかのような口ぶり、であろう？」

混乱するリリカの続きの言葉を汲みとったのは、王の低い声だった。

激しい動揺を見せるリリカの細い足首を、しわの刻まれた大きな手が摑む。突如足首を摑まれたリリカは金切り声を上げた。震える杏眼でリリカが足元を見下ろすと、事切れたと思われた王が、彼女の足を摑んでギロリと見上げていた。

「ひ……っ⁉　生き返った⁉」

「失礼な。我は死んでおらぬわ」

喉で悲鳴を縮こまらせるリリカを、王は一笑に付した。先ほどまで苦しんでいたはずの王は、何事もなかったように涼しい顔で上体を起こし、首を寝かせてコキリと鳴らした。

「やれやれ、床は冷たいな。いつまで我を寝かせておくつもりだったのだ、お主たちは」

王の鷹のような目が、恨みがましそうにミラとフレイシスを睨み据える。フレイシスはニコニコと微笑み返し、ミラは深々と腰を折って頭を下げた。

「も、申し訳ありません、陛下……！」

「あまりの名演技だったので、もう少し床で横になっていたいのかと思っていましたよ。父上」

「フレイシス、お主……誕生パーティーのパートナーの件でまだ我を恨んでおるな」

意外と執念深い息子に溜息を零し、壮健な王は立ちあがった。どっしりとした岩のような立ち姿の王を見て、リリカは呆然と呻いた。

「どう、して……。何が起こってるのよ！　王様はエリーテ入りのワインを飲んだはずでしょ！」

「父上は……ワインは飲んだが、エリーテは飲んでいない。僕が魔法でエリーテを吸収した、父上がワインを口にする前にね」

フレイシスは黒い手袋をずらして、手の甲の白い魔法陣を見せながら言った。

「吸収というより相殺だったが。吸収したことで僕の魔力と反応するなり身体はこの状態だ」

そう言うフレイシスは、エリーテと反応した証である青い光を身体に帯びていた。

「だが僕は常人よりも魔力量が遥《はる》かに多いから、この量ならば死に至りはしない。定期的にエリーテを摂取する必要もあったし、まあ予定が二日ほど早まったと思えば」

フレイシスの言葉に、リリカは泡を食って叫んだ。

「吸収したって……そんな、いつ⁉　どうやって⁉」

「父上がグラスのワインを呷る前に、一旦肘掛けに置いただろう」

フレイシスは事もなげに言った。

「玉座の背後に隠れていた僕が、隙を見てワイングラスからエリーテだけを吸収した。……貴女は窓の外に気を取られていたので容易かったな」

「それは……っ、たまたまじゃん。だって窓の外の雷がうざくて――――……」

「ああ、私のサンダーバードが役に立ったみたいで嬉しいです」

ガウェインは胸に手を当て、喜色満面で言った。

「リリカ様に隙ができるよう、雷を謁見の間付近に落とせとサンダーバードに魔法で命じた甲斐《かい》がありました」

「は……？　雷が偶然じゃないって言うの……？」

リリカは口元を引きつらせた。それからミラを見て、フレイシスと王を見て、混乱したように喚きたてる。

「何なのよ……本当に何なの⁉　何でどいつもこいつも、はぁ⁉　そもそも何でリリカが王様を殺すつもりなのを全員分かってたみたいな体《てい》で話してくんの⁉　怖すぎるんだけど！　リリカ、誰にも言ってないのに‼　ノーティスにも何も言ってないし、あの運送屋にだって、エリーテを盗んでとしか頼んでないのに！」

肩で息を切らし、リリカが叫ぶ。

リリカの困惑はもっともだろう。自分の胸だけに秘めていた計画を実行したら、まるでそれを見越していたかのようにミラたちが待ち構えていたのだから。

（……頃合いかな）

黒曜石の瞳を濡らし喚き散らしたリリカに、ミラは一歩進み出て種を明かし始めた。

「……教えてくれたんですよ。リリカ様。タイムスリップ前の貴女が」

「――――……は？　タイムスリップ……？」

「ええ。私は自分の魔法を使って、タイムスリップしてきたんです」

ミラはブラウスのリボンを解き、襟を開いて胸元の黒い魔法陣をリリカに見せた。

「この魔法陣は、私の固有魔法『時間逆行』を使用した際に浮かんだものです。タイムスリップ前の世界で、私は今の貴女の行動とほぼ同じ方法で陥れられました。その時、処刑場で死を待つ私に貴女が自分のしでかしたことをすべて教えてくれたんですよ」

ミラが一旦言葉を区切ると、リリカは必死で状況を整理しようと頭を抱える。リボンを結び直すミラの向かいで、リリカの大きな瞳は忙《せわ》しなく揺れ、頬は強張っていた。

「タイムスリップしたから……リリカが王様を殺すつもりなのを読めたっていうの……？」

「はい。ただ、貴女が今回も陛下を殺すつもりなのかはギリギリまで分かりませんでした。でもその可能性を警戒していたお陰で、エリーテが盗まれたことにすぐ気付けた。――――種明かしをしましょうか、リリカ様」

タイムスリップして初めて、ミラはリリカよりも優位に立ったことを自覚した。子リスのように愛くるしくて小さい彼女が、ミラにはいつも腹の中に得体の知れない化け物を飼っているように見えて恐ろしかった。

けれど今は違う。目の前にいるのはただの、己の恣意だけで動く我儘で愚かしい少女だ。リリカは世界を暗黒に染める魔王でも、稀代《きたい》の残忍な悪女でもない。恐ろしく癇癪持ちで、感情が制御できない未熟な子供。そう思うと恐れは消えた。

「謁見の間の入口を守る兵が、あっさりと通してくれたことに違和感を覚えませんでしたか？」

張りのある声でミラが問うと、リリカは半歩下がった。

「それは……だっていつも、通してくれるもん。王様は元々大げさな警備を好まないし、リリカは聖女だから……まさかアイツらにも命令してたの!?　リリカをすんなり通すように!?」

「貴女が兵に追い返されては意味がありませんから。私の作戦に気付くチャンスを逃してくれて助かりました。……エリーテが盗まれたと知り貴女の計画を察した時は、手遅れかもしれないと焦りましたが……」

ミラはチラリとガウェインに視線を投げる。彼は誇らしげに胸をそらした。

「ガロ様の機転でサンダーバードに乗り王宮へ戻った私は、フレイシス殿下に事情を説明し、すぐさま謁見の間に足を運びました。そこにいた陛下は――」

「我はピンピンしておった。あの時のお主たち三人の反応は中々愉快だったな」

息子たちが自分の身を案じて謁見の間に飛びこんできた様子を思い出した王は、腰に手を当てて豪快に笑った。

「陛下がまだご無事なことで貴女より先回りして王宮に戻れたと知った私は、これから起こりうる出来事を説明し、一芝居打ってもらうよう陛下にお願いしたんです。リリカ様が現れたら、エリーテを飲んだ振りをしてくれと」

「芝居などせずワインにエリーテが混ざっていないか調べるだけでもよかったが、それではエリーテを仕込んだのは別の者だとシラを切られる可能性があるからな」

王は笑って言ったが、リリカを見下ろす目は少しも笑っていなかった。顔色が悪くなる一方のリリカに、フレイシスは追い打ちをかけるように言った。

「父上が死ぬ振りをすれば、頼まずとも自白するだろうとミラが教えてくれたんだ。ミラが処刑台に上がった時、貴様は嬉々《きき》として己の悪行を告白していたと」

「人は死にゆく相手には油断しますから」

ミラは冷静に言った。

「ただ……エリーテを殿下に吸収してもらうには、貴女の意識をそらす必要がありました」

「そこで、猛獣使いの私がサンダーバードを操り、ひっきりなしに雷を謁見の間周辺に落とすことでリリカ様の意識を窓の外に向けるよう仕向けたというわけです」

ガウェインが得意顔で言った。青くなったリリカを、フレイシスは冷眼で見下ろし告げる。

「これはすべて、ミラの考えた作戦だ」

「そんな……じゃありリカは、はめようとしていた女の作戦に踊らされてたっていうの⁉」

リリカはミラを指さして歯噛みした。ミラは肩を震わせるリリカへ静かに言った。

「私はラッキーだっただけです。サンダーバードがいなければ、今頃貴女に罪を着せられていた」

「幸運ではなく必然ですよ、ミラ様。サンダーバードは、エリーテを用いた治療目的で王宮に連れてきて保護していたんですから。貴女の功績が、回り回って貴女を助ける結果に繋がったんです」

「ああ。ミラが努力で引き寄せた結果だ」

フレイシスがミラの濡れた肩に手を置き、力強く言った。柔らかい琥珀色の瞳に、ミラは勇気づけられる。

タイムスリップしてから三年、ずっと肩を叩いていた死の怯えが、今日ようやく消え去った。もう怯える夜を過ごさなくていい。処刑までの日にちを数えて震えなくてもいいし、悪夢にうなされなくて済む。

(運命を変えられた。変えられたんだ。処刑ルートは潰え、陛下の命も助けられたんだ……!)

奥歯が震えるほどの安心を、じわじわと噛みしめる。泣きそうなミラの肩を引き寄せ、フレイシスが微笑んだ。タイムスリップ前とは違う。フレイシスが自分の隣にいることが、声を上げて泣きたいほど嬉しかった。

「証拠は挙がっている。観念せよ」

全身に痺れが行き渡るほどの低い声で、王はリリカに命じた。

常人ならひきつけでも起こしそうなほどの威圧感に、ミラは息を呑む。しかしリリカは、俯いたまま顔を上げなかった。小さな彼女の唇がうっすら開く。いつも小鳥のさえずりのように高いリリカの声は、影も形もない。

呪いのような言葉をリリカは紡いだ。

「……あり得ない。何でそんな話を信じたわけ……」

いつもの、遠くまで通る高い鈴の音とは大違いだ。ブツブツと言葉を吐きだしたリリカに、ミラを始め部屋にいた全員が耳を澄ませた。

しかし、次の瞬間バッと顔を上げたリリカは、烈火のごとく怒り狂い大声を上げた。

「ざけんな!! フレイシス様も王様も、ミラ様の馬鹿げたタイムスリップ話を信じたわけ!?」

「馬鹿げてなどいない。魔法士のセンスの欠片もないミラの固有魔法が『時間逆行』だったというのは確かに信じがたいが、我の魔法は時間どころか時空を超える。あり得ぬ話ではない」

王は冷え冷えとした声で言った。フレイシスが続ける。

「それに――――証拠はなくても、ミラには実績と信頼がある。僕の命を救ってくれた実績と、そんな彼女がエリーテを悪用するはずがないという信頼。ミラのこれまでの言動が、彼女が信頼に足る存在だと証明している」

迷いなく言いきったフレイシスに、ミラは胸が熱くなる。対してリリカは、奥歯を軋ませミラの胸倉へ手を伸ばした。しかしその手はミラへ届く前に、フレイシスによって掴まれる。ガウェインはいつでも抜剣できるよう、腰に帯びた剣の柄へ手をかけた。

「……俺のミラに何をするつもりだ？」

フレイシスは刀よりも鋭い声でリリカに詰問した。リリカの手首を掴むフレイシスの手に力がこもり、ミシリと嫌な音が鳴る。リリカは涙目で呻いた。

「――――……っ痛い痛い!!」

「殿下！」

ミラが慌てて止める。フレイシスはミラに何か言いたそうな一瞥をやってから、リリカの手首を一度脅すように強く握り、離した。

フレイシスの手が緩んだ瞬間手首を引き抜いたリリカは、もう一方の手で真っ赤な手形のついたそこをさすりヒンヒンと泣きだした。可憐な容貌は醜悪に歪み、今にも破裂しそうなくらい赤い。

「ひどい……ひどいよぉ……」

ひどいのはどっちだ。王を殺そうとしたことを棚に上げるリリカは、癇癪を起こしたようにミラへ叫んだ。

「嘘でしょ？　タイムスリップしたなんて……タイムスリップ前にリリカに陥れられたなんて！」

「……真実です」

「嘘よ！　だって、だってもしリリカがアンタの立場なら絶対に許さない！　復讐《ふくしゅう》でアンタのこと真っ先に殺しちゃう！」

「私だって貴女のことは許していません。貴女を恨んでいるし、恐怖していました。ただ貴女に復讐するより、もっと優先すべきことを見つけただけです」

(膨大な魔力に冒されたフレンを救いたい。今度は信頼される自分になりたい。人と関わって、自分を変えたいって)

そのために努力したら、運命を変えられた。復讐しなくても、一矢を報いることができた。

「馬鹿じゃん……！　そんなんだから陥れられるんだよ！」

「科学者を馬鹿とは。ですが」

ミラはツカツカとリリカに歩み寄る。心配そうな目を向けるフレイシスを横目に、ミラはリリカの額に自分の額をゴチンッとぶつけて言った。

「馬鹿だから悪いのか？　陥れる方が悪いに決まってるでしょう。この小娘が」

「……っひ」

敬語をかなぐり捨てて一喝したミラに気圧《けお》されたリリカが、小さい歯の隙間から悲鳴を零す。捕食される草食動物のようなリリカを存分に見下ろしてから、ミラは引導を渡した。

「それに憎しみに囚われなくたって、貴女を破滅に追いこむことはできた。貴女の負けだよ、リリカ。諦めなさい」

腰の抜けたリリカが、ワインのシミができた絨毯にペタンと尻をつく。柄から手を離したガウェインは、リリカを縄にかけるべきか王の指示を待った。

王は一拍の間逡巡を見せたが、しわの刻まれた顔に厳しい表情を浮かべて重々しく言った。

「こちらへ来られよ、リリカ殿。どうやらお主は、ティタニアに伝わる聖女ではなかったようだ」

「……違う。リリカは聖女だもん……。そう言ったじゃん！　王様たちがそう言ったんじゃん！」

火がついたように泣きだすリリカへ、王は深く息を吐きだして歩み寄る。王が一歩踏みだした瞬間、彼の足元に複雑な古代文字の並ぶ魔法陣が浮かびあがった。

窓を縦に割る雷光で見えづらいが、これは――……。

「陛下の固有魔法の魔法陣、ですか……？」

「そうだよ。ミラ、下がって。父上の『次元転移』に巻きこまれたら、別の次元……異世界に飛ばされてしまうよ。発動条件は、あの魔法陣の中に転移させたい相手が入ることなんだ」

フレイシスがミラの手を引いて、王から距離を取らせる。王はリリカを元いた世界へ帰す気なのだろう。フレイシスとミラを庇うように、ガウェインが前に立った。

「いかなる理由も、人を殺《あや》め、挙句陥れてもよい免罪符にはならぬ。が、建国神話と歴代の聖女の功績を信じ、特殊な力を持たぬお主を聖女と祭りあげた責任は我にもある。だからけじめとして、我がお主を元の世界に戻そう。我を殺めようとした罪はそれで許してやる。お主を牢《ろう》に繋ぐことも処刑することも容易いが、聖女にそれを行えば女神に対する冒瀆《ぼうとく》となるだろうて」

「では、ミラを謀《たばか》ろうとした罪は？」

尖った声でフレイシスが口を出したが、ミラは彼の胸元に手をやり、首を横に振った。

「……いいです。もう、いいから」

タイムスリップしてすぐの自分なら、憎しみに任せリリカの前歯が飛ぶまで殴っていたかもしれないし、ひどい刑を望んだかもしれない。でも今は……。

「陛下のご判断に従います。リリカのお陰で、こうしてフレイシス殿下と心を通わせることもできたし、得たものも沢山ある。だからもういい。今回の私は、何も失っていないから。……ねえ」

床に尻をついたままのリリカへ、ミラが問うた。

「元いた世界でも、殺人は重罪なの？　もしそうなら貴女が元の世界で、同じように愚かなことをしないように願うよ」

「……っするわけないでしょ、捕まるじゃん！　でもここではリリカ、聖女だから……」

「権力を手にしたからといって人を殺めても許されるわけないでしょう」

語気を荒らげてミラが辛辣に言い放つと、リリカは絨毯に短い爪を立てた。迫りくる王の魔法陣から、リリカは喘ぎながら逃げを打つ。

「何よ、うるさい！　ああ……やだ、やだ、元の世界には帰りたくない！　許してよ！」

「観念せよ、元聖女殿」

王の魔法陣に、リリカの片足が入りそうになる。リリカは蜘蛛のように地面を這って逃げた。

「違う！　やだ！　リリカは聖女だもん！　敬ってよ！　跪いてよぉ‼　元の世界になんて戻りたくない！　だって、だってあっちの世界では、リリカ特別じゃないもん！　こんなに可愛いのに、ただのＪＫとして扱われるんだよ⁉　誰も特別扱いしてくれないいんだよ⁉　誰もリリカの周りに寄ってこない、誰もリリカをチヤホヤしてくれない世界になんて戻りたくない‼」

この世界で権力を笠《かさ》に着ていたのと同様、元の世界でも見た目のよさをひけらかし横柄に振る舞い続けてきたために、周りに愛想を尽かされたのだろう。誰にも相手にされない世界に戻りたくないと泣きわめくリリカへ、王は冷徹に告げた。

「それはお主の器の小ささ故だろう」

「違うもん！　いや……いやだ、いやだ……何でなの、何でリリカの思い通りにならないの……」

リリカは耳を塞ぎ、一切の声を聞き入れまいとする。そして癇癪が爆発した子供のように泣き叫んだ。呪いのような絶叫が謁見の間を貫く。

「いやだ……いやだいやだ、いやだあああああああああぁっ‼」

その瞬間、リリカの小柄な身体から、どす黒い龍のようなオーラがいくつも噴きだした。呼応するように玉座の後ろにある嵌《は》め殺しの窓が粉々に砕け、ガラスが謁見の間に飛び散る。

「今の大声と音は……⁉　何事ですか、陛下！」

扉の外に控えていた兵たちは、謁見の間に飛びこんでくるなり、目の前に広がった光景を眺めて口をあんぐりと開けた。

『我が魔法よ、我らを守れ！』

フレイシスはとっさにミラを抱きこむと、古代ティタニア語を叫び、手をかざしてガラス片を吸収する。吹きこむ雨と一緒に降り注ぐ破片が襲いくる中、ミラは彼の腕越しにリリカを見た。

リリカから次々と噴きだす黒いオーラは鞭《むち》のようにしなり、風圧だけで王を壁へと吹き飛ばす。激突寸前で、矢のように駆けたガウェインが王の背後に回ってクッションとなり衝撃を和らげた。

「陛下、ガロ様‼」

ミラが悲鳴を上げる。その間にもリリカから飛びだした黒いオーラは蔓《つる》のように伸び、謁見の間のあちこちを傷つけた。タコの足のようにいくつも伸びた黒いオーラに触れただけで、壁がビキビと砕けていく。触手と化した黒いオーラが天井を掠めると、そこに描かれた天使に亀裂が走り、金のあしらわれた天井が抜けた。

ガラガラと降り注ぐ瓦礫から庇うためミラが頭を抱えると、フレイシスは頭上に巨大な魔法陣を発動させた。瓦礫が魔法陣に吸収されていく。

「くそ……っ。ミラ、無事か⁉」

「う、うん……。何なの……あれ……何でリリカの身体からあんなどす黒いのが……まさか……」

「最悪のタイミングで聖女の力が目覚め、コントロールできずに暴走していると見た方がいいな」

フレイシスが状況を分析しながら言った。

先ほど吸収しきれなかったガラスの破片が、フレイシスの白い頬を切っている。

「フレン、傷が……。じゃあリリカには、本当に聖女の力が宿っていたってこと？」

「あくまでも聖女だったということだ。だが努力を嫌っていたためこれまでは聖女の力が目覚めなかったんだろう。今までは感じ取れなかった彼女の魔力が、今はひしひしと感じて痛いくらいだ」

「こんな強大な力……リリカの聖女の力は『破壊』なの？」

謁見の間の惨状を見渡してミラが問う。フレイシスは険しい表情で頬の血を拭った。

「いや……暴走しすぎて固有魔法にすらなっていない。ただ、魔力の波動が高濃度の塊になって目に見えるくらいだ。そして――さすがは聖女の力だけあって、僕の魔力量をもしのぐだろうね」

「殿下。そんな魔力量なら、以前の殿下と同じようにリリカ様も身体がもたないのでは……!?」

壁際で倒れていたガウェインが身を起こして尋ねた。

「ガロ様！　ご無事でしたか！」

ミラは安堵の息を吐く。王の方は意識を失っているが、息はあるようだ。ミラが胸を撫でおろす隣で、フレイシスは苦々しく吐き捨てた。

「いや……文献に記録されている歴代の聖女の様子から考えると、おそらく異世界人の聖女には魔力を蓄積する許容量に限界がない。それが、聖女とこの世界の魔法士との決定的な差だ」

（じゃあリリカはフレンのように、魔力過多で倒れることがない……。しかも聖女の力となると、その魔力量ははかり知れないんじゃ……）

絶句するミラ。リリカは獣のような唸りを上げると、華奢《きゃしゃ》な背中から蝙蝠《こうもり》のように黒い羽を突きだした。身体から溢れている黒いオーラと同じものが、ザワザワと蠢いて羽になっている。

新雪のように白い肌は今や墨を混ぜたような灰色に変わり、人相も獰猛に変わりはじめた。暴走の影響だろう。人というよりは、もはや悪魔と呼んだ方が正しい見た目に変化してしまった。

「ぎぃあああああっ。やだ、やだ、カエラナイ……!!」

雄叫びのような声を上げ、リリカは黒い羽で羽ばたき飛翔する。そして、曇天の覗く天井から外に飛びだしてしまった。唖然としていたミラは、激しい雷の音で我に返る。

「フレン、リリカが……！」

「父上の魔法を恐れて逃げたか……市街地に向かったのか？　民を危険な目に遭わせるわけにはいかない。追うぞ、ガウェイン。ミラは父上とここにいて」

ミラを謁見の間に残そうとするフレイシスの腕を掴み、ミラは首を横に振った。

「ま、待って。二人だけじゃ危険だよ。せめて兵を集めてから……！」

「時間が惜しい。暴走したあの様子じゃ、兵を召集している間に王都を次々破壊していくかもしれない。……大丈夫、僕には吸収魔法があるから」

「でも……っ」

フレイシスの強さは痛いほど知っているが、暴走したリリカの方がフレイシスより魔力量が多いなら、押し負けてしまうのではないか。謁見の間を破壊したようにリリカが見境を失ってフレイシスを攻撃したらどうなる。もしあの黒いオーラが当たったら。

最悪な想像が頭を過り、ミラはフレイシスの腕を離せなかった。

ガウェインが笛を吹いて、外を飛ぶサンダーバードを呼び寄せる。すぐに現れたサンダーバードが天井の隙間からこちらを見下ろすと、ガウェインは壁を蹴って飛びあがり、器用に首根っこへ飛び乗った。

「殿下、お早く」

「分かってる。ミラ、大丈夫だからそんな不安そうな顔をしないで」

フレイシスが、ミラの輪郭を確かめるように頬を撫でる。雨で体温を奪われた彼の手はいつもと違って、心臓がヒヤリとするほど冷たい。顔を歪めるミラの唇へ、フレイシスが唇を重ねた。

ああ、これは駄々っ子を諦めさせるキスだ。あやすような口付けを受けてミラは思う。自分が止めても、絶対にフレイシスはリリカを追いかけるに違いない。

「いい子だから待ってて、ミラ」

ゆりかごの中の子供をあやすように甘い言葉だ。

不安がこみあげ、ミラはいつもの癖で白衣のポケットに手を突っこみ、お守り代わりに入れている薬品に手を触れようとする。そこで、ポケットの膨らみに気付いた。途端に希望が膨らむ。

(そうだ、今自分のポケットには――……。リリカの方法を止めるには、これしかない……！)

「――待たない。一緒に行く」

「は……ミラ!?」

「抱えてフレン、自慢じゃないけど私、運動神経ないから」

「それは知ってるけど……危険だ。リリカは君を恨んでいる。見つけたらきっと攻撃してくるよ」

「じゃあ、いい的になれるね。私を餌にリリカを引きつければ、その隙に住民を避難させられる」

「……っ君は……！」

叱ろうとしたフレイシスは、ミラの真剣な表情を見るなりグッと言葉を喉に押し戻した。

「……本気でついてくる気なのか？　危険なのに」

「うん。大丈夫、足手まといにはならないから！　ねえ、信じて」

「――ここで『信じて』はずるいだろう。僕はさっき君を信じるって言ったばかりなのに……」

ミラが決して譲らないと分かったのか、先に折れたのはフレイシスだった。

「分かった、僕が守るよ。絶対に僕から離れるな」

フレイシスはミラを横抱きにすると、玉座を足場にして軽々と飛びあがり、そのままサンダーバードに乗りあげた。

「兵をかき集めて市街地の住民を避難させろ、いいな！」

扉の前で腰を抜かしている兵士に向かってフレイシスが命令し終えると、ガウェインはサンダーバードを操って雷雨の中飛びだす。ガウェインとフレイシスに前後を挟まれたミラは、サンダーバードに乗ったまま王都を見下ろし、悲痛な声を上げた。

「ああ、ひどい……」

眼下に広がる市街地では、悲鳴が轟き、住民が逃げ惑っていた。リリカの発する黒いオーラがあちこちでベールのように揺らめいては、それに当たった建物の壁がボコボコと波打って砕けていく。黒いオーラが撫でていった石畳は隆起し、まるで果実の皮でも剝《む》くように容易くはがれた。

「ミラ、あまり身を乗りだしたら危ないよ」

ようやく青い光の消えたフレイシスがたしなめる。

ミラの鼻先を、千切れた綿雲のような黒いオーラが通っていった。高濃度の魔力の塊に触れれば、一瞬で顔がなくなるに違いないと思うとミラは血の気が引いた。

「サンダーバード。雷を抑えろ、いいな」

リリカを探しやすくするため、ガウェインはサンダーバードの首元を優しく撫でて命じる。

雨脚が弱まった王都に、ミラは目を凝らす。黒いベールのようなオーラが濃い方角を見ると、王都のシンボルである高い時計台の時計の針に座りこむリリカを見つけた。

「……フレン、いたよ！」

リリカと呼ぶには、もはやその形相は化け物じみていた。顔には黒い血管のようなものが走り、爪も髪も伸びている。異形に成り果てた彼女は、呂律《ろれつ》が怪しい状態で呟いていた。

「カエリタクナイ……リリカ、セイジョ、だもん……。ウヤマッテよ……」

「暴走して意識が呑まれかけている。止めないと彼女自身も危ないな。正直、ミラを陥れようとしたリリカはどうなってもいいが──」

フレイシスがシトリンの目をスッとすがめる。ミラが振り返ると、フレイシスは安心させるように微笑んだ。

「僕にすら温情を与えてくれるミラだ。彼女が死ぬことは望まないんだろう」

「……望まない。元の世界で死ぬほど猛省はしてほしいけど」

「じゃあ止めよう」

フレイシスが黒手袋を引き抜き、魔法を発動する。灰色の王都で、魔法陣が一際白く輝いた。その輝きを見逃すリリカではない。リリカはミラたちの姿を視認するなり、目を三角にした。

「フレイシス様!!　マタその女と一緒にいるの……ネエ、何で……ナンデ、リリカをエランデくれないの……。そんなオンナのどこがいいのぉぉおっ！」

怒り狂うリリカから放たれた無数の黒いオーラが、ミラへ伸びる。ミラに覆いかぶさったフレイシスが身体の前に手をかざすと魔法陣が浮かび、弾丸のような勢いでオーラが吸収されていった。

濁流のようにドドドドッと流れこむ黒いオーラに、フレイシスが頰に汗を滑らせる。こんなに苦戦するフレイシスをミラは初めて見た。建物よりも大きなドラゴンすら圧倒した彼なのに。

（それほどまでにリリカの聖女の力が強いってことだよね……）

リリカの意識がミラたちに向いているお陰で、眼下の民は今のうちにと、王宮から派遣された兵の指示に従い避難を始める。

代わりにリリカの攻撃を一手に引き受けたフレイシスは、眉を寄せ苦悶の表情を浮かべた。背中に当たる彼の胸板が熱を帯びてきている。吸収した魔力が徐々にフレイシスの器を超えようとしているのだろう。ミラは悲鳴じみた声を上げた。

「フレン……！」

「大丈夫……なんて魔力量だ。これじゃ、あっという間に王都が吹き飛ぶぞ……。ガウェイン、もっと高く飛べ！」

市街地から距離を取るためにフレイシスが命じると、ガウェインはサンダーバードを操り急上昇した。振り落とされないようしがみつくミラたちを追って、リリカは黒い羽を羽ばたかせる。

追いかけてくるリリカからの攻撃はやまない。リリカの黒い光とフレイシスの白い光が交差し、フレイシスをそれたリリカの攻撃は、鉛色の雲を引き裂いた。

「……っぐ……」

背後のフレイシスが背を丸め、魔法陣の浮いていない方の手で口元を押さえる。咳きこんだ彼の口から血が溢れるのを見て、ミラは顔を歪めた。

（多分、フレンの魔法をもってしてもリリカは倒せない……吸収できたとしても、それこそ吸収したリリカの魔力はフレンの許容量を超えて、あっという間に彼の身体を蝕み死なせてしまう……）

――――それは嫌だ。フレイシスは死なせない。絶対に。

ミラの胸に、激しい決意が炎となって燃えあがる。白衣のポケットの膨らみに手を添え、決然と燃える表情でミラはリリカを睨んだ。

(謁見の間で思いついた作戦を実行するなら今だ……！)

強風に吹き飛ばされ、髪を束ねていたリボンが視界を横切って流れていく。髪を雨風に遊ばせながら、耳元で轟々と鳴る風の音に負けぬよう、ミラは腹から声を吐きだした。

「リリカ！　憎いのは私のはずでしょう⁉　だったら私だけをしっかり狙って攻撃して！　このまじゃ貴女の好きなフレンにも当たってしまうよ！」

「ミラ⁉」

「ミラ様⁉」

フレイシスとガウェインの声が重なる。

「フレン、信じてるからね」

「……ミラ？　何を……まさか……⁉」

フレイシスの視線が、ミラの白衣のポケットへ向く。ミラは何かを察したフレイシスに向かって安心させるように笑みを浮かべ、サンダーバードから身を乗りだした。

しがみついていた巨体から手を離すと、たちまち強風に煽られて身体が傾ぐ。ミラは一度固く目を瞑ると、サンダーバードの胴を蹴り空中へ身を投げだした。

「リリカ、私を殺したいなら来なさい‼」

ゴゴゴゴゴッと耳のそばで風が音を立て、仰向けのまま矢のような速さで身体が落下していく。落ちていく中で、フレイシスの取り乱した顔が見えた。

（私の意図、気付いてくれたよね――……）

分厚い雲を横切り市街地へ向かって落ちていくミラを、異形のリリカが追いかけてくる。

「……食いついた」

「リリカ、自慢シタイ。フレイシス様と付き合って、ジマンしたい‼　アンタは邪魔よ！」

リリカの身体から、無数の黒いオーラがミラを串刺しにしようと伸びる。死神の手のようなそれがギリギリまで迫ったところで、ミラは白衣のポケットに隠し持っていたケースを取り出し、腕を突きだしてエリーテを身体の前にかざした。

「……っそんなくだらない理由で好きだなんて言うなら、絶対にフレンは譲れない！」

リリカの黒いオーラとエリーテがぶつかった瞬間、王都の空が一瞬で蒼く染まる。エリーテがリリカの魔力に反応し、打ち消している証拠だ。オーロラのように青いベールが空にかかった。

（リリカの方がフレンよりも魔力量が上なら、彼の身体が耐えられるところまでリリカの魔力を吸収して自分の力に置き換えてもらい、フレンの魔力量を極限まで引きあげる。それでも力が及ばない分は、私がエリーテでリリカの魔力を打ち消す！）

いけるだろうか。いや、この量のエリーテなら大幅にリリカの力を削れるはずだ。あとは残りを『彼』が――……。

リリカの魔力とエリーテがぶつかり合った衝撃で、ミラは空中で弾き飛ばされる。落下を続ける中、喉が裂けるほどの大声で叫んだ。

「今だよ！　フレン‼」

『――僕に還れ』

フレイシスはミラの意図を正しく読みとってくれたのだろう。身体の前に今までで一番大きな魔法陣を描いたフレイシスは、ミラに夢中で油断していたリリカの背後を取った。

リリカが振り返り、攻撃の姿勢を取った時にはもう遅い。極限まで魔力の高まったフレイシスは、彼女から放たれる黒い魔力のオーラをすべて吸いこんでいく。

途中腕に太い血管を浮かせ、滝のような勢いの黒いオーラを吸いこむフレイシスの顔が歪んだ。それでも彼は魔法を止めない。憎悪の塊のようなオーラはすべてフレイシスの放つ魔法陣に呑みこまれ、禍々しい姿をしていたリリカはやがて人間の姿に戻った。

それを目で追い、ミラは肩の力を抜く。

「やった……」

眼下に見える建物が大きくなってきた。王都の広場が視界に収まる。

（――……ああ、処刑された広場だ……）

終わりであり、始まりでもある場所。記憶では断頭台が置かれていた踊り場が迫ってくる。かつてミラが膝をつかされた、硬い踊り場だ。そこに身体を打ちつければただでは済まないだろう。

だが、ミラがその衝撃を想像することはなかった。雨に濡れて、艶やかな羽が視界を過る。

そして――……。

「ミラ！」

切羽詰まったフレイシスの声がミラを呼ぶ。

伸ばされた彼の手が視界の端を過り、柔らかい衝撃が身体に走ってミラは一瞬目を瞑る。と――サンダーバードの背中の上に立ったフレイシスが、落下するミラを抱きとめていた。

「ミラ、無事か⁉」

溺れた人魚のように息を吐きだしたミラは、必死なフレイシスの様子を見て、徐々に状況を呑みこむ。飛び回るサンダーバードの、しかも濡れてツヤツヤした背中に立ってミラを抱きとめたフレイシスに、つい場違いな感動を覚えた。

「な、なんて驚異的なバランス感覚……！」

「ふざけてるなら怒るよ」

どすの利いた声でフレイシスが叱り、それからミラを苦しいくらいギュッと抱きしめる。その手は小刻みに震えていた。

「絶対に離れるなと言っただろう……！　なんて無茶をするんだ……！」

「ありがとう、ごめんね……。でもフレンなら、絶対地面に激突する前に助けてくれるって信じてたから……。想像より派手な救出方法でビックリしたけど……」

てっきりサンダーバードの嘴で咥えられると思っていた。今になって寒さ以外の震えが湧き、ミラは血液が足元に下がる感覚を覚えた。

「それに……無茶はお互い様だよ」

異常な熱を発するフレイシスの背中に腕を回して、彼の首筋に顔を埋める。

彼こそ、無事でよかった。魔力過多で命を削るフレイシスを、一人戦わせるなどミラにはできなかった。やりたいことは、したいことは、彼を救うことだ。

「真珠塔に戻ったら、すぐに新しいエリーテを抽出するから――……あの、フレン下ろし……」

「僕が安心するまで、大人しく抱かれていて」

ミラの身じろぎすら許さず、フレイシスが言った。

「……もう無茶をしないよう、閉じこめておきたいくらいだ」

だからそれはお互い様だというのに。しかしいまだに止まらない彼の震えを肌に感じ、よほど心配させてしまったのだろうとミラはフレイシスの腕の拘束を甘んじて受け入れた。

「ミラ様、肝が冷えましたよ……！」

「ガロ様、サンダーバードを間に合わせてくれてありがとうございます。さすがですね」

サンダーバードを操るガウェインは、乾いた笑みを浮かべて言った。

「必死な殿下に、間に合わなかったら殺すと脅されましたから」

「そ、それはすみませんでした……」

本当は事前に二人へ計画を説明したかったが、絶対に「危険だ」と反対されるため、あえて黙って決行したのだ。ただ、二人なら何も言わずとも意図を汲み、助けてくれると信じていた。だから無茶できたのだとミラは思う。

「それで、リリカは？」

あまりにも固く抱きしめられているため、首が回らないミラが尋ねる。

ガウェインはサンダーバードの顔を指さした。今の今まで気付かなかったが、サンダーバードの嘴には、リリカが咥えられている。咥えられたのはミラではなく、こっちだったらしい。

意識を失いぐったりとしたリリカをそのままに、サンダーバードは王都の広場に降りたった。

この世界の魔法士ならば魔力が枯渇すると死んでしまうが、あいにくリリカは異世界人だ。転移の際に力を授かった彼女は、元の世界では普通の人間だったため魔力が枯れても死にはしない。

すっかり元の可憐な姿に戻った彼女の顔は、雨に濡れて青ざめていた。

かすかに身じろぎ目を震わせたリリカを、ガウェインが広場の階段の踊り場に寝かせる。何の因果だろうとミラは思った。

当然今は断頭台の用意はされていないが、今度はそこにリリカが膝をつくことになるなんて。

「フレイシス、ミラ」

階段の上から声がかかり、踊り場にいたミラたちは声の出所を見上げる。そこには兵士に支えられた王が立っていた。

その後ろを、ガチャガチャと帯剣の擦れる音を立てて、数えきれないほどの兵士が追いかけてくる。広場には避難してきた市民も大勢おり、踊り場を中心として大きな円ができあがった。

「陛下、意識がお戻りになったんですね。ご無事ですか？」

ミラが問いかけると、王は両手を広げ「この通りだ」と言った。

それから雷《いかずち》のように苛烈な瞳で、リリカを起こせと命じる。ガウェインがサンダーバードに何事か呟くと、踊り場で退屈そうにしていたサンダーバードが嘴でリリカの胴を突いた。

「ん……」

緩やかな眠りの浅瀬を漂っていたリリカは、覚醒を促され薄目を開ける。ミラとフレイシスが覗きこむと、状況を思い出したのかツインテールを揺らし飛び起きた。そんな彼女の首元へ、ガウェインが白刃の切っ先を突きつける。

「……っひ」

「剣を下ろせ、ガウェイン。魔力が尽きてもう何もできないだろう。それまでに――沢山のものを破壊したようだが」

フレイシスは広場から見える王都をグルリと見回し、厳しい声で言った。

見える範囲だけでも、家々の屋根は崩れ落ち、壁が抉れている。道路が陥没している地区もあり、大型の台風が通り抜けたような町並みが広がっていた。

「……っリリカは悪くないもん！　リリカはチヤホヤされたかっただけなのに……ミラ様が悪いのよ！　リリカより目立つから！　だからリリカが王様に役立たずみたいに言われて……ミラ様ばかりもてはやされて！　挙句……っ皆してリリカのしたことを責めるから、怒って町を破壊する羽目になったんじゃん！　ねぇ、悪いのはミラ様でしょ⁉」

この期に及んで厚顔無恥なことを宣《のたま》うリリカに、広場の人々がざわつき始める。あちこちで疑問の声が上がった。

「町を襲った恐ろしい異形の姿は、リリカ様だったんですか？　じゃあ……」

「ミラ様に何の関係があるんだよ……。町を破壊したのはリリカ様の意思だろ……」

「人が羨ましかったら、怒って町を破壊しても許されると思っているのか？」

指をさして罵ってくる観衆に耐えかね、リリカは耳を塞いで喚いた。

「だから何で皆してリリカを責めるのぉ……！」

胎児のように丸まり周囲の声をシャットアウトしようとするリリカを見下ろし、ミラは彼女の未熟さを不憫《ふびん》にさえ思った。

彼女は恵まれた容姿故に、与えられることが当然と考えて生きてきたのだろう。だから人からの叱責に弱く、努力もしない。反省の仕方も分からない。

「リリカは聖女なのに、不憫でかわいそうだよ……っ。リリカの力がこんなので……っ」

通りの向こうまで地面の陥没した町を見ながらリリカが嘆く。王は冷え冷えとした声で言った。

「それは聖女の力を発揮するための努力を怠ってきたからだ。本来ならば力を暴走させることなく、何か国のために役立つ強大な固有魔法を得ていたに違いない」

「努力努力って……何でリリカは選ばれし者なのに努力しなくちゃいけないの⁉　それに、努力しなくてもミラ様は恵まれてるじゃん！　どうせ最初から天才なんでしょ、世紀の発見した科学者だとかでチヤホヤされてさ、フレイシス様みたいな格好いい王子様に好かれて、皆に慕われて！　許せない！　ずるい！」

「何もずるくはない。貴様が知らないところで、ミラは血が滲むような努力をしてきたんだ」

ミラが口を開くより先に、フレイシスが一歩前に出て言った。

「ミラは恵まれていたんじゃない。恵まれなかったから努力したんだ。王家の血を引く貴族でありながら魔法の才に恵まれなかった彼女が、どれだけ肩身の狭い思いをしてきたと思う？　それを彼女は嘆いて終わるのではなく受け入れ、別の道を模索した。その努力の結果成しえた偉業に国中が熱狂し、ミラを慕っているんだ。与えられるのが当然だとふんぞり返っていた貴様とは違う！」

フレイシスの一喝に、リリカは横っ面を張られたような顔をした。大きな瞳からボロボロと涙を零しはじめたリリカへ、フレイシスは一切の哀れみを見せずに告げた。

「貴様と違い、ミラは僕を一度だってアクセサリー扱いしたことはない。それに、ミラは不器用なりに僕や多くの人と関わり、尽くしてきた。慕われるには理由がある。好かれることにも理由が必ずある。でもそれには目を向けず、ミラを逆恨みして陥れようとした貴様を、俺は許さない」

絶望に打ちひしがれるリリカから、フレイシスが背を向ける。

彼が許さないと言ってくれたこと、そして培ってきた努力を誰より理解してくれていることにミラは目頭が熱くなり、喉元まで感情がこみあげた。

フレイシスを好きになってよかった。彼が自分の一番の味方でいてくれることが、涙で視界が滲むくらい嬉しい。

(リリカのことは許せない。許せないけど、復讐を望んだり彼女に自分と同じ死を味わわせたいと思わずに済んだのは、フレンのお陰だ……)

「……悪女に断罪を！　我々を混乱に陥れたリリカに罰を！」

広場の民から声が上がり、キラリと光る硬貨が宙を飛んでリリカのこめかみに当たった。跳ね返りミラの足元まで転がったそれは、披露式典で売られていたリリカの記念硬貨だった。

最初の声を皮切りに、次々にリリカへ罵声が飛ぶ。まるでタイムスリップ前の自身の処刑を見ているようだとミラは思った。幾千もの目が、リリカを糾弾している。

ミラが肩の高さまで手を上げると、その声は水を打ったように止んだ。

「……被害はどれほどですか」

「はっ。殿下とミラ様のご尽力のお陰で、死傷者は奇跡的におりません。町はご覧の通りです」

ミラに問われた近くの兵士が、敬礼を取りながら答えた。

「そうですか。……随分と大きな癇癪だったね。リリカ」

リリカに話しかけるミラの視界の端で、魔法陣を浮かびあがらせた王が階段を一段ずつ下りてくる。次元転移の発動に気付き、周囲は王から距離を取った。

針のような雨が降る中、ミラはリリカを見下ろす。彼女の頬を流れるのが雨なのか涙なのか判断がつかなかったが、リリカの目は真っ赤に腫れていた。

「努力が嫌いなら、しなくてもいいよ。ただ、しないならしないなりの幸せで満足しないと。謙虚さを忘れずにいないと。でも、聖女でいたかったんでしょう？　特別でいたかったんでしょう？特別でいたいなら努力しないと、私がいてもいなくても、横柄な態度のままじゃいずれ多くの人から愛想を尽かされてた。フレンにもね。貴女自身が変わらないと、どの世界でもいずれ躓《つまず》く」

「……っうるさい、クソ女！」

「元の世界では特別扱いされてないって言ってたよね。……貴女みたいな我儘な子は権力を持つとろくなことをしないし、特別扱いしない方がいいと周囲も思ったんじゃないかな」

「黙ってよ!!」

「黙らない。貴女は聖女のまま牢で繋がれるより、注目を浴びて派手に処刑されるより、元の世界で『ただのリリカ』として生きていく方が堪えるみたいだから、誰にも特別扱いされない世界で猛省して。——……じゃなきゃ、ずっと一人だよ」

ずっと一人。

ミラの言葉に、リリカはヒクリと喉を震わせてしゃくりあげる。その言葉が、彼女には一番堪えるようだった。

「一人は、やだ……。辛い……」

「そうなるかどうかは、貴女の行動次第だよ。元の世界でどう生きるか、よく考えて」

目が溶けるほど泣きだした彼女へ背を向ければ、フレイシスが労るような笑みを携えてミラの手を取った。その手に手を重ね、ミラは彼に微笑み返してから一段、二段と階段を下りる。

ほどなく、ミラの背後から目のくらむような光が差した。王の発する魔法陣の光だ。周囲のざわめきが一際大きくなり、光が止んで灰色の世界が戻ると、ミラは後ろを振り返った。

先ほどまでリリカが座りこんでいた場所には、王しかいない。焼け焦げのように王の周りを囲んでいた魔法陣の名残もやがて完全に消え去ると、一瞬前までリリカがいたことが嘘のようだった。

「終わったんだ……」

「始まったんだよ。ミラの運命は書きかわった。未来が始まるよ」

肩の荷が下りたような、長年の研究を終え燃え尽きたような感覚でぽつりと呟いたミラへ、フレイシスが指を絡めて言う。

「よく頑張ったね、ミラ。これから始まる未来を、歩いていこう」

見下ろす琥珀色の瞳が、朝焼けのように眩しく優しい。王都の雨はやがて止み、虹がかかるだろう。その中を歩きだす自分とフレイシスの姿を思い浮かべ、ミラはもう一方の手で目を擦った。

(辿りついた。でも、私の人生はこれからも続くんだ。この先も彼と、歩いていけるんだ)

熱を帯びて熱いくらいのフレイシスの手をしっかりと握り直し、ミラは広場を後にした。


リリカが事件を起こし、元の世界に戻されてから二カ月。そしてティタニアから聖女が去って二カ月。町にはいまだに、彼女による破壊の爪痕が残っている。

しかし瓦礫の隙間からは花が芽吹き、陥没した道路の修繕は済んで子供たちの駆けまわる声も王都に戻ってきた。人々は聖女の力を借りずとも互いに手を取り合い、平和な日々を過ごしている。

そして町の復興が着々と進む中、今日はティタニアの王太子の成人を祝い、朝から盛大な祝賀式典が行われていた。身勝手な聖女に振り回されて疲弊した国民たちにとって、かつて病弱と言われていた王太子が無事に成人を迎えたことは、何よりの吉報だ。

町にはフラワーシャワーが舞い、フレイシスの瞳の色と同じ黄金の横断幕と、ティタニアの青と白を基調とした国旗がいくつも飾られていた。

「我らが王太子フレイシス様の、二十歳のお誕生日に乾杯！」

昼間から酒を酌み交わす者や、正装した音楽隊の音色に合わせて広場で踊る者などが陽の下に溢れている。彼らは共通して弾けるような笑みを浮かべており、誕生日の舞踏会が行われる夜になっても、国民の興奮と歓喜は続いた。

「綺麗……」

金剛宮のバルコニーから、ミラは夜空を見上げた。王太子の成人を祝い国民が手作りした星の飾りが、魔法で光り輝いて数えきれないほど浮いている。それがミラのサファイアの瞳に映りこみ、キラキラと光を弾いていた。

「僕には君の方が綺麗に見えるけどな」

むきだしの肩に背後からそっと手を添えられ、ミラは振り返る。夜空を織りこんだようなマントを翻し、今日の主役であるフレイシスがこちらを見下ろしていた。

国旗の色に合わせて青と白を基調とした正装は、夜空の星がかすむほどに美しい。服の胸元を押しあげる筋肉が見てとれる彼の姿に、「……ああ、本当に健康になったんだな」とミラはこみあげるものがあった。

「何か反応して、ミラ」

黙りこむミラの髪飾りをいじりながら、フレイシスは微笑む。彫刻のように整った彼が笑うと年相応の人間らしさが窺えて、美しいという印象から格好いいに変わる。ミラは口ごもった。

「……白衣の方が落ちつく、かな」

今日のミラは髪を巻かれ、左側にいくつもの小花を編みこまれている。ドレスは陽の光を受けた水面のようにキラキラのビジューが散りばめられた白と青のドレスで、裾にかけて上品に広がり、花柄の刺繍が施されていた。

フレイシスの衣装に合わせた色合いが、彼のパートナーはミラだと雄弁に語っている。

「いつもの白衣姿も可愛いからね。上から羽織るかい？」

「……っそんなの変でしょ！」

からかうように言ったフレイシスに、ミラが噛みつく。フレイシスは喉で笑いを転がした。

「いつものミラで安心したよ。もしかして緊張してるかも、と思ったから」

「う……」

（心配して、私の緊張を和らげようとしてくれたんだ……）

相変わらずミラの機微に敏《さと》い彼だ。ミラはフレイシスに手を取られながら、金剛の間へ向かった。

今日のフレイシスは片側の髪を耳にかけているため、整った横顔の輪郭がよく見える。

慣れない高いヒールに難儀しゆっくり歩くミラの歩幅に合わせてくれる彼を見上げながら、ミラは言った。

「……緊張はしてたよ。ダンスで転ぶかも、と思って」

「転ばせないよ。僕が――」

「でもそれより」

金剛の間の扉の前まで辿りついたミラは、今日は白手袋をしているフレイシスの手を引き寄せ、頬を染めてはにかんだ。空いた手を彼の心臓に当てると、力強い鼓動を手のひらに感じた。

「……でもそれより、感動して、胸が震えてた。フレンの二十歳の誕生日をお祝いできることに。――お誕生日おめでとう、フレン。生まれてきてくれてありがとう、今日まで生きてきてくれてありがとう。あと――私と出会って、私を変えてくれてありがとう」

タイムスリップ前のミラは、この頃にはもうとっくに処刑されていた。処刑場でフレイシスを見上げ絶望するしかできなかった自分は、今この幸せを信じられるだろうか。泉のように湧きだし、世界を鮮やかに染める幸せを。

「――……」

フレイシスが桃花眼を零れ落ちそうなほど見開く。息を詰めた彼に気付かず、ミラは続きの言葉を紡いだ。

「本当は一番にお祝いしたかったけど、支度が忙しくて遅れちゃったね。王宮の使用人たちが朝から研究施設にやってきて驚いたよ。準備があるからって白衣をひん剝かれちゃった」

ミラが笑いながら言い終えたタイミングで、扉の前にいた兵が声をかけてくる。

「お二人ともご準備が整われたようですので、お開けしますね」

ギィ、と重い音を立てて観音開きの扉が細く開いていく。大広間にはすでに溢れんばかりの貴族が集まっているのだろう。中から音の洪水が漏れ出してくる中、ミラはいざ本番だと気を引き締めた。

が──……フレイシスによって不意に腰を引き寄せられ、驚きから声が漏れてしまう。

「──っわ⁉」

祝いの音楽よりも大きなどよめきが、ミラとフレイシスを迎え入れる。金の中央階段の下に広がる大広間にいた全員が、階段の上に立つ二人に驚きの目を向けた。扇子を口元にやって「まぁ」と興奮する淑女もいれば、顎が外れるほど二人を凝視している紳士もいる。

階段の下でフレイシスとミラの登場を待っていた王とガウェインは、目を丸めてからニヤニヤと口元を緩ませた。

「入場するなり抱き合っているとは、やるのう」

壮健な王が、冷やかすように言う。

多くの来賓が見守る中、ミラはフレイシスに固く抱きしめられていた。しっかりと留められた髪飾りの花がいくつか散るほどの力で引き寄せられて。

「……フレイシス・ティタニア殿下、パートナーのミラ・フェルゴール様、ご入場です……」

扉を開けた兵の、何とも間抜けな声が響き渡る。この瞬間、フレイシスの想い人が王家の救世主たるミラだと、大広間にいた全員に知れ渡り──爆発的な拍手と歓声が巻き起こった。

「驚きましたわ。フレイシス殿下のパートナーは、あのご高名な科学者様なのですね」

「これはかなりの熱の上げようですなぁ」

そんな声が耳に届き、ミラはフレイシスに抱きしめられたまま熟れたトマトのように赤くなった。口笛や割れんばかりの拍手に溺れながら、フレイシスの胸元に手を当てて何とか距離を取ろうとする。ゆでダコのようになったミラを、階下でいくつもの目が微笑ましそうに眺めていた。

「ふ、フレン、皆見てる……！」

「うん」

「うん、じゃなくて……ねえ、誕生パーティーだよ、主役でしょ⁉」

「ミラに祝ってもらえただけで十分だ」

「いやいや、冗談言ってないで……」

もがき始めたミラは、ふとフレイシスの腕の拘束が緩んだことに気付き顔を上げる。ミラの目に映ったフレイシスは、泣きそうな笑みを浮かべていた。

「……本当に十分だよ。僕を許してくれて、愛してくれてありがとう」

「フレ……」

「僕も、君が生きて今日ここにいて、誕生日を祝ってくれることが嬉しい」

真実を知ってからずっと、タイムスリップ前の世界で自分はミラを断罪したという後ろめたさが彼の中にはあったに違いない。だから、手放しでミラに生まれたことを祝福されて安心したし、泣きたいくらい嬉しいのだろう。

生まれた日に抱きしめてもらった温もりを思い出したような、そんな愛しさをミラは感じた。

（どうしようもないくらいに愛しいなぁ……）

際限なく溢れてくる感情に瞳を潤ませながら、ミラはフレイシスに手を伸ばした。さあ、踊らなくては。誰よりも愛しい彼と。

意図を察したフレイシスが、わずかに目元の赤くなった笑顔でその手を下から掬いあげる。大広間を満たす拍手の中、フレイシスにエスコートされたミラは、噛みしめるように階段を一段ずつ下りた。

ゆったりとした弦楽器の音色が響き、ダンスの音楽が始まる。壊れ物を扱うような手つきで腰に手を添えてきたフレイシスにリードしてもらい、ミラはダンスフロアに出ていった。

社交界にも顔を出さず研究を続けてきたミラにとって、ダンスパーティーはこれが初めてだ。ドレスの下でたたらを踏むミラを上手く庇いながら優雅にフレイシスがリードしてくれる。

周囲の目が温かく、皆が二人の関係を祝福してくれている様子にやっと緊張もほぐれてくる。幸せな時間だ。

天井がガラス張りになっており、窓ガラス越しに幾千の星空がよく見えるのにミラが気付いた頃には、二曲目に突入していた。

二曲目からは来賓たちも踊りに加わりはじめ、色とりどりのドレスが傘のように揺れる。高揚から肩を弾ませるミラをターンさせながら、フレイシスが言った。

「今回の聖女の件を反省し、父上は王位を退かれるそうだ。聖女に過度な期待を寄せ我儘を許したことも、結果聖女を追いつめ凶行に走らせたのも、自分に非がある……そんな自分はもう王として相応しくないとのことだよ。せめて引き際だけは見誤りたくないそうだ」

「……そう。退位されるのは残念だけど、リリカという聖女がいなくなったティタニアで、新たな王の誕生は明るいニュースになるね、フレン」

彼は王になるのか。

嬉しい知らせに、ミラは心を弾ませる。しかし、一つの気がかりがあった。

「でも、本当によかったのかな。暴走していたとはいえ、結局リリカは聖女の力に目覚めたのに元の世界に帰して」

「構わないさ」

「だけど、この国には聖女がいなくなっちゃったんだよ。少なくとも百年先までは」

「確かに異世界からの聖女はもういないけど、この国には――」

フレイシスに両手をグッと腰に当てられた瞬間、ミラの身体は羽根のように浮く。ミラを抱きあげたフレイシスは、真っすぐな瞳でミラを射抜いた。

「君がいる」

「……私……？」

「エリーテは僕だけでなく、沢山の命を救う希望の光だ。それを発見したミラは、紛れもなく聖女だよ。まあでも、僕としては」

フレイシスがミラを優しく下ろす。耳に心地よい余韻を残して二曲目が終わるタイミングで、フレイシスはミラの手の甲に口付けを落とした。

「聖女でなく、僕のお嫁さんになってほしいかな」

……何度目の驚きだろう。

息を止めて瞠目するミラの足元へ、フレイシスが膝をつく。またしてもさざなみのようなざわめきが起こる広場で、フレイシスは恭しく言った。

「王妃が科学者なんて、とてもワクワクするんだけど。――僕と結婚してくれないか、ミラ」

天井を突き破るような歓声が巻き起こり、ダンスフロアから離れた場所で二人を見守っていた王はガウェインの背を嬉しそうにバシバシと叩く。ガウェインは返事を聞く前から、顎にしわができるほど男泣きをしていた。

沢山の「おめでとうございます」が、雨のように降り注ぐ。でも、ミラには聞こえなかった。耳も、目も、口も、手足も上手く機能してくれない。

ただただ震える瞳で、フレイシスを見上げることしかできない。涙に濡れて焦点のぼやけた瞳は、彼の姿さえおぼろに映す。

(――今日の日のために、時間を遡ったのかもしれない……)

「……これから先もずっとずっと、共に生きるのが私でいいの……?」

涙に濡れ、溺れた声でミラが問う。フレイシスはとうとう泣きだしたミラの目元にいくつも口付けを落として答えた。

「もちろんだよ、君は?」

「……はい。私も……」

言葉尻が震える。上手く喋れなくてもずっと待ってくれるフレイシスへ、ミラは懸命に言った。

「科学者であり続けて、そして……フレンのお嫁さんになりたいな……」

歓声が――夜空に浮かぶ星すべてが震えるほどの歓声が、広間を埋め尽くす。

長かったし、永遠のように遠くも感じられた。けれど辿りついたのだ、道の先に。死すら、そして運命すら恐れるに足らないほどの安息に。

それは彼の腕の中にあった。ミラはフレイシスの胸に飛びこむ。彼とこれから紡いでいく長い長い人生に思いを馳せ、ミラはフレイシスと微笑み合った。

君との日々なら、朝焼けのように優しい

それはミラとフレイシスが結婚してから、半年後のことだった。窓には霜が降り、しんしんと舞う粉雪がティタニアを銀世界に染める季節のこと。

王に即位したため金剛宮に住まいを移したフレイシスの寝室で、特別明るい声がかかった。

「ご懐妊ですね。ミラ様、フレイシス陛下、おめでとうございます！」

セイウチ髭のパウエル医師が、顔中のしわをクシャクシャにして笑う。破顔する彼を初めて見たミラは、言葉を呑みこむのに時間がかかった。

遡ること数十分前、フレイシスの部屋でお茶を楽しんでいる最中に吐き気を催したミラは、すぐさま彼によって医師を呼ばれベッドに寝かされた。

執務に追われるフレイシスがせっかくお茶の時間を設けてくれたのに、まさか体調を崩すなんて。ミラは柔らかく沈む枕に頭を預けながら、フレイシスに仕事へ戻るよう眉を下げて頼んだ。

「嫌だ、ここにいる」の一点張りで、決して戻ってはくれなかったが。

結局パウエル医師が診察を終えるまでの間、フレイシスはつきっきりでミラの手を握っていた。

普段のミラなら無理やりフレイシスを戻らせるところだが、琥珀色の桃花眼を心配そうに揺らす様子を見てしまえば強くは言えなかった。

そして、診察を終えたパウエル医師が告げたのが、冒頭の台詞である。

「……懐妊……妊娠……？」

仰向けのまま臍の位置を確認するように首だけ持ちあげて、ミラは下腹の辺りを眺めてみる。シーツに覆われたそこは、まだそこまでの膨らみを感じず、なだらかなものだった。

でも、ここに新たな命が宿っている。フレイシスと自分の愛の結晶が、産声を上げる時を待っている。そう思うと、じわじわと目頭が熱くなり、泣きたいくらいの喜びに満たされた。

「そう、ですか……妊娠……」

沢山の想いが溢れて言葉にならないので、せめて幸せを噛みしめるように腹を撫でる。自分の腹にこれほど愛しさを込めて触れるなんて、生まれて初めてだ。

胎動なんてまだまだ感じないのに、腹の底から温かい光が漏れ出ているような、そこにポッと柔らかな熱が灯ったような感動を覚える。

リリカの企みを暴いた日、フレイシスは『未来が始まる』と言った。それは本当だったのだ。

(処刑になる運命を書きかえたからゴールじゃなくて……未来は……道の先はまだまだ続いてた……。私、母親に……なれるんだ……)

首に板をはめられ、ギロチンにかけられた時の自分は、こんな未来を想像できなかった。時間を逆行しなければ、自分もお腹の子供も、存在しなかった命だ。そう思うと不思議で仕方ないが、それよりも喜びが頭のてっぺんから足の爪先までを満たした。零れる笑みを止められない。

「じゃあ、ここしばらく続いていた倦怠感はそのせいですか」

驚きが一周回って冷静さを取り戻したミラは、全身の気怠《けだる》さに得心がいって頷いた。対してパウエル医師の発表から一向に言葉を発しないフレイシスに、ようやく気付く。

反応が気になり視線をそちらへ移すと、フレイシスは彫刻のように整った顔で固まっていた。それから、油のさされていない人形のような動きでミラの腹を見つめてくる。

「……子供……？　ミラと、僕の……？」

フレイシスの声は、何年も水を口にしていないかのように掠れていた。ミラの腹へ伸ばしかけた彼の指先は、触れる寸前で躊躇うように丸まってしまう。

「フレ……陛下……？」

（まさか嬉しくないなんて、ないよね……？）

シーツを握りしめたミラの不安は、しかし杞憂に終わった。フレイシスはミラと目が合うなり、精悍な表情を歪めて泣きそうに微笑む。その表情だけで、フレイシスが両手いっぱいで抱えきれないほどの幸せに戸惑っているのだとミラには分かった。

「こんなに幸せでいいのかな……。ありがとう、ミラ。僕たちの子供を身ごもってくれて」

新しい命が宿ったミラに触れれば壊してしまうとでも思っているのか、フレイシスは触れてこない。神々しいものを見るように目を細める彼へ、ミラは身を起こして彼の手を握った。その際ミラがぐらついただけで慌てて背中を支えようとしたフレイシスに、思わず笑ってしまう。

ミラが目配せすると、パウエル医師は心得たように部屋を後にする。扉が閉まるなり、ミラはまだ半ば放心しているフレイシスにお願いをした。

「フレン、触って」

「……あ、ああ」

緊張で汗ばんだフレイシスの手を、ミラは自身の腹へと誘う。

シーツを捲《めく》りドレスの上からそこに触れたフレイシスは、詰めていた息を小さく吐きだした。それから奥歯を噛みしめて、何度か頷く。

「……健康になって、王になって、ミラを妻にできて……これ以上望むことなんてないくらい幸せなのに……ミラはまだ僕に幸せをくれるんだね」

「それは私の台詞だよ。まさか、こんな幸せな未来が待っているなんて思いもしなかった」

ピタリと互いの額をくっつけて微笑み合う。腹に触れたフレイシスの手に自身の手を重ね、この先の未来を想像してミラは心を弾ませた。

妊娠を発表すると、研究施設のメンバーは大いに盛りあがった。

ミラの立場が王妃になっても彼らの気安さは変わらないままだ。妙に畏《かしこ》まられると尻がこそばゆいので、変わらぬ接し方にミラは感謝していた。

「王子様かな？　お姫様かな？　どちらでもめでたいですね！」

「俺らのボスが王妃になっただけでもめでたかったってのに、こんなに早くお世継ぎまで授かるなんて……‼」

誰も彼も、エリーテの抽出実験を成功させた時に匹敵するほどの浮かれようだ。研究施設が揺れるレベルの歓声に驚きつつも、喜んでもらえたことにミラは顔を綻ばせた。

（ここまで喜んでくれるなら、早めに報告してよかった……）

安定期に入るまで黙っておくべきかとも思ったが、つわりのことがあるので、研究仲間の耳には入れておいた方がいいだろうと判断し報告したミラ。しかしジョットが目頭を押さえて泣きだしたのは想定外で、面食らってしまった。

「じょ、ジョットくん……？」

筋骨隆々の偉丈夫が顔をビショビショにして泣くと、それだけでかなりの迫力がある。オロオロしたミラがジョットの肩に手を置くと、彼は泣き顔を見せまいとして後ろを向いてしまった。

「あー……見んな、どちくしょう。くっそー……何で泣いてるんだ？　俺はよ。めでてえな、おい。めでてえよ」

「……うん、ありがとう」

鼻をすすりながら祝いの言葉を投げかけてくるジョットに、ミラも自然と笑顔を咲かせる。彼との友情も、タイムスリップして自身が変化したからこそ得られたものだ。研究仲間であり友人でもある彼が感涙にむせぶ様子を見て、ミラは心が温かくなった。

「身重なんだから無茶すんじゃねえぞ」

「うん、分かってる。パウエル医師にもそう口酸っぱく言われてるしね」

「だろうな。いつまで働く気なんだ、王妃様よ」

「うーん。そうだね、臨月まで研究を続けたいけど……許してもらえるかな？」

「そうさなぁ……あ、馬鹿、おい！」

ジョットは棚に並んだ薬瓶を開けた研究員を見るなり、声を荒らげた。

「妊婦がいるんだから実験室以外でむやみに薬瓶を開けるんじゃねえ！」

「ジョットくん、だいじょう……うぅっ！」

窓から入りこんだ風に乗って、薬品の匂いがミラの鼻腔を刺す。途端に胃がひっくり返ったような吐き気を催し、ミラは両手で口を押さえた。

「すみません、ミラさん！　大丈夫ですか……ああ！」

研究員が慌てて瓶の蓋を閉めるものの、時すでに遅し。

喉元までせりあがった吐き気は止まらない。ミラは真っ昼間の研究施設で、盛大に胃の内容物を吐きだす羽目になった。

胃液が逆流する度に喉が焼けるような痛みに襲われ背中を丸めて床に蹲《うずくま》る中、ジョットがひたすらミラの背中をさすってくれる。

王妃になったというのにまさか研究仲間にリバースする瞬間を見られるとは。

まだまだこみあげてくる胃液に難儀しながら、ミラは青い顔で思った。


吐き気の波がようやく収まってきた頃、ガウェインが馬車で迎えに来てくれた。

心配そうな面持ちの彼は、顔面蒼白なミラを見下ろすなり気づかわしげに声をかける。

「ミラ様、お加減はいかがですか。……落ちつきました？」

「そうですねぇ……。胃の中が空っぽなので、もう吐く物もないって感じです。今ならバッチリ馬車に乗れますよ」

「ゆっくり帰りましょうね」

御者に極力揺らさないよう言いつけながら、ガウェインはミラを横抱きにして馬車に乗せる。ミラが椅子にしっかり座ったことを確認してから、ガウェインは向かいにかけた。

ガウェインとの関係も相変わらずだ。結婚して王妃になっても、ミラはガウェインに対して敬語で接している。彼はそれに対し最初こそ恐縮していたが、ミラが今まで通りの方が落ちつくと言えば、それに合わせてくれた。

もしかしたら、フレイシスによってミラの意思を尊重するよう命令されたのかもしれない。フレイシスがガウェインに塩対応なのも相変わらずだった。

「ミラ様が体調を崩したと聞かれて、フレイシス陛下は大変ご心配なさっておいででしたよ。執務の最中でしたが、ご自身でお迎えに行くと仰って……お止めするのに少々骨が折れました。しまいには魔法で吸収されるかと……」

くたびれたガウェインの様子から、フレイシスに手を焼いたことがありありと感じとれる。

(ご愁傷様です、ガロ様……)

乾いた笑いを零して遠くを見つめるガウェインに、ミラはハンカチで口元を覆いつつ心の中で合掌した。

「ご迷惑をおかけしたみたいで……すみません」

「迷惑なんてとんでもないですよ！　それは絶対に違います！」

ガウェインはピンク色のフワフワした髪を揺らし、矢継ぎ早に否定した。

「私はとっても嬉しいんですよ、ミラ様。ずっとお二人が結ばれればいいのにと思いながら見守ってきた身ですので、陛下とミラ様がご結婚されて、本当に嬉しくて。そしてご懐妊まで！　王子様、もしくは王女様のご誕生が待ち遠しくて仕方ありません」

ガウェインはどんぐりのような目元を和らげ、ニコニコと言った。

「どうか元気なお世継ぎをお産みください。そしてミラ様も、どうか健やかなままでと、いつも祈っています」

「……ありがとう」

温かいガウェインの言葉に、こちらも釣られて笑顔になる。まだ少ししか膨らんでいない腹をさすりながら、ミラは周りの人々の優しさに思いを馳せた。

（こんなに幸せでいいのかなって、怖いくらい）

陽の光を受けた水面のように、世界がキラキラと輝いて優しく見える。幸せだと声を大にして言える。つわりは辛いし無事産めるのかという不安もあるが、周囲の人々の助けや優しさに包まれているだけで大丈夫だと思えた。


王宮に戻るなり、妊婦の自分より真っ青なパウエル医師と使用人たちに出迎えられて、あっという間にベッドに寝かされた。

「匂いに敏感な妊婦がいる場所で不用意に薬品の蓋を開けるなど、言語道断ですな！　妊婦に対する知識も意識も乏しすぎる！」

　パウエル医師はミラの熱を測りながら憤慨する。セイウチのような髭が鼻息で揺れるのを見つめながら、首元までメイドにシーツを引きあげられたミラは苦笑した。

「ま、まあ男所帯ですしね。次からは気をつけてもらいます」

「次⁉」

　パウエル医師は目を三角にして裏返った声を上げた。

「次なんて、出産を無事に終えるまでありませんよ！　ミラ様！」

「へ……」

　鳩が豆鉄砲を食ったような顔をするミラに、腰に手を当ててパウエル医師はネチネチ説教を始めた。

「妊婦への配慮に欠ける場所に行くことを、許可できるはずがないでしょう？　それにメイドからお聞きしましたが、ここ三日、グレープフルーツジュースしかまともに召し上がれていないそうですね。そんなフラフラの状態で働くおつもりですかな？」

「う……だって……。でも、それは誇張しすぎです。昨日の夜は少し食べましたよ」

　ミラが言い返すと、パウエル医師は片方の眉を吊り上げる。

「ですが頭痛も続いていますし、熱も一カ月継続しておられる」

「……妊婦ってそんなものかと」

「ミラ様‼　油断は大敵ですぞ！　無理して出血でもしたらどうなさるおつもりか！　とにかく絶対安静！　危険な薬品がある研究室で立ちくらみでも起こして取り返しのつかないことになったら

……」


想像したのか、パウエル医師は泡を吹いて倒れそうな顔をした。

「そうならないためにも、いいですか、ミラ様！　研究室へは、絶対に立ち入り禁止です‼」

こうして臨月まで働きたいというミラの願いは、パウエル医師の絶叫により断たれてしまった。


天蓋を見つめて嘆息を一つ。

確かに自分は幸せボケして能天気だったかもしれない。命を授かっているという意識が乏しかったのかもしれないと、ミラは寝返りを打ちながら反省した。

(別に無茶をするつもりや妊娠や出産を楽観視しているつもりはなかったけど……)

パウエル医師が診察を終えたあと、同席していたメイドからも、

「心配で仕方ないので、研究や一人での行動はお控えください」

と泣きつかれてしまった。

こうなると四六時中誰かに付き添われて自由な時間がない。ベッドで横になっている今は部屋の外にメイドが数人控えている。

(ふむ……)

体調が悪いことでナーバスになったり、不安に溺れてもいいことはない。だから「このしんどさは病気じゃないから大丈夫、皆こんなものだ」と言い聞かせ、意識を明るい方に持っていくよう努

めていたが――――そのせいで周りに心配をかけるなら、行動には気をつけようと思った。

(これから生まれてくる命を任されてるんだもんね。意識を改めよう)

うんうんと頷いていると、部屋にノックの音が響く。ミラが返事をすると扉が開き、寝室にフレイシスが顔を覗かせた。

急いで仕事を終わらせてきたのだろう。疲れた様子のフレイシスはチンツ張りの椅子をベッドまで引き寄せて開口一番謝った。

「ごめん、ミラ。すぐに様子を見に来られなくて」

「ううん。仕事が忙しいのに来てくれてありがとう。こっちこそ心配かけてごめんね」

起きあがろうとすると、フレイシスによって大きな枕をベッドと背中の間に差しこまれる。かいがいしく世話を焼いてくれる彼にミラが礼を述べると、フレイシスはミラの白い頬をひと撫でして言った。

「ミラ、お腹空《す》かないか?　リンゴを剝いてきたんだ」

「フレンが自分で剝いたの?」

ベッド脇にコトリと音を立てて置かれたのは、一口サイズに切られたリンゴの載った皿だった。

ミラが驚いて尋ねると、フレイシスはくすぐったそうに頷く。

「つわりがひどい時でもリンゴなら食べやすいって、出産経験のある使用人に聞いたから。ああ、もちろん、残していいからね」

ミラは不揃いに切られたリンゴに視線を落とし、それからフレイシスの手へ視線を移す。彼の指には真新しい切り傷が二つあった。

それだけで、慣れないリンゴの皮むきに四苦八苦するフレイシスの姿が容易に思い浮かぶ。王宮の料理人に任せればいいものを、王妃のためにわざわざ国王自らが包丁を握るなんて。

（食べるの、もったいないなぁ……）

せめて目に焼きつけよう。

吐くのが嫌で最近は食欲さえ失くしつつあったミラだが、目の前に置かれたリンゴは瑞々しく蜜がたっぷりで、とても美味《おい》しそうに見えた。

久しぶりに食指が動く。ミラの腹の虫がくう、と鳴いたのを聞き、フレイシスは嬉しそうにフォークでリンゴを刺した。そのまま特に蜜が入った一切れをミラの口元まで持ってくる。

「はい、あーん」

「あーん……。ん、美味しい」

カシュッと小気味いい音を立てて噛んだ瞬間、口いっぱいに甘酸っぱさが広がる。小さな口を動かしながら咀嚼《そしゃく》し、一切れ目のリンゴをあっという間に食べきれてミラは感動した。つわりが始まってからというもの、具が細かく刻まれたスープでさえ飲むのに一苦労していたのに。

「……フレン、フレン」

フレイシスの袖口を引っ張り、もっと食べたいと雛鳥《ひなどり》のようにねだる。普段甘えてこないミラのおねだりが珍しいのか、それとも愛しい妻の食欲が嬉しいのか、フレイシスはミラにもう一切れリンゴを食べさせた。

四切れ食べ終えたところで、ミラは首を横に振る。唇についた果汁をフレイシスの親指で拭われたミラは、彼の舌がそのまま親指をペロリと舐めたところで羞恥に駆られた。

（あれ？　待って、今更だけど何かすっごい恥ずかしいことしてなかった？　私……）

夫婦になってもミラの恥じらいは消えない。しかしフレイシスはフォークを皿に置くなりミラを検分するように見て、真剣な眼差しで尋ねた。

「……ねえミラ、辛くないかい？」

「うん？　辛くないかと言われると辛いけど……まあ身体の中ですさまじい細胞分裂が起きてると思えば納得がいくかな」

「ミラらしい答えだね。でも僕が言いたいのは身体のこともそうだけど……心は、辛くない？」

「心……？」

意外な問いかけに瞠目すれば、フレイシスは、

「パウエル医師から研究施設への出入りを禁止されたと聞いたよ」

と言った。

「ああ……なるほどね」

「僕は――……」

フレイシスは組んだ指に視線を落とし、暗い顔で言った。

「科学者としてのミラがとても好きなんだ。何でかって、研究に没頭しているミラは凛々《りり》しくて、生き生きとしているからだよ。心から楽しんで研究していると分かる。だから、それを禁止されたら、辛いだろう？」

「フレン……」

「ミラの辛さを半分、僕が貰えたらいいのに。僕は幸せなだけで、ミラだけが我慢を強いられてる。

君のために何もできないのがもどかしいな」

「フレン、そんなことないよ。支えてくれてるでしょ。それに、研究施設で研究ができなくても、辛くなんてないよ？」

組んだ手の甲に爪を立てるフレイシスの手をそっと握りながら、ミラは力強く言った。

「研究施設での研究だけが科学じゃない。科学は世界に溢れてるから平気で……」

「ミラ、無理しないでくれ」

「無理じゃないってば。うーん、どうしたら伝わるかな……ちょっと待って――……」

ミラは部屋の外に控えているメイドに声をかけ、お茶を淹《い》れてくれるよう頼んだ。

ほどなくしてお盆にティーポットとカップ、スライスしたレモンを載せたメイドが、ベッド脇の小机にそれを置いて下がる。流麗な曲線の絵柄が美しいティーポットの持ち手を掴んだミラに、フレイシスは「僕が淹れようか」と聞いてくれたが断った。

「いいから見てて。このお茶は無臭だから気分も悪くならないし大丈夫。それより……ねえ、珍しいでしょう？　青いお茶なの」

ミラがティーカップになみなみと注ぐハーブティーの色は、アクアマリンのように透き通った青色だ。フレイシスは長い睫毛を震わせて目を瞬かせた。

「異国のお茶かい？」

「うん。妊婦でも飲めるハーブティーを先王陛下がいくつかくださって……」

ハーブティーを眺めながら、妊娠を報告した時の先王の喜びようを思い出してミラは口元に笑みを刻んだ。

「さて、ここにレモンを落とすとどうなるでしょう？」

「さあ……？」

まるで手品を披露するような口調で告げるミラに対して、フレイシスは不思議そうにハーブティーを見つめる。ミラは悪戯《いたずら》っ子のようにニヤッと笑い、宝石を溶かしたような青い液体へレモンを一切れ落とした。

たちまち、カップの中のハーブティーは夜明けの空のような薄紫に変わり、やがて夕暮れを思わせる紅色に染まっていく。

「……赤くなった？　これは……」

驚嘆するフレイシスにカップを持たせて、ミラは「化学変化だよ」と楽しそうに言った。

「このお茶に使われているハーブには、どうやらアントシアニンが含まれているみたいなの。アントシアニン色素の構造は水素イオン濃度の変化に応じて変化するから、レモンの果汁によってアルカリ性から酸性に傾いて青から赤になるみたい」

「へえ……」

驚嘆した様子でカップの中のお茶を揺らすフレイシスに向かい、ミラは目を爛々と輝かせて言った。

「初めて見た時は不思議で、色々な水溶液で試してみちゃった。だから、ほら。ね、フレン」

ミラはカップを握るフレイシスの手に、自身の両手を重ねて力強く言った。

「研究施設に通えなくたって、実験室でなくたって、科学は楽しめるよ。世界には、日常には科学が溢れてる。私はそれを見つけて、目いっぱい楽しめるよ」

「ミラ……」

　フレイシスは大きな二重瞼の桃花眼を揺らし、胸を打たれたような顔をした。

「そりゃ、研究施設には臨月まで顔を出せたらいいな、と思ってはいたけど。でも実験室にいなくたって、私は科学者だよ。妊娠中だって日常の中に科学を見出せる」

「……そうだったね。ミラはそういう子だ」

　フレイシスはカップを小机に置き、ミラの背中を優しく引き寄せた。ミラの妊娠前は一分の隙もないほどギュウギュウと抱きしめる癖があった彼は、今は腹を庇うように腕を回して、ゆったりと抱き寄せてくる。

「君は嘆いて終わる子じゃない。魔法の才がないと知ったら努力して国一番の科学者になり、処刑を言い渡されたら時間を逆行して運命を変えてしまうとんでもない子だ。僕はそんな強い子を妻にできたんだね」

「そうだよ。私は科学者だけど同時にフレンの妻なの。今はその肩書を満喫中だよ」

　ミラが誇らしげに言うと、フレイシスはミラの額に唇を寄せて微笑んだ。それから、彼は切なそうに琥珀色の目を細めて白状する。

「本当は、少し怖かったんだ……」

「怖い？」

「ミラが本当に幸せなのか、怖かった。君は自由が何よりも似合うから、妊娠して行動を制限されることを苦痛に思うんじゃないか……いや、それだけじゃなく、王宮のしきたりや色々な取り決めに息が詰まるんじゃないかって」

「そんな心配を……」

「君に不自由はさせたくない。でも、君を手放すことも考えられないから、ミラが幸せじゃなかったらどうしようかって……」

「幸せだよ」

ミラは俯いたフレイシスの顔を覗きこみ、真摯な眼差しで即答した。

「フレンの隣にいることが、私の幸せだから。幸せに決まってる。それに……私と、生まれてくる子を、一生幸せにしてくれるでしょう？」

確信に近い問いかけをすると、フレイシスは長い睫毛に縁どられた目を見開いた。それから、力強く頷き肯定してくれる。

「絶対に幸せにする。誓うよ」

その言葉に、ミラは花が咲き綻ぶように微笑んだ。フレイシスは参ったように笑う。

「はあ……本当にとんでもない子だな、ミラは。早く生まれてきた子に、君の母親は最高に強くて素敵な女性だって教えてあげたい」

「じゃあ私はお腹の子に、貴方の父親は最高に優しくて頼れる男性だって教えてあげなきゃいけないね。ねえフレン、フレンは妊娠中の私に何もできないって言ったけど、そんなことないよ。フレンは私の体調もだけど、気持ちまで気にかけてくれてるでしょう？　それがすごく嬉しいよ。一人じゃないんだって、フレンに守られてるんだって思えるから」

「……守るよ。君と、これから生まれてくる子を一生守っていく」

ミラの両手を取ったフレイシスは、互いの指を絡ませて誓いのように言葉を紡ぐ。指先からフレイシスの決意が流れこんでくるような感覚にミラがクスクス笑うと、フレイシスは甘く微笑み返してきた。

「ミラはよく笑うようになったね」

「そうかな」

「うん。可愛い」

キャラメルのように甘い言葉を囁かれて、ミラは頬を紅潮させる。これではパウエル医師からまだ熱が引いていないと怒られてしまいそうだ。

「ミラは笑った顔が一番可愛い」

「……う、ちょっと、甘いのやめて、フレン。私妊娠してから砂糖控えてるから……」

「照れてるのも可愛い」

「や、やめてってば」

しどろもどろになって顔を隠そうとするミラの両手を握り直し、フレイシスは彼女を引き寄せる。ミラの碧眼にフレイシスの秀麗な顔が広がったと思うと、チュッと音を立てて唇に小さな熱が落ちた。

「好きだよ」

可愛いの次は好きですか。

妊娠してから我慢しているシュガーポットいっぱいの砂糖よりも甘く口付けられて、実験終わりに食べるホールケーキよりも甘ったるい言葉を重ねられたら、もうミラは赤くなるしかない。

どうやらフレイシスはいつもの調子を取り戻してきたみたいだ。優しくて、ちょっとだけ意地悪ないつもの調子を。

それに安堵しつつも、妊婦なのだから手加減してほしいとも思う。結婚してもずっとときめいてばかりいるなんて心臓に悪い。日増しに彼を好きになるなんて。

「……フレンと結婚できて、本当に幸せだよ。私」

晴れ渡る青空のような笑顔で、ミラはフレイシスに言う。ミラの言葉を聞いたフレイシスは、絵画のように綺麗に微笑んだ。

「僕もだよ」

数カ月後には元気な王子の誕生に国中が沸き、さらに十数年後にはその王子が父親顔負けの魔力と母親譲りの好奇心で魔法科学に大きく貢献するまで成長することを、ミラとフレイシスはまだ知らない。

ただただ、これから描いていく未来と家族の形に思いを馳せて、二人は窓の外を眺める。窓枠で四角く切り取られた外の世界では、二人とお腹の中にいる子供の未来を祝福するように、紙吹雪を思わせる粉雪が舞っていた。

ひもすがら愛しい君たちへ

視察から帰った王を出迎える臣下が、金剛門にずらりと整列している。しかし筋骨隆々の門兵が並ぶ中では不釣り合いな、子供特有の甲高い声が木霊した。

「ダッセーの！」

幻想的な青い光を放つフレイシスの隣には、注射器を手にしたミラが立っている。二人が声のした方を振り返ると、困り顔のガウェインを後ろに従えた男の子が、こちらを睨みつけていた。

母親譲りの金髪と、アクアマリンを彷彿とさせる瞳の色が目立つ子だ。しかし、ミステリアスな桃花眼と筋の通った鼻や薄い唇は父親に生き写しで、将来が非常に楽しみな顔立ちをしている。

そう、この子こそミラとフレイシスの愛息である、七歳のシュテル・ティタニアだ。

「シュテル？　何がダサいって言ったの？」

注射器をケースにしまいながら、ミラは目を丸めて尋ねた。

たった今、フレイシスにエリーテを打ったところだ。道中で魔物を退治する際に彼が大きな魔法を使ったと、連絡を受けていたためである。

お守りを務めるガウェインの制止もむなしく、フレイシスそっくりの顔でシュテルは罵った。

「お父様だよ。エリーテがなきゃダメダメなお父様なんて、ダッサい‼」

辛辣な言葉が響くなり、金剛門にいた臣下は全員凍りついた。

「――――へえ？」

二十代後半になり、ますます色気の増したフレイシスが小首を傾げて言った。口元にたたえた笑みは穏やかなのに、この数年で培ったものだろう、思わず跪きたくなるほどの威圧感がある。

しかし怒りをあらわにしたのは彼でなく、ミラの方だった。

「どうしてそんなことを言うの？　お父様がエリーテを摂取するのは、皆や国のために大きな魔法を使ったからだよ。前にも説明したよね？　お父様は魔法で吸収した物質を自身の魔力に置き換えられるから、身体に負荷がかかる分の魔力はエリーテで打ち消さなきゃいけないって……シュテル、こっちを見なさい」

しゃがんで息子の目の高さに視線を合わせたミラは、肩を掴み、諭すように言った。

しかしシュテルは唇を尖らせてそっぽを向く。ミラが続きの言葉を発しようとすると、彼は手を振り払い、叫んでその場を後にした。

「だってダサいんだから、ダサいって言って何が悪いの⁉」

「シュテル……！　もう……っ」

ミラが追いかける。その後を追うか迷いつつ、ガウェインはハラハラした様子で言った。

「は、反抗期ですかね……⁉　シュテル様が陛下に暴言を吐かれるなんて……」

「反抗期には早すぎるだろう」

エリーテの摂取量が少なかったためか、青い光がすでに消えかかっているフレイシスは呆れ顔で言った。

「シュテルの発言の意図は大体察しがついている。……それより、まずいな。二人が走っていった方向は、改修工事中の宮だ」

子供の足の速さを甘く見ていた。鈍足のミラが追いついた時には、古く人気のない宮まで来てしまっていた上、現在シュテルはあちこちが欠けた柱に背を預けて、膝を抱えている。

刺激しないよう少し離れた位置から頑なな彼のつむじを見下ろし、ミラは嘆息した。

「戻ってお父様に謝ろう？　シュテル。ダサいって言ったのには何か理由があるんだよね？」

走ったことで少し冷静になったミラは、極力優しい声を意識して言った。

そうだ、シュテルは意味もなく暴言を吐く子ではない。普段の彼はどちらかというと母親である自分にベッタリだが、だからといって父親を嫌っている様子もなかった。が……。

「謝らない。エリーテがお父様に必要なのは分かってるよ！　でも……っ」

シュテルは立ちあがり、感情に任せて拳で柱を叩いた。

「でも僕は……っ！」

その瞬間、ピシリと亀裂の走る音がしてシュテルは口を噤んだ。老朽化が進んだ宮の柱は、子供の拳一つで大きくひび割れる。バランスを失った柱が、彼に倒れかかってきた。

「……っシュテル！　危ない！」

血の気が引く思いをしながら、ミラはとっさにシュテルへ手を伸ばす。だが間に合わない。今にも柱の下敷きになろうとしている息子に、ミラは青ざめた。しかし――……。

『僕に還れ』

辺りが一際眩しくなった瞬間、フレイシスの低い声がかかる。明るさに目を細めたミラの視線の先で、彼は足元に魔法陣を浮かびあがらせ――――手のひらに柱を吸いこんでいった。

「フレン……！」

「もう大丈夫だよ。間に合ってよかった」

安堵から細い息を零したミラに、フレイシスが声をかける。しかし彼女が返事をするより早く、それまで呆然としていたシュテルが憤激した。

「……っ何で……何で魔法を使ったの⁉　何で！」

「シュテル？　お父様は貴方を助けようと……」

怒りだした息子を、ミラが諌《いさ》める。しかしシュテルは激しく首を振り、拳を握った。

「助けてなんてほしくない！　だって僕は……っお父様に、魔法を使ってほしくないんだ……‼」

我が子からの予想外な告白に、ミラは瞠目する。その隣で、フレイシスは静かに耳を傾けた。

シュテルは泣きながら訴える。

「エリーテがあれば元気になるって知ってる。でも、人のために魔法を使う度、大好きなお父様が苦しい思いをするのは嫌なんだ……！　魔法を使わないでよぉ……っ‼」

「まさか……そのためにエリーテを摂取するのはダサいって言ったの？」

驚きを隠せぬままミラが問うと、シュテルはしゃくりあげながら肯定した。

「そう言えばお父様が気にして、エリーテを打たないで済むように……魔法を使わなくなるって思ったんだ……」

なんて浅はかな発想だろう。それなのに、ミラは我が子の不器用な優しさを愛しく思った。

そしてそれは、フレイシスも同じだったようだ。彼はシュテルに目線を合わせ、そっと囁く。

「シュテル、聞いて。確かに僕は魔法を使うと具合が悪くなるよ。でも、そうすることでシュテルやミラ、国の皆を守れることは誇りなんだ。君たちを守れることが僕は何より嬉しいんだよ」

「……嬉しい……？　身体が苦しくなるのに……？」

目をむく息子に向かって、フレイシスは力強く頷く。

「ああ。だって今も、お陰で君を守れた。むしろ魔法を使わないことでシュテルやミラを守れない方が苦しいよ。でも、心配してくれてありがとう。僕とミラの子が優しく育って、誇らしいな」

息子の柔らかい金髪を撫で、フレイシスが言う。

同意するようにミラがシュテルの肩へ手を置くと、彼の丸い頬にいくつも涙が伝った。

「……っひどいこと言って、ごめんなさい……っ。お父様……お父様は世界一格好いいよ……」

涙声で謝るシュテルを、フレイシスがあやすように抱きしめる。そんなやりとりを温かい気持ちで見守っていたミラは、夫と目が合うなり手を伸ばされ、息子ごと大きな腕に抱きこまれた。

「え……っ⁉　わ、私も……⁉」

泡を食うミラ。その耳に、シュテルは泣いて赤くなった顔を寄せて言った。

「お母様も、悲しませてごめんね。僕、お母様もお父様も、大好きだよ」

夫からの力強い抱擁と、息子からの愛くるしい告白。それを受けて、ミラの瞳がつい潤む。

（――ああ……私、優しい夫と息子に囲まれて、今すごく――……）

幸せだ。かつて処刑台に上《のぼ》った自分を待っていたのが、こんな幸福な未来なんて。その喜びを噛みしめるために、ミラは愛しい家族を目いっぱい抱きしめ返した。

あとがき

この度は『断罪された伯爵令嬢の、華麗なる処刑ルート回避術』をお手に取っていただき、ありがとうございます。

前作の出版から約一年、ようやく皆様の手に届けられたことを、とても嬉しく思います。

昨年の夏の終わり、ありがたいことに次回作の打診を頂きました。その夜、嬉しさと興奮で中々眠れなかったのが昨日のことのように思い出されます。

それくらい書き下ろしに挑戦できる楽しみと、二作目を書かせていただける喜びでいっぱいでした。

それから季節が過ぎていって……この一年は自粛生活を続けていたこともあり、イベントも少なく月日の流れが一層早く感じられましたが、この作品のお陰で四季や時間の流れを噛みしめることができました。

例えば、このシーンを書いていた時は凍えるほど寒くてコタツに足を入れて書いたな、とか、会社の仕事は納まったのに執筆納めをできぬまま新年を迎えたりとか。梅の花が咲く時期に、発売月を知ってワクワクしたりとかですね。

コロナウイルスが蔓延する以前の生活では、お出かけやイベントを通して四季を感じておりましたので、この一年はそれが叶わない代わりに、執筆を通して日々の移り変わりを感じられたのがとても救いです。

何より、世の中に不安を感じる中で、作品を生み出せることは希望でもありました。

そのため、出版のチャンスをくださった出版者様には本当に感謝しております。

そして編集者様には、前作に引き続き、足を向けて寝られないほど大変お世話になりました。初めての書き下ろしで迷走し四苦八苦する私を、根気強く叱咤激励してくださったこと、いくら感謝の言葉を述べても足りません。

実力不足に落ちこむことも多々ありましたが、編集者様のアドバイスやそばで支えてくれる家族や友人や同僚、そして次回作を楽しみにしてくださっていた方々の応援のお陰で、こうして書籍の形を成すことができました。一人では到底完成させられなかった作品を皆様の手にお届けできること、その幸せを今噛みしめています。

まだまだ世界中で鬱屈とした日々が続いており、大変な状況は明けませんが、困難な時こそ皆様にとって娯楽が力になりますように。

この作品を読んでいる時間だけでも現実を忘れて、別の世界に浸っていただければ幸いです。

十帖

断罪された伯爵令嬢の、華麗なる処刑ルート回避術

著者　十帖

2021年6月5日　初版発行

発行人　神永泰宏

発行所　株式会社 J パブリッシング
〒102-0073　東京都千代田区九段北3-2-5 5F
TEL 03-3288-7907　FAX03-3288-7880

製版　サンシン企画

印刷所　中央精版印刷株式会社

ISBN:978-4-86669-398-9
Printed in JAPAN